长篇历史小说

扬雄外传

远山 张仕芳 著

中国社会出版社
国家一级出版社 全国百佳图书出版单位

图书在版编目（CIP）数据

扬雄外传/远山，张仕芳著．—北京：中国社会出版社，2014.8

ISBN 978-7-5087-4831-3

Ⅰ.①扬… Ⅱ.①远…②张… Ⅲ.①长篇历史小说—中国—当代 Ⅳ.①I247.5

中国版本图书馆 CIP 数据核字（2014）第 191063 号

书　　名： 扬雄外传
著　　者： 远　山　张仕芳

出 版 人： 浦善新
终 审 人： 李　浩
责任编辑： 毛健生　　**责任校对：** 张爱华　宋亦工

出版发行： 中国社会出版社　　**邮政编码：** 100032
通联方法： 北京市西城区二龙路甲 33 号
电话：编辑部：（010）58124838
邮购部：（010）58124845
销售部：（010）58124848
传　真：（010）58124856
网　　址： www.shcbs.com.cn

经　　销： 各地新华书店

印　　刷： 中国电影出版社印刷厂
开　　本： 150mm×225mm　1/16
印　　张： 13.75
字　　数： 170 千字
版　　次： 2014 年 10 月第 1 版
印　　次： 2014 年 10 月第 1 次印刷
定　　价： 26.00 元

楔　子

话说天下大事，分久必合，合久必分。当周武王推翻商朝时（公元前1046年），新统治者将征服的土地分封给王室成员、盟友和原商朝统治者的后裔，以及一些获准保持原来土地的地方豪强。这样，中华世界就被分成大批政治实体；在周代的春秋时期（公元前770—前476年）已有170多个大大小小、形形色色的王国。当然，其中绝大部分是非常小的，它们在内部分成采邑，又被分给每个统治家族的亲戚或官员。平王东迁以后，东周开始，周王室开始衰微，只保有天下共主的名义，而无实际的控制能力。同时，一些被称为蛮夷戎狄的民族在中原文化的影响或民族融合的基础上很快赶了上来。中原各国也因社会经济条件不同，大国间争夺霸主的局面出现了，各国的兼并与争霸促成了各个地区的统一。因此，东周时期出现了前所未有的社会大动荡。中国历史又进入了继商之后又一个少有的混乱时期；兵祸蜂起，战乱频仍，军阀割据。大大小小150个国家，诸侯挟天子，卿大夫挟诸侯的事件时有发生。称王称帝，杀伐篡夺，刀兵不断。子弑父，臣弑君。真是大好河山飘洒腥风血雨，百业凋零，民不聊生，途有饿殍，野有暴尸，人民又一次被抛入苦难的深渊。

历史进入了春秋晚期。这一时期社会政治生活的主要形式，是诸侯国中卿大夫强宗的崛起和国君公室的衰微。强大起来的卿大夫之间，也不可避免地互相兼并，进行激烈的斗争。这在晋国表现得最为典型。在那里，首先是十多个卿大夫的宗族的财富和势力一天天扩展，而其互相兼并的结果，则只剩下韩、魏、赵、智、中行、范六大宗族，是为“六卿”。这时，晋君的权力已基本被剥夺，国内政治全由“六卿”所主宰。而后，“六卿”之间又因瓜分权益产生矛盾而进行火并，火并导致范、中行两氏的覆灭。晋国于是只剩赵、韩、魏、智四大贵族集团。可是“四卿”之间也不能相安，更大的冲突很快就来临了，这样，便直接导致了晋阳之战的爆发。

翦灭范、中行两氏之后，智氏的智伯瑶专断了晋国的国政，在四卿中具有最雄厚的实力。智伯瑶是一个没有政治眼光、贪得无厌的贵族，这时，就凭借自己的优势地位，强行索取韩氏和魏氏的万家之县各一。韩康子、魏桓子无力同智伯瑶抗争，只好被迫割让自己大片领地献给智氏。智伯此举得手后，得陇望蜀，又把矛头指向了赵襄子，狮子大开口向赵襄子索取土地。赵襄子不甘心受制于智伯，就坚决拒绝了智伯索地的无理要求。赵襄子不屈服的态度大大惹怒了智伯。他乃于周贞定王十四年（公元前455年）大举发兵攻赵，并胁迫韩、魏两氏出兵协同作战。赵襄子见三家联军前来进攻，自度寡不敌众，便采纳谋臣张孟谈的建议，选择民心向赵，并预有准备的晋阳城（今山西太原西南）进行固守。

智伯统率三家联军猛攻晋阳三月不下，又围困一年多未克。联军顿兵坚城之下，渐渐趋于被动。而晋阳城中军民却是同仇敌忾，士气始终高昂。智伯眼见战事拖延两年而进展甚微，不禁焦急万分。他苦苦思索，终于想出引晋水（汾水）淹灌晋阳城的计策，企图用它来攻破晋阳坚城。

于是，智伯命令士兵在晋水上游筑坝，造起一个巨大的蓄水池，再挖一条河通向晋阳城西南。又在围城部队的营地外，筑起一道拦水坝，以防水淹晋阳的同时也淹了自己的人马。工程竣工后，正值雨季来临，连日大雨不止，河水暴涨，把蓄水池灌得满满的。智伯下令，掘开堤坝，一时间大水奔腾咆哮，直扑晋阳城。很快地晋阳全城都被浸没在水中了。城内军民只好支棚而居，悬锅而炊，病饿交加，情况十分危急。但尽管这样，守城军民始终没有动摇斗志，仍坚守着危城。

韩、魏参与攻打赵氏，原先就是出于被胁迫，这时对智伯的残暴更有了亲身的感受，开始感到赵如果灭亡后，自己也难免落得被兼并的下场，于是便对作战行动采取消极应付的态度。赵襄子看出了韩、魏两氏与智伯之间这种滋长中的矛盾，决心巧妙加以利用。便派遣张孟谈乘夜潜出城外，秘密会见韩康子和魏桓子，用唇亡齿寒的道理，说服韩、魏两家暗中倒戈。

赵、韩、魏三家密谋联合就绪后，便在一个约定的夜间展开军事行动：赵襄子在韩、魏的配合下，派兵杀死智伯守堤的官兵，掘开了卫护堤坝，放水倒灌智伯军营。智伯的部队从梦中惊醒，乱作一团。赵军乘势从城中正面出击，韩、魏两军则自两翼夹攻，大破智伯军，并擒杀智伯本人。三家乘胜进击，尽灭智氏宗族，瓜分其土地，为日后“三家分晋”奠定了坚实的基础。

在晋阳之战中，赵襄子善于利用民心，激发士气，挫败了智伯围攻孤城、速战速决的企图；当智伯以水灌城，守城斗争进入最艰巨的阶段时，赵襄子及守城军民又临危不惧，誓死抵抗，并利用韩、魏与智伯的矛盾，加以争取，瓦解智伯的战线，使其陷于彻底的孤立，为而后的决战创造了有利的态势。当“伐交”斗争取得成功后，赵襄子又能制定正确的破敌之策，巧妙利用水攻，以其人之道还治其人之身，用水倒灌智伯军营，予敌以出其不意的打击。并及时把握战机，迅速全面出击，取得了聚歼敌人的彻底胜利。由此可见，赵襄子在晋阳之战中表现出卓越的政治、外交、军事才能，不愧为当时杰出的政治家和军事家。

智伯的失败，在很大程度上是他咎由自取。他恃强凌弱，一味迷信武力，失却民心，在政治上陷入了孤立。四面出击，到处树敌，在外交上陷入了被动。在作战中，他长年顿兵于坚城之下，白白损耗许多实力；他昧于对“同盟者”动向的了解，以致为敌所乘。当对方用水攻转而对付自己时，又惊恐失措，未能随机应变，组织有效的抵御，终于身死族灭，一败涂地，为天下笑柄。

本书主人公扬雄的祖先杨侯是失利的范、中行、智伯的同党，便成了这场战争的直接牵连者。

扬雄原本姓杨，杨出自姬姓。据《姓纂》记载，西周幽王时，周王室夺得晋国杨邑，并将该地封给周武王之子周成王三弟唐叔虞建杨国（今山西洪洞东南），以国为姓。唐叔虞进行了精心治理，开拓疆土，把杨国建成了强盛的诸侯国。幽王十一年（公元前771年），游牧于泾渭河流域的犬戎部族与申侯联合攻杀幽王迫使周王室东迁，在犬戎之难中，杨侯失国，其地复归晋，失去封邑的杨国公族为纪念故国而以杨为姓，并成为杨姓人的受姓始祖。据《新唐书·宰相世系表》《古今姓氏书辩证》记载：杨国败后，叔虞长子燮文再收复而继位改国号为晋"称晋侯"成为晋的开国君主，杨姓人的血统才正式从西周的王族中分出，叔虞的子孙开始在晋国发展繁衍，又传十代后即诡诸继位为晋献公。晋献公的弟弟伯侨生子文、文生突，受封于羊舌邑，为羊舌大夫，羊舌邑包括三县，铜鞮、杨氏、平阳，羊舌突的子羊舌职为晋军中尉之佐，职有五子，羊舌五兄弟中有四人在朝中居要职，人称"羊舌四族"，其中羊舌赤任铜鞮大夫、中军尉，羊舌肸，字叔向，为晋大夫，故以羊舌再次受姓杨氏历经十八代，这一时期繁衍茂盛，有迁徙陕西、山西汾水中游的霍县及河南境内。据湖南《城步杨氏族谱》、广东《梅州杨氏族谱》、海南《杨氏宗谱》和贵州《安顺杨氏族谱》记载，唐叔虞的次子、晋侯燮文的小弟，在周康王六年受封为杨侯，仍始以杨为姓，从此世代姓杨，世泽连绵，受姓时间虽然不一，仍是一脉相通。据《通志氏族略》等书记载，公元前552年，晋六卿之乱发生后，杨侯受韩、赵、魏的逼迫，其子孙溃散，四处奔逃，其中一支南迁楚国境内的巫山地区繁衍生息。为了掩人耳目，故将杨姓改为扬姓。

楚汉相争，扬雄的先人们为避战乱，又溯江而上，最后在巴郡江州（今重庆）栖身。避乱时期扬雄祖先们默默无闻地生息，均无事迹可述。直至其五世祖扬季较有起色，官至庐江郡（包括今安徽庐江县、安庆市、六安市，江西九江市等地）太守。汉武帝元鼎三年（公元前114年），有人向朝中御史中丞桑弘羊举报扬季包庇盗铸劣币的不法奸商，他马上明白这是死对头桑弘羊对他的阴谋陷害。

桑弘羊与扬季的仇恨是公报私仇，还是他当大司农丞那年到庐江郡履行财政公务，向太守扬季公然索贿，一身正气、两袖清风的扬季，不但没给桑弘羊一个子儿，反而还教训了他一番，让这个专横跋扈的中央大员大失颜面，从此埋下了仇恨的种子。

盗铸劣币的行为还得追溯到汉朝初年，当时国家对钱币的铸造采取放任的政策。当时不但钱的大小，轻重不一，钱币的重量与实际的重量相差悬殊，因而私铸钱的风气盛行，自然出现的严重后果是通货膨胀。到了汉文帝五年（公元前 175 年）中央政府更撤除了禁止私人铸钱的命令，放任大家自由铸钱，因而币制更加混乱。一些豪强和大商人，常常在铜内杂入铅、铁，铸大批的劣钱牟取暴利。政府虽然一再禁止和打击，但因为有利可图，而且铸钱者又多是一些有钱有势的人物，所以并不能制止私铸的大量劣钱混入市场，破坏社会的正常经济生活。汉武帝上任后，曾在元狩四年（公元前 119 年）整顿过一次货币市场，但效果不好。当时造了三种货币：一是皮币，用禁苑里养的白鹿皮做成，每个一尺见方，上面还绣上五彩花纹，每个值钱四十万，它作为诸侯王朝见皇帝时的礼品，所以只在上层贵族中流通使用，桑弘羊向扬季索要的就是这个东西；另一种是白金，这是用少府库存的银、锡做成的合成币，分值钱三千、五百和三百三种；第三种是取消半两钱，改铸三铢钱。规定，盗铸钱者处死。这次改革因为品类复杂，币制的规定又不合理，所以不但使用不便，而且一些人纷纷去盗铸比值很大的白金币，所以第二年便放弃了三铢钱而改铸五铢钱。当时虽然因盗铸钱政府抓了数十万人，仍不能制止盗铸劣钱，所以市场和乌纱帽币比较混乱。总之一句话，钱的样式太多，假币猖狂。

元鼎四年（公元前 113 年），汉武帝成立了一个在全国范围内打击劣币的专门机构，由桑弘羊牵头挂帅。由于有汉武帝给他撑腰，便大刀阔斧地对全国货币市场进行整治，使中国历史上第一次将铸币权完全收归中央政府，它最终将汉朝的币制稳定下来，使汉朝的五铢钱成为质量稳定的钱币，一直流通到隋朝七百年而通行不废。

也正是因为桑弘羊干了这件大实事，便由主管财政的搜粟都尉，一下提升为御史中丞，位列三公，权倾朝野。

四百年前祖先杨侯同样的悲剧在扬季身上重演。扬季心知肚明这是桑弘羊算计他，自知在劫难逃。为躲避仇家迫害弃官入蜀，在郫邑瓮店（今四川郫县友爱镇）隐姓埋名，购置土地精心学习稼穑，成了一个普通平民。到了扬季的孙子扬雄这一代，家道更加穷困潦倒，到了食不果腹、衣不蔽体的地步。为了生计，扬雄五岁便与乞儿为伍。然而这个乞儿后来居然成了西汉末期著名的哲学家、思想家、文学家、历史学家、语言文字学家。扬雄是一个跨世纪的人物，一生历官汉成帝、汉哀帝、汉平帝及新朝王莽四帝，又是一位历经两朝，历官四代的耆宿。他文采焕然，学问渊博，道德纯粹，妙极儒道。

今日四川省郫县友爱镇犹有扬雄墓、子云亭等遗迹，刘禹锡《陋室铭》所咏之“西蜀子云亭”即指此地。

本书便从汉武帝元鼎四年（公元前 113 年）扬季因逃避仇家迫害，弃官前往郫邑隐居的路上说起。

一

庐江郡太守官衙大门紧闭着，两个手持长矛的士兵分立大门两侧。

庐江百姓悉知扬太守遭受陷害、要弃官南遁的消息之后，从四面八方涌聚到太守官衙门前长跪不起，人们齐声呼喊：

“扬太守扬大人，你不能走哇！”

“扬大人，你是冤枉的，我们愿意陪你到京城告御状！”

……

人们手中举着牌子，牌子上分别写着“好官扬季”“庐江第一清官”“诬陷好人、天理难容！”“扬太守你不能走！”等等。

成千上万的百姓，用他们的不同方式挽留庐江郡太守扬季。

扬季跪坐在客厅，耳闻门外百姓的呼喊声，泪流满面，痛心疾首。

夫人芸娘跪坐在左侧亦泪流满面。

张主簿坐在右侧，唉声叹气道：“扬大人，能否留下不走啊？你看这庐江百姓……”

扬季道：“我也舍不得庐江的好山好水，更舍不得庐江的好百姓啊！但郡丞王理不仅死盯着我这个位置，还串通桑弘羊桑大人死盯着我这颗脑袋，前来缉拿我的钦差说到也就到了，你说我能坐以待毙吗？”

芸娘伤感道：“四百年前咱们扬家祖上的遭遇，又在我们身上重演了！”

张主簿亦伤感道：“大人实在要走也就赶紧走，我已备好了小船在江边等候。”

扬季拱手施礼道："扬某在庐江当了十多年太守，平常趋炎附势之徒多如牛毛，如今一有变故便作鸟兽散。张主簿与我只有几十日的交情，却能如此有情有义，令我夫妻感激不尽。身边佣人都已散尽，只留下了夫人的贴身丫鬟香菱，几件换洗衣服早已打包，咱们现在就走吧！"

芸娘朝里屋喊了一声："香菱——"

一个十分标致的姑娘从里屋应声跑了出来，她便是跟随芸娘多年的贴身丫鬟香菱。

芸娘道："香菱，赶紧取出行李上路！"

香菱转身跑进房间，自己背上一个行李，又一手提着一个行李走到客厅。

张主簿感慨地摇摇头道："这便是当了十多年太守的全部家当啊！"

四人一行匆匆从后门溜了出去。

大门外百姓的呼喊声不绝于耳。

张主簿领着扬季夫妇及丫鬟香菱一路小跑来到江边，江边果然有一只小船停靠在那里。

扬季紧紧握着张主簿的手话别道："张主簿，你我相交一场，难得彼此情投意合，实属缘分不浅。只叹相聚的时光太短，不能长久。"

张主簿道："扬大人言重了。与扬大人相处虽然不过数十日的光阴，但扬大人平易近人和高风亮节的高尚人格，却给鄙人留下了深刻的印象。朋友相交，莫过于知己，有些人即使在身旁相处数十年，也不过是泛泛而已。与大人相聚虽不过数十日，可贵在真诚以待，不论日后天涯海角，鄙人也定然不会忘记扬大人的这份友情。"

扬季欣喜道："扬某所想，也正是如张兄这般。那些被利益所牵动的友情，或许会因为这般那般的冲突而转变，而真正的友情是不会随着光阴的蹉跎、环境的变迁而有所削弱的。世人之所以总是多酒肉，而少莫逆，便正是因为它的难能可贵。"

张主簿道：“不知船到宜都（今湖北宜昌）之后，又如何才能到达扬大人选定的归属地蜀郡郫邑？”

扬季道：“我准备先回荆地巫山祭祖，巫山是我和夫人的第二故乡，那里是生我们养我们的地方，离开那里转眼十四年了！然后再去郫邑度过残生。”

张主簿道：“人言巴山蜀道艰险，扬大人和夫人要途经千山万水，也不知猴年马月才能到达蜀郡郫邑。再说，那郫邑万一是个穷山恶水的不毛之地呢？”

扬季道：“郫邑一马平川，是天府之国的中心所在地。我年少时曾随家父去过那里。古蜀望帝杜宇自岷山河谷迁都郫邑，观察蜀地水源充足，土地肥沃，适宜于农业生产，遂鼓励农民发展农业，并采取一些促进农业发展的有力措施，可见那里是一块风水宝地。我打算在那里买几亩土地自耕自种，过上普通老百姓的生活。若是有朝一日，张兄也厌倦了外面的尘世，便到郫邑去找我，咱们一块儿耕种土地。”

张主簿连连点头，从怀里摸出一个小包，拉着扬季的手，凄然泪下道：“到宜都船钱和船夫的费用我都已经付过，这是我与几个相好的朋友给扬大人和夫人凑的一点儿盘缠，请扬大人一定笑纳。”

扬季双手接过小包，感激道：“那就代我感谢你那几位朋友了！”

张主簿：“送君千里，终有一别。咱们就此别过，请大人和夫人赶紧上船。”

扬季将小包揣进怀里，大步朝小船走去。

香菱搀扶着芸娘尾随着扬季上了船。

张主簿向船夫千吩咐万嘱咐之后，便挥手示意船夫开船，赶紧离开这是非之地。

船夫是一位身强力壮的中年男子，见张主簿让他开船后，将篙竿往岸上一点，小船便像一支离弦的箭，飞快地驶向江中。

扬季夫妇和香菱站在船头，不停地向张主簿挥手。

张主簿泪流满面地站在江边，亦不停地挥着手。

黑压压的百姓闻讯追到江边，望着远去的小船大声哭喊："扬大人，你可千万别扔下我们，就这样走了哇！"

不少人跪在江边望着船影放声大哭起来。

张主簿早已哭成了泪人，由于泪水溢满眼眶，视线越来越模糊，小船只是一个小黑点在江中漂移，最后什么也看不见了。

二

话说扬季带着夫人和丫鬟香菱每日紧赶慢赶，上船下船、打尖歇店，由水路换陆路，再由陆路换成水路。从庐江码头出发的那一日算起，到如今他们已经足足用去了四月有余。扬季还记得与张主簿告别那天，庐江才是初夏时节，眼前则已是深秋景象。试想一连数月的旅途，就是那些健壮的船夫、车夫也不由得叫苦，何况是这三位文弱的人儿呢！一路上经过二十多个州县，行程两千多里，虽然一路辛劳，但神州大好河山却让三人大饱眼福。一路上谈古论今，咏诗作词，也好生快活。特别是一进入长江三峡，扬季便滔滔不绝地给夫人和香菱讲述巴子国的沉浮史：

古长江三峡一带有一个著名的古国巴子国。战国末年，其东边的楚国，西边的蜀国，北面的秦国以及邻近的邓国都对巴子国丰富的盐资源虎视眈眈。巴子国大将巴尔王带领巴国人民奋起抵抗这些敌国的多次进攻，但种种不寻常的事情出现了，巴国内乱，巴王神秘失踪，一切都陷入了迷乱之中。巴尔王怎样来对付敌国保护自己的国家呢？最后成功了吗？一切都是个谜团。这是一部古巴子国的奋斗史，也是一部血泪征战史……

巴山蜀水，人杰地灵，浑然天成的江都作为神州西南地区的一颗耀眼的明珠，拥有悠久的人文历史。曾经的巴人英勇善战，曾迫使纣王军队阵前倒戈，打败商纣王建立西周。西周初期分封了七十一个诸侯国，巴氏被封为子国，首领为巴子，因而叫巴子国，简称巴国，此即为江都别称巴国的来历。进入战国时代，巴人为强楚所逼，已将其活动中心转移至长江三峡，建都于江州。战国时，七国称王，巴亦称王。巴子时虽都江州，或治垫江、或治平都，后治阆中。巴国强盛时其地东至鱼复、西至僰道，北接汉中、南及黔、涪。此时的巴国疆域，除西与蜀国相连，其北、东、南三面皆与楚地接壤，巴、楚仍为近邻，仍为相互对峙、势不两立之势，只不过斗争的焦点从江汉平原转移至长江三峡地区。长江三峡丰富的盐泉、丹砂等矿产资源，成为巴、楚双方武力争夺之要地。战国初期，楚人的势力范围仅至于巫山、秭归以东地区，整个三峡地域基本上都属于巴国疆土，甚至三峡南岸的清江流域也在巴人的控制之中。此时，还是江州巴子国的强盛时期，他们还有很强的军事力量，可以主动进攻楚国。公元前 377 年攻占楚地兹方就是最好的证明。楚肃王四年，蜀伐楚，取兹方。于是楚为捍关以拒之。蜀伐楚之说，学者颇多争议。有学者认为蜀距楚甚远，且中隔巴国，无由越巴以伐楚，是则蜀字应是巴字之误。也有认为是巴蜀联军，由于春秋后期蜀的统治者已经是巴族，那么在某些情况下两国采取联合行动，是完全可能的。在没有更多证据出现以前，似乎还不能武断为《史记》的错误。无论是蜀为巴之误也好，蜀、巴联合行动也好，巴军参加了攻占楚地兹方是肯定无疑的。荆州松滋县，古鸠兹也，即兹方也。松滋县在长江南岸，与宜都接壤，为楚国郢都西南之门户，巴人从三峡出兵征伐兹方，必经清江流域之长阳、宜都两地，这说明清江流域此时为巴人所控制。楚为捍关以拒之，则证明当时楚国尚处于防御阶段，还未举兵西进三峡。但巴国自松滋之战后已丧失了战争的主动权，在力量对比上巴弱楚强，在强楚的不断向西进逼下节节败退，还由于国内发生动乱而求救于楚国。

公元前 377 年之前，巴楚关系尚未彻底破裂，双方力量尚处相持阶段。此后楚国力军力日益强大而向西扩张，楚军大举循江西进，迫使巴国全面防守，沿途设防，这就是造成巫山以上多处有江关的主要原因。在三峡境内下起鱼复（奉节）、上至涪州（涪陵）、永安（长寿），皆有巴国设置的江关。巴国关防的不断西移，正反映了楚军沿江而上步步向西逼进，直至攻占巴国国都的战争履印。

巴、楚在三峡的争夺战没有胜利者。巴国是在迁都阆中之后，于公元前316年为秦所灭，公元前223年，秦将王翦等遂破楚国，以其地置楚郡。从此，“半巴半楚”的三峡之地尽皆归属于秦地。

古巴族人“勇猛、剽悍、善战，能歌善舞”。这是古巴族人同自然抗争、同周边部落斗争的结果。由于殷纣王曾四次征伐古巴国，其中他几次御驾亲征，巴师大损，但他们“负固不服”。后周武王伐纣，正迎合巴人复仇的心情，加入了武王伐纣的战斗。巴人在战斗中将在生活中积累的歌舞编排成整齐有序的军歌军舞，以其庞大的气势慑服了敌人。阆中有渝水，巴人多居水左右，天性劲猛，初为汉前锋，数陷阵。汉高祖刘邦步武王先例，平定三秦，灭楚。他深知前歌后舞在他领兵打仗的生涯中带来的巨大收获。后来做了皇帝，干脆将其加工改编，从巴族、渝人中共挑选三十六人为鼓员，组成乐队而令其习之，成为宫廷之乐，因此而称为“巴渝舞”。

扬季让芸娘和香菱这两个女人又增长了不少见识。

芸娘不仅是位才女，而且还是一位美女。虽然年过四旬，仍然白皮嫩肉，一双美丽的大眼睛随时充满着微笑，白净的瓜子脸儿白里透红。也许是她没有生育过孩子的缘故，身材始终保持得像少妇。芸娘姓柳名芸娘，出身大户人家，从小喜读诗书，出口成章，夫妻俩经常在一起咏诗作词和赋，这在庐江郡家喻户晓，老幼皆知，广为流传。香菱姓刘名香菱，据传是当年庐江王刘赐的二儿子刘孝（后改立为太子）与府上一个漂亮丫鬟生下的私生女，刘赐受到大哥淮南王刘安造反事件的牵连，遭到满门抄斩，废了庐江国封号，以郡重新命名，也就是现在的庐江郡，直接归中央朝廷管辖。扬季到庐江郡当太守的第二年，十二岁的小香菱被贩卖到府中当了丫鬟，也许她的血管里流着皇氏家族的血，一对大眼睛显得特别有神韵，浑身上下都显得高贵和大气。芸娘从侧面打听出小姑娘的身世后，便十分同情她的遭遇，便把她当作亲妹妹甚至亲女儿一样，调教她琴棋书画、吟诗作词，使原本一字不识的穷丫鬟变成了一个小才女，而且还一天天变得如花似玉，一张小嘴叫起人来又甜又脆，叫得人心花怒放，心头痒痒，想入非非……这想入非非的不是别人，而是太守夫人芸娘。原来她有一个去不掉的心病，虽然扬季与她情深义重恩爱无比，但她没有生育能力，扬家又是四世单传，眼看香火就要断在她的身上。虽然扬季并不在乎这一点，但她必定是扬家的千古罪人。于是她便把主意打在了丫鬟香菱的身上，她有心让扬季纳香菱做小妾，让她为扬家传宗接代，延续香火。她虽然做通了香菱的工作，可千百次想对扬季提起这件事，但话到嘴边她又不敢说出口。因为她深知扬季的人格和脾气，他会断然拒绝她的想法的。她便把这个想法压在心底，需要等待一个特殊的时机和特殊的环境来实施。

再说扬季带着夫人芸娘和香菱历经艰辛，辗转来到巫山脚下，望那巫峡两岸时，只见群峰如屏，岩壑幽深，江流百转迂回，曲折东进，伫立船头，听猿声鸟语，不绝于耳，看云山雾影，缭绕身畔。此时，扬季三人的灵魂早已插上了飞翔的翅膀，在这条天然的山水画廊间自由地驰骋。巫山峰峦挺秀，婀娜多姿，如亭亭玉立的仙女身披轻纱临江而立，或俯首，或低眉，姿态万千，仪表纷呈。原来巫山云雾，竟是如此壮观迷人！缓时，轻纱缦拢，渺渺茫茫，横陈江上，如一条素色的白练，微风拂起，又似云絮般飘飘洒洒；急时，如万马奔腾，惊雷滚滚，在峡谷中横冲直撞，大气磅礴，激荡在群峰万壑之中，挟裹着万里江涛之浪，变化莫测，令人目不暇接。扬季即兴朗诵了几句宋玉描绘巫山神奇的赋词：“巫山赫其无畴兮，道互折而曾累。登巉岩而下望兮，临大阺之稸水。”

扬季在一片诗情画意的美景之中找到了一个美丽的村落，这里便是四百年前扬季的祖先从晋阳逃亡此地的避难之处。扬季小时候曾随父亲来祭过几次祖，除了残留的几座祖坟，早已没有了扬家人的香火。扬季对这里的一山一水和一草一木都有着很深的记忆，他儿时最喜爱仙女峰和仙女峰的传说。当他带着芸娘和香菱找到祖坟祭拜完毕，便立马带她们前往十二神女峰欣赏那人间第一美景。那是他最神秘、最向往的圣地。

神女峰位于巫山县城东约三十里处的大江北岸，是巫山十二峰之一，远眺如少女，亭亭玉立，俯视长江。因为她站在群峰之巅，每天第一个迎朝霞，最后一个送晚霞，所以又名望霞峰。巫山十二峰各有特色，千姿百态，妩媚动人，以神女峰最为著名。神女峰景区主要有上升峰、起云峰、净坛峰、打硝洞、轿顶洞、七女塘、影入壁、美女山轿、仙人台等点缀其间，令人目不暇接。

那天，扬季带着芸娘和香菱乘船逆流而上，沿途两侧三峡风光在峰回水转中一卷卷地展现在三人眼前。扬季和夫人依偎着站在船板一角，一边欣赏神往已久的三峡美景，一边静候神女峰的出现。香菱站在一侧望着这对恩爱无比的中年夫妻，那张漂亮的瓜子脸上泛起既羡慕又嫉妒的复杂表情。

扬季夫妇无暇顾及香菱的感受，双双陶醉在巫山十二峰的胜景之中。这方神奇的自然山水，集秀峰怪石、峭壁幽谷、溪流瀑潭、田园山林于一体，堪称“山奇、石幽、水秀、峰险”四绝。神女峰的秋色雾里看花一般，雾移景换，虚幻斑斓。雾因山而生，云因雾而来，雾在山里，山在雾里。走进神女峰，像是大山沉重地呼出的气息，雾在群山间生成了，升腾了。灰色的云又飘来了，压在山巅分不清是云还是雾。雾是云的降落，云是雾的升华。

芸娘不禁轻声叩问扬季：“夫君，神女峰该何时揭去轻纱，露出那娇羞的面容？”

扬季紧紧抱着心上人儿，在她那娇美的面颊上轻吻了一下，说道：“这神女已经出现，她就是你啊！”

层层云雾终于在阵阵秋风中散去，当十二峰出现时，扬季夫妇和香菱一阵骚动，三人簇拥在船板上放眼望去，望到了神女峰，她瘦小挺拔，真像一位苗条秀丽的少女亭立在长江之滨，在朝霞的映照之下，其身影栩栩如生，光彩逼人。客船还在逆流而上，离神女峰最近时三人再细细仰看，其实神女峰和两岸的千峰万峦也没有什么两样，同样是由树木、花草、泥石、溪涧及云雾构成。但她吸引着扬季三人，神女峰的故事给扬季留下了不可磨灭的记忆……他一直这样认为，神女峰与他在邂逅的那一瞬间，已完成了一种心灵的对话。虽然她在骚人墨客眼里，只不过是一道点缀寂寞旅程的风景，但在扬季心中，她是一位矢志不移的长江守望神，更是一位海枯石烂不变心的爱情之神！

相传在大禹治水的年代，瑶池里住着西王母的女儿——瑶姬。她聪慧美丽，心地善良，活泼开朗，耐不住宫中的寂寞生活。到了八月十五这一天，她邀约身边的十一个姐妹，偷下凡间，腾云驾雾，遨游四方。当她们来到巫山时，只见十二条恶龙兴风作浪，正在治水的大禹也被洪水围困其间。瑶姬十分敬佩大禹，决定助他治水，便送给大禹一卷《上清宝经》的治水天书。不料，瑶姬还没有来得及告诉大禹如何破译这部天书，就与众姐妹一起，被西王母派来的天兵给捉拿回了瑶池。十二位仙女早就厌倦了瑶池仙宫的生活，她们挣脱了神链，重返人间，帮助大禹疏通了峡道，解除了水患。从此，瑶姬爱上了三峡，成天奔波在巫山群峰之间，为船民除水妖，为樵夫驱虎豹，为农夫布云雨……她们姐妹十二个忘记了回瑶池的事，久而久之，她们便化成了十二座奇秀绝美的峰峦耸立在巫峡两岸，称为“巫山十二峰”。瑶姬是十二仙女的杰出代表，所以，她所立的山峰位置最高，每天第一个迎来朝霞，所以又美名曰：“望霞峰”。

扬季站在船板上，给夫人和香菱又一次绘声绘色地讲述了十二神女峰的传说。

两个可爱的女人也再一次陶醉在这美丽动人的传说之中……

三

晚上扬季夫妇和香菱三人就住在巫山脚下的一家小客栈里。夫人说香菱胆小害怕，她便过去陪着她睡。扬季也正想一个人独处几夜，好好拜读历代骚人墨客慕名来到神女峰，为她写下的诸多诗赋，还有夫人白天在小镇上特意为他买到的宋玉《神女赋》。子夜时分，小镇早已进入了梦乡。扬季俯在桐油灯下打开竹简，津津有味地欣赏《神女赋》，说的是楚襄王游览仙女峰，游玩累了便躺在地上睡着了，梦见一位美丽动人的女子，她说是巫山神女，愿意献出自己的枕头席子给楚襄王享用。楚襄王知道弦外有音，非常高兴，立即宠幸巫山仙女，两相欢好。巫山仙女告诉襄王，再想找自己的话，记住就在巫山，早晨是“朝云”，晚上是“行雨”。现常用“巫山云雨”形容男欢女爱，是自此留下来的。

正当扬季被这段神奇的故事所感染的时候，窗户突然响起轻轻的敲击声，他以为是夫人不习惯与他分开睡，便没多想也没多问就打开窗户，这时，眼前的情景却一下让他惊呆了。原来窗外站立着一位比《神女赋》里面还要美艳的红衣仙女，待他还在怀疑她是人还是鬼的时候，她却轻脚妙手地从窗外跳进屋来，并随手关好窗户。他看了半夜的《神女赋》，早已被书中的巫山仙女忽悠得神魂颠倒，再加之今晚一种反常的生理现象，那就是全身发热，下体一阵阵欲火中烧，烧得他难以忍受，十多年了都没有这种感觉了。口中特别干渴，他便不停地喝茶。这是夫人临睡前给他泡的一壶巫山新茶，香菱给他端过来时还特地吩咐他，夫人要他多喝一点，最好把这一壶全都喝了，千万别浪费。于是他便一杯又一杯地喝，但令他费解的是这茶越喝，那种欲火中烧的感觉也就越强烈，越强烈他也就要越往下喝。此时他已处于飘飘欲仙的感觉，更准确地说眼前已出现了一片梦幻，他便认定眼前这位亭亭玉立的红衣仙女便是巫山仙女，当年楚襄王的仙遇今晚又将在他身上重现了。

扬季激动得浑身发抖，更显得六神无主，心花怒放。他壮着胆子借助桐油灯光仔细打量着这位红衣仙女，她在微弱的灯光中向他频频传送秋波，他猛然间觉得满屋生辉一片光明，恍惚之间但见丛山翠柏，花鸟齐盛，好一片神仙境界。再看那女子，红衣罩体，云堆翠髻，笑靥如花，酥胸丰臀，嫩臂粉腿若隐若现。他定神细看时，她似人似神似鬼，只见她穿一件紧身的红色上衣，一头黑油油的长发披在脑后，用一条洁白的小手绢捆成一把，两束浓眉下面一对水汪汪的大眼睛，瓜子脸、苹果色，高鼻梁下面长着一张小巧玲珑、性感十足的樱桃小嘴，左眉毛正中长着一颗葡萄大小的黑痣。她的神态端庄婀娜，他看一眼便全身酸麻，她身上传出一种特殊的香气，既像桂花香又像兰花香，说不清是她衣服上传来的，还是从她肉体里传出来的。扬季依然没有从迷茫中回过神来，在她那勾魂夺魄的眼神里，他一直处于似梦非梦、似醒非醒的状态之中。

扬季颤抖着嗓音问红衣仙女道："神仙姐姐，你从哪儿来，要到哪儿去?"

红衣仙女神情飘逸地说："我从巫山来，哪儿也不去，就到你这儿来!"

扬季愈发意识到她就是巫山仙女，便可怜巴巴地说："神仙姐姐，我跟你前世无冤，后世无仇，你为什么要来害我?"

红衣仙女听后哈哈大笑，笑的声音也是那样醉人："先生不必害怕，我乃上界仙女，不是地界蛇妖鬼狐，而是五百年前咱俩有一段美好姻缘，阴差阳错未能结为恩爱夫妻，上辈子欠下你的鸳鸯债，今晚特意来偿还。请先生不必多疑，不要浪费美好时光。"她边说边当着他的面解开她的衣服。

扬季像喝了迷魂药一般，神志已完全不能支配自己。

当红衣仙女脱得一丝不挂地展现在他面前时，他见到这羊脂白玉的身体不由一阵眩晕，只见她双乳高高耸起，像两个白白的小山丘，上面点缀着红葡萄般的乳头，腰肢纤细，不盈一握，圆润丰满翘臀，双腿笔直修长。

扬季看得目瞪口呆。

红衣仙女见他看得发呆，嘲笑道："我的憨哥哥，还不快脱更待何时?!"

扬季连忙脱光衣服来到红衣仙女跟前，分开她的双腿，正待进入时，她就"呀"的一声叫疼。他愣了一下，怎么神仙也会像凡人一样怕痛？便赶紧停下来。红衣仙女倒忍不住了，喊着说她难受得要死。这时候他便不再客气，身子往前一挺便破门而入，她疼得"哎呀"地大叫一声。扬季怜香惜玉起来，只几个回合便草草了事。完事之后，红衣仙女拿出一块白手绢把自己的下体擦净，白白的手绢就变成了红手绢了。

扬季看得分明，红衣仙女还是一个地地道道的处女。他怜惜地把她重新抱在怀里，她一动不动地伏在他身上，她痴迷了，喊不出也叫不出，只是默默享受着无限的快乐。

附近传来一阵雄鸡啼鸣，红衣仙女起身穿好衣服，含情脉脉依依不舍地跟扬季告别，他哪里舍得她离去，扑上去紧紧抱住她不放，两眼泪水汪汪地说："仙女姐姐，你这样爱我实际上是害了我。你这样走了就等于将我魂魄收走了，我哪儿还能活呢？"

红衣仙女恨了他一眼（那恨人的眼神也让人失魂落魄），说："谁说我就这样走了？我天天晚上都是那个时间来，也是这个时间走。但是你千万要记住，我俩今天晚上发生的事情绝对不能告诉任何人，特别是你的夫人和香菱。"她说完便打开窗户，一闪身便消失在夜幕之中……

扬季失魂落魄地望着窗外的夜空，天上没有月亮，只有满天闪烁的星星，他神情专注地在星群中寻找她是其中的哪一颗。

扬季怀疑刚才发生的一切是做梦，用手掐着自己的大腿，又明明白白地晓得疼痛。他再俯身查看床单，上面又实实在在地染上了好大一块男女性交的混合物和鲜红的处女血。

扬季如痴如醉地望着窗外的夜空一直到天明，又如痴如醉地待到香菱敲门叫他过去吃早饭。席间夫人问他昨夜睡得可好？他连连点头说一觉睡到天明。夫人笑着说能睡就好！香菱脸面绯红，端着碗一言不发地埋头吃饭，始终没抬头看扬季一眼。当然，扬季此时哪有心情顾及她在想些什么。

吃罢早饭，在扬季的提议下，三人一行又上了十二仙女峰。

三人一路上都各怀心事，特别是扬季和香菱一路上都显得做贼心虚、魂不守舍的样子，言语自然比平常少了许多。

太阳还没下山，扬季便说累了，于是三人一行便早早回到客栈歇了。

晚上夫人还是陪伴香菱，让扬季独睡，当然这让扬季感动得浑身发抖，恨不得跪下给夫人磕几个响头。他跪坐在桐油灯下一边喝着夫人泡的新茶，一边看着《仙女赋》，哪里还看得进去半个字？两眼直愣愣地盯着窗户，两耳竖起静候窗外佳音。盼星星盼月亮，盼到子夜时分，昨夜那红衣仙女果然按时赴约。这一夜更加男欢女爱，一气癫狂到五更才依依不舍地分了手。

在以后的十多个夜晚，红衣仙女风雨无阻，每晚云里来雾里去，扬季始终处于失魂落魄的状态之中。扬季每晚在等红衣仙女的过程中，又读了《神女赋》中的神话传说和寓言故事。

这天一早芸娘便来到扬季房间，只见他倚窗而立，两眼魂不守舍地眺望着远山，芸娘连叫好几声夫君他才回过神来。

扬季似有不安道：“夫人早！”

芸娘似不在意道：“夫君早！”

随即拿起案几上的《山海经》道：“这可是先秦的重要古籍，也是一部荒诞不经的奇书。昨晚又看了一个通宵？”

扬季尴尬道：“哦，那倒没有！”

芸娘道：“请教夫君，这《山海经》究竟出自何人之手？”

扬季道：“该书作者不详，汉代学者均认为成书并非一时，作者亦非一人。《山海经》传世版本共计十八卷，包括《山经》五卷，《海经》十三卷，各卷著作年代无从定论，其中十四卷为战国时作品，四卷为汉高祖初年作品。《山海经》内容主要是民间传说中的地理知识，包括山川、矿物、民族、物产、药物等。保存了包括《夸父逐日》《女娲补天》《精卫填海》《大禹治水》等相关内容在内的不少脍炙人口的远古神话传说和寓言故事，具有非凡的文献价值。”

芸娘道：“先朝司马迁《史记·大宛传》至禹本纪、山海经所有怪物，余不敢言也，这表明司马迁读过《山海经》。”

扬季道：“《山海经》一书的书名，在司马迁之前早就已经有了。”

芸娘道：“哦?!”

扬季道：“据汉学家推测，秦始皇、吕不韦及其门客、屈原都应该读过《山海经》。理由是秦始皇对海外求仙笃信不疑，是因为对古代典籍的信任。后两者因《吕氏春秋》记述有许多《山海经》的内容，而《天问》中有大量与《山海经》相同的内容，屈原的其他文章亦有与《山海经》相同的记述。庄周则可能读过《山海经》，因《庄子》里面的丰富想象力，应该得益于《山海经》的‘荒诞’内容。”

芸娘道：“夫君一席话，又让我长了不少见识!”

香菱进门道：“夫人、老爷，今日何时起程上路?”

扬季吃惊道：“啊，没说今天要走哇?”

芸娘道：“蜀郡郫邑还山高路远，咱们还是早早动身为宜。”

扬季道：“不急不急，这神仙境地，人生难得几回来，再多待些时日不妨!”

芸娘和香菱掩嘴窃笑不止，扬季自然不明白这两个女人所笑何意。

扬季当日又把两个女人带到巫山大溪至鱼复之间的瞿塘峡游玩，这是一处长十多里地，是三峡中距离最短，但又最雄伟的一个峡，两岸断崖峭壁，形如门户，也称瞿塘峡关，峭壁上有“夔门天下雄”

五个大字。在峭壁深处，有一道幽深神秘的空谷，这儿曾经是战国时期巴楚争战的古战场。看着悲壮惨烈的古战场风貌，扬季情不自禁地向芸娘和香菱讲述了这里曾经发生过的故事……

当三人返回客栈时天已黑尽，但就从当天晚上起，扬季就再也没有等来那位红衣仙女。

扬季一连又苦苦等了七天，依然不见红衣仙女的踪影。

无奈之中，扬季只好闷闷不乐地带着夫人和香菱离开了这块令他心旷神怡又依依不舍的神秘之地。

一行三人辗转江州，再前往生他养他的临江县（今重庆忠县）而去。

翌日，扬季在客栈门口，眺望着即将告别的十二仙女峰，胸中泛起丝丝惆怅。或许这一生，他也没机会再来这人杰地灵的地方；或许他再也见不到甚至梦不到那勾魂夺魄的红衣仙女，不过他却深深地知道，这里所发生过的一段奇妙经历，会永远留在他心里，陪伴着走完自己的一生。

四

扬季带着芸娘和香菱路过江州，三人在城中游玩了三天，江州的风光虽然迷人，但扬季心中惦记着老家故人的情形，恨不得一刻也不耽搁，即刻便起程往临江而去。

扬季一路上又不停地给芸娘和香菱讲述巴子国在临江的历史和种种传说，今日临江在战国时期称为巴郡，是巴子国的中心所在地，汉时改称为临江县。不一日三人来到了临江县境内，于是扬季又给两个女人讲述了这里的一位巴国英雄——巴蔓子。战国时期，巴蔓子是巴国的一位将军。周朝末年，国内大乱，巴蔓子向楚国求救，答应若楚出兵剿乱，则许给楚国三座城池，楚国出兵援助了巴国。内乱平定后，楚王派使者前去接收三城，巴蔓子说："借楚之灵，克济祸乱，诚许三城，可持吾头往谢，城不可得也。"于是自刎。当使者捧着巴蔓子的头回报楚王时，楚王敬佩他为人臣子的忠义气节，就以上卿之礼厚葬其头，巴国则重葬了他的尸身。巴蔓子是巴人精神的化身，为大义凛然、笃诚笃信、救国救民的楷模。后人念其忠诚，又改临江为忠州。

巴蔓子刎首留城处的古城墙位于县城东门，现依然可见。

还有一件令扬季、芸娘、香菱兴奋不已的事，三人恰巧赶上了当地巴人火把盛会。

为了纪念巴蔓子，每年在他刎首殉国之日，都要举行火把盛会。所有的男女老少都可以放心大胆地痛饮三日三夜。其间扬季他们不但见识了巴人的能歌善舞，还被巴人部落首领拉着遍尝了美酒佳肴，给扬季留下深刻印象的巴人的火把盛会。男的、女的、老的、少的，全城的百姓仿佛都聚集到了一处，人们穿着年节时的盛装，围着上百个大火堆笑着、唱着、欢庆着胜利。姑娘小伙儿更是毫不避讳地当众求爱，那份直率大胆，倒的确让扬季他们见识了一番。扬季幼年家乡也有巴人节，曾参加过这样的火把盛会，但那规模太小，远没法跟这次相比。真没想到时隔三十多年却在此地赶上了如此盛大的火把会，让芸娘和香菱大开眼界。听巴人部落首领说，光是这次盛会上所消耗的木头，就让五百多个村民从山外搬了两个来回，其规模之巨可见一斑。应邀参加的扬季等人，成为当晚最受瞩目的嘉客，当巴人部落首领知道扬季身世后，无比地敬重他，坐在城楼之上陪伴着他边享受着精美的酒食，边向他讲述了三个月前发生在他老家太平村的惨案……

在一个夜深人静的夜晚，劳累了一天的太平村早已沉浸在梦中，死亡的恐怖却悄悄地笼罩着太平村。

山村里阴霾弥漫，无数的蒙面人举着火把，连同从天际刮来的狂飙，一齐卷地而来。霎时间，四下火光冲天。

同时，村里的锣声、鼓声和兽角号声骤然响起。

村子里也迅速集结了大批手执长戈的村民。

紧接着，一场灭绝人性的大屠杀开始了。

风声、房子着火后的爆燃声、呐喊声、金属的撞击声中夹杂着无数的哭声，有男子在哭，但更多的是女人和孩子在哭。

接着，鸡犬猪羊也一齐惨叫了起来。

火光闪现出来了，风助火势，一时光焰熊熊。各色各样的物体顿时搅混在一起。尘沙飞扬，火光冲天，整个场面变得更加朦胧了。只听得人们在粗暴地相互吼骂着，同时伴随着一片混乱的兵器撞击声。人在伤亡时所发出的凄惨叫声，也此起彼伏。血光之中，只见戈矛的刃口映射着惨烈的火光，闪跳着点点寒星……人仰马翻，如同秋风横扫落叶；羽箭乱发，像是一阵阵穿林急雨，村民们一拨又一拨倒在地上……

近处的人群中，一个身材长大、脸相威猛的青年汉子，手执一根粗铁棍，狂暴地吼叫，连连挥棍，只见蒙面人在他棍下让开一条血路让他死里逃生，他也便是太平村在这次浩劫中唯一的幸存者。

原来那壮士从小喜欢枪棒，加之又长期在临江河边拉纤，自然一身好功夫好体力，否则太平村真是被斩草除根了。

太平村也并不太平。

扬季听此噩耗当场晕倒在地，芸娘和香菱忙活了好半天才将他弄醒。

芸娘气愤地问道："官府查清楚了吗，这是何人所为？"

巴人部落首领伤感地说："江州郡督促临江县衙查案两三个月，没查出蛛丝马迹，也就不了了之。太平村多为巴人后裔，八成还是老冤家楚人后裔所为，但又没有什么证据。"

扬季心中明白，此事十有八九是自己的老冤家干的，但由于种种原因，不便说出口罢了。

第二天一大早，扬季便伤心欲绝地带着芸娘和香菱赶到位于临江、梁平、万州三县交会处的太平村，这便是扬季祖上为避楚汉之争从巫山逃难至此，生息繁衍到扬季离家求学步入仕途前的家乡，堂伯兄弟加上帮工佣人也有上百之口，大小院落十多处，田地数百亩，在当地无论如何也算得上大户人家，与当地人民世世代代和睦相处，相安无事。而今展现在扬季眼前的却是一幅惨不忍睹的败落景象，村里到处是断墙残壁，烧焦的木头、破碎的瓦片随地都是，当年好不热闹的太平村，如今已变成了无人村。

扬季惨然地对夫人道："我已断定咱们扬家遭遇了灭门之灾，如果我们要不在路途逗留，三个月前若赶回太平村，也就是说我们要是那天晚上也在这太平村中，那么我们扬家就真正遭到仇家斩草除根了！"

说完站在扬家废墟前凄然泪下。

芸娘走过去劝道："请夫君节哀顺变吧，此地不可久留，仇家一旦知道咱们下落，很快便会追杀而至。咱们赶紧找到祖先坟地祭拜一番，连夜离开这凶险之地为妥。"

香菱也望着扬季连声称是。

扬季本就沉重的心，看着如今的光景，心中越发愧疚惨然，也为无辜的太平村村民莫名其妙地受到株连而自责。

扬季在芸娘和香菱搀扶下找到了扬家祖坟，因事发时间不久，陵园还比较完整。扬季跪倒在父母坟前放声痛哭一场，自责自己无能保护扬家后人，自责自己不孝断了扬家香火。

芸娘却跪在坟前陈述道："父母大人地下有灵，咱们扬家已经后继有人啦！"

扬季大吃一惊，埋怨芸娘道："夫人你说什么疯话，是不是气晕了头啊？你什么时候怀上了孩子的呢？"

芸娘正色道："不是我怀上了，而是香菱怀上了你的孩子！"

扬季这一惊非同小可，赶紧从地上爬了起来，怯生生地盯着香菱。香菱不好意思地低下头去。

扬季百思不解地质问芸娘道："夫人这话从何说起，这一路上香菱姑娘怎么就怀了身孕？再说她怀上了身孕与我扬家香火又有什么关系？"

芸娘不慌不忙地道："夫君你好记性，难道你就忘了那位红衣仙女么？"

扬季恍然大悟，气急败坏地指责夫人道："原来这一切都是你二人的合谋，编着圈套让我往里钻。好糊涂的夫人啊，你这样做不仅将我置身于不仁不义，而且也毁了香菱姑娘的名声啦！"

芸娘正色道："圣人曰，不孝有三，无后为大！扬家你父亲这一脉已三代单传，如今我已是四十有五的人了，不能为扬家再生得一丁半女，特别是因你我而株连到太平村扬氏家族满门遭殃，这样扬家便彻底绝了后，你我便成了扬家的千古罪人。不幸中之万幸，香菱姑娘总算给咱们扬家续上了香火。过去我三番五次地求你纳妾帮我生子，但屡屡遭到你的拒绝。香菱姑娘十二岁便跟在我们身边，我一直有意让你纳了她，但又怕遭到你断然拒绝，我便将这姑娘一直留在身边，等待时机成熟再说。香菱姑娘的血管里流着皇室家族的血，高贵得很，你娶了她身份也低不到哪里去。"

扬季叹息道：“只是委屈了香菱妹子，我比她年长二十好几呀！”

芸娘：“香菱对你早就有情有义，咱们没有半点强迫她呀！”

扬季望着香菱：“姑娘，是这样吗？”

香菱含羞地点点头。

芸娘正色道：“今天我做主，在这样一个特殊环境为夫君和香菱姑娘举行婚礼，请夫君和香菱一起跪在父母坟前磕三个头，便是正式夫妻了。从今日起，咱们家是一夫二妻，没有大小之说，香菱与我姐妹之称，还指望你为扬家多生贵子呢！”

芸娘一席话感动得香菱热泪盈眶，芸娘不容分说便将她按着与扬季双双跪在坟前磕了三个头。

有话则长，无话便短。

扬季带着两位夫人离开太平村朝郫邑方向而去，一路上再也无心游山玩水，只管天亮赶路，天黑歇店。最失常的自然要数香菱姑娘，一路上呕吐不已，眼见着她一天天眉高眼低，胸大腰圆，她如今除了吃饭便是睡觉，醒时也仅仅只是发呆，与没到临江之前那个活蹦乱跳的小丫头相比，简直便是两个人。好在芸娘一路体贴照顾，要吃酸的找酸的，想吃甜的找甜的，而且还要求扬季夜夜伴着她，事事依着她，一句话，夫妻俩不能让身怀扬家后人的香菱姑娘受到半点委屈。

扬季选择了从临江到垫江、邻州（今四川邻水县），翻华蓥山到伍城县（今四川大英县），然后进入蜀郡再到达终点郫邑。

此时已是隆冬季节，这些地区多为高山地带，不是连日浓雾笼罩，便是绵绵细雨缠身，一路上跋山涉水，停停走走，走走停停，不是坐船就是赶车，有时还得步行，拖泥带水，苦不堪言。

这一日扬季夫妻三人一路迈着沉重的步伐，从山间砍柴小道终于走出了延绵数百里，山险、路陡、坡滑的华蓥山。抬头一望，前面已是邻州境界。

雨后放晴，大路上行人络绎不绝。

扬季一行在大路上缓慢地行走着。这时日已当午，三人又冷又饿，抬头望去，前面不远处有座不小的村落。

扬季道："二位夫人权且再忍耐一时，这是通往邻州城的大路，村上必有客栈，且到那里吃点儿东西再说。"

三人于是加快脚步前行，半个时辰之后，终于在村头发现了一家小客栈，便相互搀扶着向小客栈走去。

五

扬季与两位夫人走进小客栈，店小二笑眯眯地走上前来，殷勤地问扬季道：“客官，请问你们打尖还是歇店（当地方言，打尖是吃饭、歇店是住店）?”

扬季道：“我们先吃饭后住店。”

店小二一看买卖来了，分外殷勤道：“本店有百年陈酿，下酒菜有天上飞的，地上跑的，水里游的，应有尽有。不知客官需用些什么?”

扬季随即吩咐小二道：“先来热酒一壶，再将贵地的特色小吃送上一些。”

小二唱喏道：“热酒一壶，夫妻肺片、邻州凉粉、邻州腊肉、邻州粉蒸肉，外加三个帽儿头（当地方言，一个帽儿头就是一大碗白米干饭）!”

不一时酒菜摆在食案上，扬季实在饿了，便不客气，动手大吃起来。

芸娘频频为扬季斟酒夹菜，而自己面前那酒杯，却依然如故，酒不沾牙，举筷子也甚少。

扬季惊讶地问道：“夫人只给我斟酒，自己为何不用？难道说盘缠不多，不敷支用了吗?”

芸娘道：“夫君多心了，因为昨日淋了雨，周身不适，故不思酒饭。稍加休息就好了，夫君不必在意。”

扬季伸手在芸娘额头一摸，额头滚烫，正发高烧，不觉大惊道：“原来夫人病成这样，何不早说，还在给本夫斟酒，你也真是……”

随即唤来店家，询问道：“店家，此处可有坐堂医?”

店家道："此村并无坐堂医，只是往西五里就到了赵家桥，过桥不远路北有药铺，名叫李记药铺，有坐堂医坐堂。"

扬季道："店家，我夫人病得不轻，小娘子又有身孕在身，请安排店房让两位夫人先躺下歇息，这席酒饭钱和住店钱到时由我一并支付！"

扬季说罢便匆匆出店去了。

芸娘在香菱的搀扶下，到店里歇息去了。

扬季进得李记药铺，抬头一望，只见一位七十多岁的老先生正在坐台就诊，前来求诊的病人排起了长队，两个小伙计在柜台里面忙得晕头转向。

扬季悄悄问身旁一老夫道："老伯，我是远方过路客人，不期夫人途中得了急病，想请李老堂医出诊，不知他何时才能将这一屋病人看完？"

那老夫道："你没瞧这阵势，李老堂医哪能抽得开身？等把这些病人全部打发了，太阳也快下山了。再说他那把年龄，没有车马伺候，绝不会出诊的。"

扬季着急道："那怎么办，我夫人委实病得不轻。"

老夫道："李老堂医是邻州一带的名医，非常富有经验。虽然诊病需要靠望、闻、问、听、切，事在紧急，也能辨证医治。先生不用着急，你先在老夫身后排队，可向李老堂医讲述你夫人的病情，他自然给你处方，你抓药回去给你夫人煎服就是了。"

扬季向那老夫拱手施礼道："多谢老伯指教！"

排了好长时间的队终于轮到扬季，他将夫人的病情叙述完毕，李老堂医思索片刻道："此乃风热之症，内伤饮食，外感风寒，宜用和中消散，清热祛邪之剂，一剂清热，二剂即可痊愈。"

扬季闻听大喜，当即付了谢礼，又在药铺里抓了两剂草药，匆匆走出药店。

客栈里，芸娘躺在床上，嘴唇干裂，双目紧闭，已高烧得胡言乱语。

香菱坐在床头，一勺一勺地往芸娘口中喂水。

扬季赶回店里，快步走到床前，高声叫喊："夫人!"

芸娘已经烧得昏迷不醒了，香菱急得眼泪汪汪。

扬季急得大叫："店家!"

店家应声走进来道："客官有何吩咐?"

扬季道："我夫人已烧得昏迷不醒，求你帮忙把药给煎了。"

店家道："不必客气。"从扬季手中接过草药快步去了。

扬季打来一盆热水，为芸娘洗脸擦身。

不一时店小二将煎好的草药端了进来。

扬季接过药碗，送到床前，用药勺慢慢地给芸娘灌下。

不多时，夫人觉得轻松了许多，烧也退了。

芸娘道："这次病倒中途，多亏贤夫巧遇良医才转危为安。不然，后果不堪设想。"

扬季道："这都是愚夫所致的后果，让贤妻受如此大苦，为夫人效劳，理所当然，何足挂齿。"

芸娘道："第二剂用完，明日就可上路。"

扬季道："夫人身体虚弱，不如多住几日，等身体复原，再赶路不迟。"

香菱道："老爷说的也是，夫人还是多住几日为好。"

三人言罢，一夜无语。

第二天晨起，芸娘的病情不轻反重，一会儿发热，一会儿发冷。

香菱站在床边除了流泪别无他法。

扬季突然想起什么，便叫店小二道："店家!"

店小二应声而入道："客官有什么吩咐?"

扬季问道："请问这附近可有什么庙宇?"

店小二道："出了本店大门，一直往东五里地有一座山神庙，香火还算旺盛。"

扬季谢了店家，吩咐香菱好好照料夫人，便出了店铺。

扬季一路紧走来到了山神庙。

山神庙前长着一棵千年大柏树，郁郁葱葱像一柄大雨伞，遮护着整个小庙。扬季靠在柏树上，看着庙门上挂的一块写着“心诚则灵”的匾额，自语道：“我扬季今天似乎已无路可走，你若真正有灵，就该为我指出一条去路才是。”

清风拂拂，四周寂静无声。

山神庙虽小，香火却十分旺盛，庙前石炉里的香灰已溢了出来。一拨又一拨的善男信女，跪倒在山神庙里深表虔诚和祈求神灵的德威。

扬季上前敬了香、挂了红，然后跪倒在山神面前为芸娘和香菱祈祷了一番。

扬季从山神庙里走出来，忽见一个道人，手持算命布招迎面而来。他正要转身走去，被老道叫住道：“这位先生，卜上一卦如何？”

扬季不耐烦道：“谢谢先生好意，本人对卦不感兴趣。”

道人道：“贫道一定要送先生一卦，分文不收。”

扬季无奈，只得应允。

道人道：“先生先说一个字，就这个字测讲，这叫测字。”

扬季没多加思索，脱口而出道：“路！”

道人道：“啊！你是问路的。一句话，路在天地间。”

扬季道：“先生这话岂不是废话吗？”

道人却不恼道：“天地间万事万物，均由一个字就可以概括，那就是‘变’字。阴阳不断变化，而万物生焉！无路可行测变，变则通，通则达，达可久也。”

说毕，转身扬长而去。

扬季望着道人的背影，苦笑着摇摇头，起身离去。

扬季在山道上急匆匆行走着。

天气越来越阴沉，行人们纷纷四处躲雨。一阵冷风吹来，扬季不由打了两个寒战。他抬头四下一望，在荒郊野路上，只剩下自己一个人了。他不敢逗留，加快步伐行走。行不多时，天又下起雨来。

扬季进入客房，只见房间燃起一盆熊熊的炭火，夫人躺在床上侧面入睡，倒还平静。

香菱小声道："老爷回来了，饿了吧？"过来帮扬季把淋湿的衣服脱下，放在火盆边烘烤。

扬季坐在火盆边烘烤着双手，道："小妹，大姐睡了多久？"

香菱："已睡了两个时辰，药喝了有所见好。"

二人小声说话间，芸娘翻身醒了。

芸娘叫道："夫君，你可回来了！"

扬季赶紧起身走到床前，俯下身子抚摸了一下夫人额头，心痛道："夫人，让你吃苦了，感觉好些了吗？"

芸娘道："好多了，让你和香菱操心了。"

扬季道："夫人病好了什么都好！晚上想吃点儿什么？"

芸娘道："让小二送碗粥吧！"

扬季道："香菱妹妹想吃什么，干脆让店家一道送过来。"

香菱想想道："当地凉粉好吃，再要碗醪糟汤圆吧！"

扬季大叫道："店家！"

店小二应声入内道："客官有何吩咐？"

扬季道："给我们准备两碗粥、一份泡菜、一碗凉粉、一碗醪糟汤圆、一份酸菜鱼、两碗米饭，备好送到房间来。从今日起，在贵店所耗费用一律记账，到时一并计算。"

那店小二眉开眼笑道："好嘞，客官请稍候！"随即出门置办去了。

芸娘说她想下床坐坐，香菱忙上前帮她穿好衣服，扬季将她扶到火盆边，一家三口一边烤火，一边说话。

说话间店小二将三人所要食物端来，一一摆放在房间几上，说声客官慢用便退了出去。

香菱赶忙端起稀饭，双手递到芸娘手里。

芸娘接过碗来，先尝了一口泡菜，觉得还不错，便喝了几口稀饭。

扬季一看，高兴得眉开眼笑，手舞足蹈，抓起筷子就往嘴里填。

香菱见了凉粉，也狼吞虎咽地吃了起来。她一连吃了几口，这才放下筷子，擦了擦嘴对芸娘说道：“大姐，这凉粉又酸又辣，味道真不错，你也吃一点儿？”

芸娘道：“我已经饱了！”

用完饭后，香菱叫店小二收拾干净，三人一起烤了一会儿火，芸娘说她想上床了，扬季叫香菱收拾好床铺，到隔壁房间睡去，晚上由他陪伴夫人。

扬季伴随着夫人身边躺下，窗外的雨淅淅沥沥下个不停。

芸娘翻来覆去不能入睡，干呕了一阵。便叫道：“夫君，为妻感觉身上难受，心里发冷，口中干渴，给我弄碗水喝。”

扬季赶紧起床为夫人倒水，并伺候着她在床上折腾了一夜，天蒙蒙亮时，芸娘才渐渐闭上眼睛。

扬季赶紧下床到隔壁敲开香菱的房门，香菱披头散发，敞胸露怀道：“老爷为何不多睡一会儿，夫人昨夜如何？”

扬季道：“你大姐的病又复发了，我无论如何也要给她寻个好坐堂医诊治才是。”说罢，大声叫喊：“店小二！”

店小二闻声走了进来，问道：“客官一早有何吩咐？”

扬季道：“我夫人昨夜病情又加重了，请问这镇上有无比李记药铺更好的坐堂医？”

店小二道：“有一位姓王，绰号王一剂的坐堂医，在方圆百十里都是很有名气的。一般病症，一剂草药痊愈。即使重症，三五剂也就好了。”

扬季闻讯大喜，忙问道：“那老堂医家住哪里？”

店小二：“住在南山坡上，离本店不远，也就十里八里地，过了村南那条河沟就到了。”

扬季谢过店小二，转身出门去了。

店小二热情地为芸娘和香菱端茶递水，问寒问暖，陪着说话。

两个时辰之后，扬季便将老坐堂医王一剂请进了客房。

王一剂在芸娘对面跪坐下，先看了脸色，又看了舌苔，见芸娘唇干舌枯，神浮气虚，又轻按手腕，号脉一番，然后到客栈大堂处方。

扬季拱手询问王一剂道：“请问老先生，我夫人到底得的什么病?”

王一剂道：“尊夫人患上了‘正疟’也叫‘温疟’，当地人叫作打摆子（今称疟疾）这种怪病。病人表现为先发冷发抖，皮肤起鸡皮疙瘩，面色紫绀；一个时辰后开始发高烧，头痛面红，恶心呕吐，全身酸痛，神志模糊，胡言乱语，烦躁不安，精神错乱，腹痛腹泻，抽搐昏迷，持续半个时辰后体温下降，全身出汗，随后又开始发冷发抖，如此反复发作。”

扬季道：“老神医所言极是，我夫人果然就是这些症状。请问会有什么危险吗?”

王一剂：“尊夫人病情委实不轻，虽无性命之忧，也恐难即刻痊愈。”

小二道：“那你就好生医治，倘若治不好，这位大人可要你赔他一个夫人!”

扬季道：“店家快莫胡言，先生岂有不尽心之理？快借笔砚来，请先生开处方。”

王一剂道：“要彻底痊愈，不可妄求一剂消灾。先用两剂，这叫投石问路。”

扬季道：“依先生之见，方用何剂?”

王一剂道：“高热不退，汗出不解，心中痞硬，呕吐频频。方用大柴胡汤主之。”随即开了处方。

扬季从钱袋子里取出五枚铜钱，付了王一剂的脉礼，又取些铜钱让小二到王一剂药铺取药。

王一剂告别扬季，在小二陪同下走出店门。

不到两个时辰，小二便提着药走回客店。

小二赶紧找来药罐，即往药里加入清水，放在炉上，守在炉边，看那药渐渐地沸腾起来。小二待在炉边没多久，就迷迷糊糊地打起了瞌睡。小二被一股煳味熏醒，睁眼一看，药罐子里的药已经煎干，黑烟直冒，急得他直跺脚。没办法，只好再加点儿水，又煎了一会儿，倒入碗内，给客官夫人端去。

小二端着药碗走进客房，叫道："客官，快请尊夫人喝药，一剂就好！"

扬季道："快将药碗给我。"他接过药碗，啜了一口，觉得煳味太大，问道："店家，这药怎么这样大的煳味？"

店小二道："这就对了。王一剂刚才讲这药叫大柴胡汤。自然煳味越大越地道。"

扬季半信半疑地将药碗递到芸娘嘴边，伺候她一气喝了下去。

以后扬季不放心小二煎药，便要过药罐亲自守在火炉旁，专心致志地煎着药。

店小二走过来道："客官，快三天了，尊夫人的病怎么样了？"

扬季道："还无明显好转，看这一剂完了如何。"

转眼间二十多天过去了，芸娘的病依然不见起色。

扬季和香菱守在床前一筹莫展。

扬季见夫人睡着后，便想出去走走。还没走出店门，那店家手拿账簿走了进来，恭敬地说道："扬客官，小店本小利薄，三位来到时间也不短了，是不是把这段的房钱、饭钱先结算一下。"

扬季满口答应道："那是那是。香菱，快把钱袋子取来。"

香菱道："钱袋子倒有一个，那里面哪还有分文？"

扬季惊讶道："除了抓几剂药，店里的房钱，饭钱还未支付，钱都到哪里去了？"

香菱道："老爷你好记性，咱们自从离开庐江郡，你一路走一路施舍穷人，在临江客栈又遇上盗贼，咱们就算有座金山银山也经不起如此折腾，何况……"

扬季连忙打断香菱的话，便央求店家道："再宽容几天，我尽快想办法付你。"

店家眼看着脚底刨不出金子来，也只好说几句顺水人情的排场话，安慰几声道："客官也不必着急，先安心养病，待病好之后再想办法不迟！"

店家走出客房。

芸娘道："夫君，你看眼下，钱也花完了，该当的也当完了，还欠着店里房钱，饭钱。除了我身上这件衣服还能值几个钱，别无他物可以抵债了。若其不然，你把我这件衣服拿到街上去，卖上几个钱先支付一些店钱。"

香菱道："老爷，我也还有一套衣服，可以一道拿去卖了。"

扬季凄然泪下道："两位夫人说得愚夫心都碎了，我还有一样能换钱的东西呢！"

芸娘道："夫君除了换洗衣服便是几卷书简，那也能换钱吗？"

扬季道："我随身携带的那几幅帛书，没准正好派上用场。香菱，快从我的行李袋中找出来。"

香菱很快在房间的行李中找出扬季要的东西递给他。

扬季打开一个小白布捆，取出里面的帛书卷，一一展示给两位夫人道："这是我亲手书写的《孙膑兵法》《孙子》《尉缭子》《晏子春秋》等隶书，咱们汉朝书法的发展经历了几个时期，起初，汉承秦制，初用篆书，后来篆书呈现出衰落的趋势，隶书得到蓬勃的发展，在汉初发展成为比较成熟的一种字体，并在汉武年间进入鼎盛时期。这两幅是当年与我同朝为官的司马相如所作的《子虚赋》和《凤求凰》。"

扬季边说边从行李中摸出笔墨砚，大声叫道："店家！"

店小二应声而入道："客官，难道你找到钱了吗？"

扬季皱了一下眉头，把墨和砚台递给小二道："是的，是找到了能换钱的东西。请小兄弟帮我砚点墨来！"

店小二不解道："客官是向某人写信借钱吗？"

扬季道："非也！"

店小二道："是谁欠下客官债务，你写下收条让小人帮你收欠债吧？"

扬季道："我要写两个字，明天拿到镇上去卖。"

店小二大惑不解道："两个什么字就能卖钱？"

扬季道："两个'卖字'！"

店小二打着哈哈笑道："客官这两个字别说卖钱，怕白送人都没人要呢！"

扬季道："店家不必多言，请将墨砚好拿来便是。"

店小二哂笑而去，不多时便将墨砚给扬季送了过来。

扬季撕下一块白布，几笔写下两个"卖字"，吩咐小二贴在木板上，并用钉子钉在一根木棒上。小二一脸茫然，扬季也不跟他作任何解释。当晚打早便上床睡觉，一夜无话。

六

第二天扬季打早起了床，早饭也不吃便抱着字卷，举着卖字招牌到小镇上去了。

扬季运气倒还不错，今天恰好遇上小镇赶集，到了中午时分，小镇上已是人山人海。

扬季蹲在小镇中街的一条十字路口，这块地方是小镇赶集最热闹的中心地带，他将卖字招牌靠在一棵大树上，然后将几幅字在大树脚下的空地上一字摆开，朝着赶集人群大声吆喝道："卖字，卖字，名人名句！各位父老乡亲、兄弟朋友，大家快过来看一看、瞧一瞧！"

不少赶集人应声而至，围着扬季的卖字摊看热闹。

这些人大部分都是乡下百姓，其次便是城里那些小商小贩们，他们都是利用赶集的机会交流当地土特产品和由他们生产出来的粮食作物，以及鸡、鸭、鱼、肉、蛋、蔬菜之类的农副产品，然后再买回油盐酱醋等生活日用品。这些人都没什么文化品位，他们宁愿花两个铜钱买只鸡回家炖着吃了，也不愿意用一个麻钱去买扬季一幅字。

不少人望着地上的字摇摇头，转身离去。

扬季急了，拿起司马相如的《子虚赋》大声吆喝道："别走哇，快看看这幅字，这可是你们蜀中大儒司马相如的《子虚赋》，是他早期游梁时所作。此赋写楚国之子虚先生出使齐国，子虚向乌有先生讲述随齐王出猎，齐王问及楚国，极力铺排楚国之广大丰饶，以至云梦不过是其后花园之小小一角。乌有不服，便以齐国之大海名山、异方殊类，傲视子虚。其主要意义是通过这种夸张声势的描写，表现了大汉王朝的强大声势和雄伟气魄。此赋极铺张扬厉之能事，辞藻丰富，描写工丽，散韵相间，标志着汉大赋的完全成熟。《子虚赋》将是司马相如的又一篇传世之作。”

要走的那几个人听了扬季这段话倒停住了脚步。

扬季又拿起司马相如的《凤求凰》咏道：

凤兮凤兮归故乡，遨游四海求其凰。

时未遇兮无所将，何悟今兮升斯堂！

有艳淑女在闺房，室迩人遐毒我肠。

何缘交颈为鸳鸯，胡颉颃兮共翱翔！

凰兮凰兮从我栖，得托孳尾永为妃。

交情通意心和谐，中夜相从知者谁？

双翼俱起翻高飞，无感我思使余悲。

这是司马相如的古琴曲，演绎了司马相如与卓文君的爱情故事。以《凤求凰》为通体比兴，不仅包含了热烈的求偶，而且也象征着男女主人公理想的非凡，旨趣的高尚，知音的默契等丰富的意蕴。全诗言浅意深，音节流亮，感情热烈奔放而又深挚缠绵，融楚辞骚体的旖旎绵邈和汉代民歌的清新明快于一炉。《凤求凰》以传爱慕之情，两人一见倾心，双双约定私奔，卓文君与司马相如回蜀郡之后，面对家徒四壁的境地，大大方方地在临邛老家开酒肆，自己当垆卖酒。

可惜扬季这些极有水平的话等于对牛弹琴，人们只把他当成是街头杂耍而已。

扬季见仍然无人问津，便接着又说道：“这些名人名句均是本人墨迹，没准还有收藏价值呢！”

一个中年男子终于开口说话道：“也不怕把牛吹死！你是做啥子的哟？”

扬季一时急了，也不再顾忌什么道：“我是扬季，与司马相如同朝为官，曾在一个衙门共事多年呢！”

中年男子先惊讶后嘲讽道：“你与司马相如既是同事，为何穷困潦倒到这种地步，居然跑到千里之外的大山沟里来卖他的诗赋，也未免太滑稽了吧！？”

一个壮汉道：“哄死人不填命，吹牛不上税，就是把牛吹死也不犯法！”

众人一阵大笑。

一个青年小伙子嘲笑道：“司马相如是我表哥，他说他并不认识你这个同事呀？”

那壮汉嘲笑道：“卓文君还是我表妹呢！”

围观者一片哄堂大笑。

扬季更加着急道：“我真是扬季，曾在庐江郡做过太守呢！”

一老者打着哈哈笑道：“这人若不是江湖骗子，就是一个疯子。大家快散了吧！”

众人一哄而散。

扬季仰天长叹一声，接着继续吆喝。一直喊得口中干渴不已，肚里饥肠辘辘，太阳快要落山了，还是没有一个人上前问津。

扬季仰天长叹道：“我扬季一个堂堂太守，居然落魄到这种地步！”

扬季将字收起卷好，心中惦记着两个夫人，便快步赶回客栈。

芸娘听完扬季在小镇卖字的遭遇后，叹息道：“夫君这些帛书若在蜀郡成都，兴许还能卖出好价钱来。可在这大山沟里的乡下人眼中，却比不上他们的一个萝卜实惠呢！”

香菱亦叹息道：“夫人所言极是，老爷还是另想办法为妥！”

扬季愁眉不展道：“我再跑几天试试运气，万一碰上一个识宝的人。除此我也再想不出任何可以变钱的办法了。”

三人一夜除了唉声叹气，再无他话可说。

第二天一大早扬季又到了镇上，结果一无所获。

之后一连跑了十多天，他的卖字地摊连一个看热闹的人也没有了。

扬季至此便死了卖字的这份心。

可是给芸娘抓药治病要钱，在客栈歇号吃饭更要钱，何况还欠了店里那么多钱。能当的都当了，现在只剩下扬季和两个女人的皮囊之身了。

无奈之下，香菱只好挺身而出，自告奋勇，挺着大肚子在店里洗盘子刷碗做清洁分文不取，权且抵消一些饭钱。

店小二却依然一天数次上门找扬季催要所欠房费饭钱。习惯了，扬季也就死猪不怕开水烫了，开始还支吾小二几句，再后来干脆不理他或者躲起他来。

这天店主与小伙计商议道："那扬客官一家三口，转眼之间在我店里住了三个多月。平心而论，我们也收了扬客官不少的钱。倘若他夫人死在店中，先不讲会不会惹来官司，就只说埋葬她，店钱，饭钱一概一笔勾销，还得再花铜板买棺材。所以你我应对他那病老婆多多照顾，千万不能死。"

店小二道："店主尽管放心，小人勤快点就是了。"

店主走出门来，一眼看见扬季郁闷地坐在店门口晒太阳。

店主笑嘻嘻地走过去道："扬客官，你夫人的面色可是好多了，身体也慢慢强起来了。今后打算如何经营度日？"

扬季长叹一声道："老店主，这些日，我也在想，我夫人这一场病使我窘到如此地步。钱也罄尽了，夫人病仍未见好，小娘子又身怀六甲，若非店主大恩大德，百般照顾，哪还有我夫人的命在？如今我已分文皆无，何敢再谈什么经营？有意投亲，可又远在蜀郡。欠店主的房钱、饭钱尚无力偿还，哪里还有盘缠前往？"

店主一听此言，便想："只要你有去处，我就得赶快送瘟神。你欠我店钱反正是还不了了，继续住下去岂不是越欠越多？我破点财，总比让你老婆死在店里好。财帛落空，屋里再留个野鬼，那就更不合算了。"忙问道："不知令亲在蜀郡做何营生？"

扬季道："我的亲戚在蜀郡做官，但多年没有联系，也不知如今情形。"

那店主一听，暗想道："休看他眼下窘迫如此，一旦找到他那做大官的亲戚飞黄腾达，可要比我这店阔气得多。能结交这样一个有背景的客人，将来准不会吃亏。”于是说道：“那太好了，蜀郡既有令亲，还是赶快前往投奔。至于欠我房钱、饭钱，还有我代你垫付的药钱，都算小事。日后，你兴旺发达了还能忘了我，那时再还不迟。只是这里距离蜀郡路途遥远，没有千里，也有八百，这路费如何筹措?”

扬季道：“正是如此，所以在下多年也未投亲，此外别无门路了。”

店主听了，十分失望，皱眉沉思了一会儿，又说道：“客官既无本钱做生意，不知可有什么特长技能，倒也可以当作谋生之道。”

扬季道：“可怜，在下自幼在家读书，有时练练刀枪棍棒，百工技艺哪里学过一样，却无什么技能在身。”

店主道：“听店里小伙计说扬客官会写字，如字写得好，也不失为一种技能。”

扬季微微苦笑道：“说来惭愧之极，前些日子扬某将书写的几卷诗赋拿到小镇上去换几个钱付你店费，摆了十几天嗓子都喊破了，白送给人家也没人要呢!”

店主打着哈哈笑道：“客官会写字将有另一番用场，可否欣赏一番你的书法?”

扬季道：“店主稍等片刻，我即去取来献丑!”

不大一会儿，扬季便将几卷帛书取来一一展示给店主过目。

店主看了以后，不由满脸堆笑，说道：“想不到客官的书法竟如此漂亮。我们镇上有个写碑文的老先生，他的书法在方圆百里无人可比，我也时常去欣赏他的碑文，但比起扬客官的书法，你是天上的皓月，他也就是地上的萤火虫而已。”

扬季苦笑道：“承蒙店主夸奖，可本人的字在当地人眼中，连个萝卜都不如呢!”

店主哈哈大笑道：“这些乡下人只懂得口朝黄土背朝天，哪里懂得你这高雅的书法艺术。我也喜欢书法，跟镇上那碑文先生讨教一些书法知识，可他也只能说出一些皮毛。倒要向扬客官讨教一番，万望赐教一二！”

扬季道：“真没想到店主居然还有这个雅兴！书法是一门古老的艺术，从夏商周经过春秋战国再到秦汉两朝，已有一千多年的历史。秦以前的古代简册，以竹质为主，编简的绳用牛筋、丝线、麻绳。秦以后的书法中的真迹，在简帛盟书中都能见到。书法经甲骨文、金文，至春秋战国时期，由于诸侯割据，因此殷商以来的文字，在诸侯各国走上了不同的发展道路，这一时期，书法的形态和技巧亦呈现了一种百家争鸣的局面。”

店主感叹道：“书法知识如此渊博，难怪镇上那碑文先生只能说出皮毛来！”

扬季继续说道：“春秋战国时期，各国文字差异很大，是发展经济文化的一大障碍。秦统一六国后的文字称为秦篆，又叫小篆，是在金文和石鼓文的基础上删繁就简而来。秦书有八体，一曰大篆，二曰小篆，三曰刻符，四曰虫书，五曰摹印，六曰署书，七曰书，八曰隶书。基本概括了此时字体的面貌。由于秦之小篆，篆法苛刻，书写不便，于是隶书出现了。隶书、篆之捷也，其目的就是为了书写方便。到了咱们汉代，隶书完成了由篆书到隶书的蜕变，结体由纵势变成横势，线条波磔更加明显。汉朝书法分为两大表现形式，一是主流系统的汉石刻，一是次流系统的瓦当玺印文和简帛、盟书墨迹。汉以来，碑碣云起，是汉隶成熟的标记。而碑刻是体现时代度与韵的最主要的艺术形式，每碑各出一奇，莫有同者。”

店主崇拜得五体投地，眉开眼笑道：“扬客官一席话，愚夫茅塞顿开！”

扬季淡淡一笑道：“店主过奖，我只不过信口雌黄，胡言乱语而已！”

店主满脸堆笑道：“真想不到客官的字，写得如此漂亮。有这一手字，还愁什么生活？不瞒客官说，这镇上及周围几十里逢年过节，谁家有婚丧嫁娶、当地也称红白喜事，都要到镇上请那位碑文先生帮忙。不料前两个月，老先生病故，便没人能写，百姓颇感不便。现在客官有这笔好字，而且对碑文又那么有研究，只需我略加宣扬，不愁没人找上门来。每次都能挣上些润笔费。何况客官这字，不仅能写碑文，就是商号招牌也能写得，那润笔费就更高了。不出几个月，不但生活费有着落，还清小店房钱、饭费，就是前往蜀郡的路费也不在话下了。”

店主滔滔不绝说了一番，越说越高兴，仿佛天上掉下一个财神似的。

扬季也自欢喜不尽。

店主当即便请扬季先给他的客栈书写一幅匾额。

扬季趁着兴致高涨，略加思索，想到店主姓常名福，便挥笔书写了“常福客栈”四个大字。

店主欢喜得了不得，当即吩咐小二拿到镇上去连夜将匾做好。

扬季回到房间向两位夫人说了，也各自欢喜不尽。

店主选定第二天正午时挂匾，还在院子里燃烧了爆竹。

放鞭炮贺新年在我国已有两千多年历史，是由爆竹演变而来。最早的爆竹，是指燃竹而爆，因竹子焚烧发出“噼噼啪啪”的响声，故称爆竹。自古以来流传着这样一种说法：很久以前，每年农历除夕的晚上会出现一种叫“年”的猛兽，为了吓退这种猛兽，于是人们在家门口燃烧竹节，由于竹腔内的空气受热膨胀，使得竹腔爆裂，从而发出巨响，借此驱赶年兽。随着火药的发明，火药爆竹取代了过去的竹节爆竹。

中午店主大摆酒席，宴请了当地豪门绅士，并请扬季作陪。

当天晚上，店小二给扬季一家三口送进好多天不曾送过的饭来，笑眯眯地对扬季道：“扬客官，我们店主已为你联系到了不少撰写碑文的活计呢！”

扬季笑道：“难怪平日那些顿顿稀粥咸菜不见了，不仅变成大米饭，青菜豆腐粉条，还加了一盘炒鸡蛋！”

小二道：“生活有了着落，扬客官的夫人便可安心养病了。”

冬去春来。由于有香菱在客栈打工抵债，特别是店主为扬季谋了一份撰写碑文的营生，生意一日更比一日火，店主和店小二的冷脸也变成了热脸，在扬季一家三口面前随时都是眉开眼笑。在生活方面一日三餐也渐渐丰富起来，小二的服务态度也与三人初来时几乎无二。由于生活有了转机，环境发生了变化，芸娘的病情随着心情而大有好转。大年一过，就基本上算是好了，不用扬季和香菱搀扶，一个人可以在店前店后散步晒太阳，不仅扬季和香菱满心欢喜，店主和店小二见了也不胜欢喜。此时香菱的肚子越来越大，掐算起来已有五个多月的身孕，当扬季跟店主商量再过一些时日便算清店钱上路时，店主却义正词严道："小夫人身子越来越沉重，到蜀郡还有千山万水的路程，她哪经得起一路跋山涉水的折腾？万一在路途动了胎气发作起来，那时喊天天不应，叫地地不灵，后果不堪设想啊！再说大夫人如此大病一场，要完全恢复元气也还需待时日。"

扬季一脸茫然道："依老店主之见，这可如何是好？"

店主道："依老夫愚见，你们一家三口就安安心心地在小店住下去，让大夫人彻底养好身体，待小夫人生完孩子满月之后再走不迟。"

扬季："这——"

店主："小夫人仍在小店帮忙，扬客官继续做你撰写碑文的营生，你看如何？"

扬季拱手道："老店主对我们一家三口恩重如山，扬某他日必当厚报！"

店主："出门在外，大家方便。客官一家出门在外遇到难处，老夫尽微力相助，可不是为了图你来日回报。这人与人相识是缘，能与客官在此境遇，没准还是前世修来的缘分呢！"

店主说完哈哈大笑起来。

扬季感激地拉着店主的手摇了又摇。

当扬季把这一消息告诉两位夫人时，芸娘和香菱都高兴得不得了。

当店小二背后问店主为何留扬家三口做亏本生意时，店主却笑眯眯地说道："你娃儿懂个球！你就没发现那小娘子和扬季都是我手中的两棵摇钱树？自从小娘子每天出入咱们小客栈，那些打尖住店的都往咱们店里跑。因为什么呢？还不是那小娘子长得漂亮，人家都是奔她而来的。那些打尖住店的家伙，要不是长年在外的背二哥（山区靠人力跑运输的农夫），就是短途贩运山货的商家小贩，他们经常接触的是乡里女人，都是一些土包子，一辈子做梦也没见过像小娘子这么漂亮的女人。别看她挺着一个大肚子，可在这伙人心目中，也还是一位天仙呢！你没看那些打尖的食客，哪是来吃饭的哟，一个个全他妈的像进妓院逛窑子那副丑陋嘴脸，一双色眯眯的鬼眼睛，死死盯住小娘子那张漂亮的脸蛋和那两只高高挺起的大奶子，还有那高高翘起的肥屁股，看了上头看下头，一个个看得垂涎直流，像一群发情的公狗围追母狗，恨不得马上就扑上去。我都看得怪不好意思，实在委屈了人家小娘子，我强留扬客官一家也有诚心回报她之意。"

店主这一番表述，笑得那店小二频频点头。

转眼到了初夏香菱该分娩的日子，可怜这命苦的女子生了三天三夜，吃尽千辛万苦，总算给扬季生下了一个鲜活的大胖小子，然而大胖小子他娘却一命呜呼！扬季呼天抢地痛哭一场，给儿子取名扬峰，意思是这孩儿是他与香菱在巫山仙女峰做的种，同时也让父子二人永远记住香菱。

店主也起了怜悯之心，当然更多的是念及香菱在小店当了大半年帮工，为他招揽了如此众多的食客，便为她购置了一副大棺材，这令扬季夫妇好生感动。扬季把香菱埋葬在客栈对面的一座高高的山冈上，让她日夜遥望着郫邑方向，永远看得见儿子扬峰。

下葬这天，客栈老板和店里的伙计以及他们的所有亲属全部出来为香菱送葬，入土的那一瞬间，天空突然炸起一排排惊雷，震得大地抖动，暴雨倾盆而至。其悲壮场面真是惊天地、泣鬼神！

店主还特地安排几个小伙计在墓前栽了两棵小碗口粗的松树。

扬季蹲在香菱的墓前，早已哭干了眼泪，现在变得目光呆滞，面部麻木得没有了任何表情。

“妹妹，明天我们就走了。你就在这里安息吧，以后我们会常来看你。”

芸娘俯下身向香菱作了最后告别，然后慢慢站起来，与扬季相互搀扶着，一步一步地走下山冈……

七

扬季由于连日劳累和悲伤过度，加上给香菱送葬时又淋了大雨，当天晚上便发起高烧大病一场，好在有店主和小伙计们帮着芸娘跑前跑后，才得以很快康复。夫妻二人经过商量，请店主在当地帮忙雇了一个年轻的奶娘伺候小儿子，决定再休息几日准备上路。

这天中午时分，只闻得店外一阵喧哗，只见几个差役，簇拥着邻州胡县令，大踏步地向小客栈走了过来。

胡县令走到小客栈门前，抬起头来，细细地观察扬季为常福客栈书写的匾额，口中自语道："看这字迹，果真是庐江太守扬季！店家——"

店主闻声从店内奔出来，一眼认出是本县大老爷，吓得翻身跪倒在地，把头磕得山响，口中念念有词道："小人不知青天大老爷驾到，有失远迎，罪该万死！"

胡县令厉声道："你这店里都住着什么人啦？"

店主道："回答老爷，这里东来西往的地方，过往客商多是晚来早走，长住的客人却没几个，只二三位收山货的客人在此。"店主顿了一下又道："不过，这里有位外地客官，他夫人身染重病，小娘子又怀孕在身，在小店已住了大半年，目前夫人病刚痊愈，不幸小娘子又难产身亡。这一家老小又身无半文，全靠小店做善事，留他下来。如果将他撵走，谁家又愿留？"

店主以为胡县令是来查户口的，生怕把扬季这个财神爷从他手中撵跑。

胡县令道："那歇店的客官叫什么名字，从哪里来，又到何处去呀？"

店主犹豫半晌，用商量的口气道："这位客官夫人确实病重得不能出房门，不会碍老爷的事，看样子他也是官宦人家出身，不知何故才没落异乡。听他说他叫扬季，从很远的地方，好像是从老爷家乡庐江郡而来，去投靠在蜀郡做官的一个亲戚。请大老爷看在都是同朝为官的面上，留他住在这里吧！"

胡县令不大耐烦道："你真啰唆，我哪有撵你客人走的意思？快去把你那客人请出来与我见上一见。"

扬季透过窗眼看去，开初还以为是官兵来搜捕他，不由吃了一惊，顿时出了一身冷汗。后来院内对话他已听得十分清楚，原来不是前来抓他的官兵，而是本县大老爷想要见他。

店主匆匆跑进来，叫道："扬客官，本县大老爷路过此地，不知何故，想让你出去与他一见。本县大老爷原本是庐江郡的一个大商人，据说家中钱财无数。他正在店外候你，请客官快快出去相见，没准交上好运呢！"

由不得扬季多想，赶紧整理好了衣帽，跟随店主大步走出店门。

扬季走到胡县令面前拱手施礼。

店主却着急地埋怨扬季道："好不懂事的客官，见了本县大老爷，为何还不下跪？"

胡县令一见扬季，连忙跪下，吓得在场的所有人都情不自禁地惊叫起来。

扬季赶紧上前扶起胡县令，不安道："愚夫一介草民，岂敢让大老爷行此大礼，岂不折杀小人也！"

胡县令拱手道："太守大人，你为何从庐江来到下官界地？"

扬季犹豫片刻道："愚夫是从庐江来，但不是什么太守。听店主讲大老爷也是庐江人氏？"

胡县令道："下官老家就在庐江郡，不仅对你面熟，连你的字迹都一眼认得出来。十年前，太守大人还帮下官打赢过一场冤枉官司呢！"

扬季哈哈大笑道："这倒记不得了！"

胡县令道："扬大人可是一个好官，深受庐江百姓喜爱。下官今日到乡下视察，听人议论这家客栈住了一位写好字的外地客人姓扬名季，前些日子还在小镇上卖过字，我便想起了庐江太守扬季，于是便上门探个究竟。一见面，果然便是庐江郡太守扬大人啦！"

扬季开初还对这位来路不明的胡县令怀有戒心，当听到他对自己怀有无限崇敬之情时，便拱手施礼道："惭愧之极，本人就是庐江郡原太守扬季，原本只打算路过贵县，不期还是惊动了胡县令！"

胡县令还没等扬季把话说完，便又翻身跪倒在地，连连叩首道："果然是家乡父母官青天大老爷扬太守扬大人，请受下官代表家乡父老在此一拜！"

几个差役也赶紧一齐跪倒在地，口中念念有词。

店主和几个小伙计已惊吓得三魂跑了两魂半，跪在扬季面前把头在地上碰得咚咚响。

店主伸手打了自己两个嘴巴，向扬季赔礼道："扬太守扬大人啦，是小人和那几个该死发瘟的伙计瞎了狗眼，有眼不识泰山，大人客居小店大半年，本应让小店蓬荜生辉，却让大人受尽委屈，小人罪该万死，还请扬大人多多海涵才是！"

扬季连忙将众人一一扶起，并大声叫夫人出来与胡县令见礼。

芸娘从店里出来，扬季让她上前见了胡县令。

胡县令也赶紧拱手还礼，并向夫人自责道："夫人在小店居住这许时日，下官至今才来拜访，实属罪过。"又转身问扬季道："扬大人，你与夫人何故至此？"

扬季道："这儿不是说话的地方，请贵县令到客房细述原委。"

店主奉承道："扬大人、大老爷细述，小人便去准备午宴，将用当地最好的土特产款待扬大人、大老爷和太守夫人！"

扬季也不理会店主，拉着胡县令的手走进店里。

扬季与胡县令到了客房，小二早已端上上等茶来。

胡县令端起茶杯品了一口茶，问道："扬大人在下官鱼米之乡，为何流落在这山野不毛之地？"

扬季见这胡县令对自己一片真诚，毫无半点相害之意，于是便长叹一声，便把如何受奸人所害，被迫弃官出走，从庐江辗转宜都，再到巫山、临江两地祭祖，然后途经此地，不期夫人病重，小娘子又身怀六甲，无奈之下便在这小客栈屈居半年之久的详细经过，从头至尾讲述了一遍。讲到伤心之处，扬季和夫人都落泪不止。

胡县令也伤感地落下泪来。

店主趁机上前向扬季致贺道："扬大人与县大老爷早年相识，时隔千山万水，在小人客店团聚，真是天下奇遇。单说扬大人一家三口在本店落难的这半年多里，所受的苦难，真是难以言表。可怜夫人一病数月，病情反复加重，将近四十余天卧床不起。这可吓坏了小人，又不能见死不救，那几天本店几乎关门谢客，生意损失事小，全力以赴救治太守夫人性命却是头等大事。在夫人病情最危险的那几天，小人把神医王一剂请来住在店里，守候了夫人三天三夜，事后小人酬谢了王一剂些许银子。更可怜的是小夫人难产，儿生母死，小店关门三天三夜，小人和小伙计们的女眷们专门侍候，白天黑夜没有离过左右。小娘子蒙难又是小人出资购置棺材，并负责安葬，花钱无数。这些日子我对扬大人夫妇的生活也作了特殊安排，一日三餐，顿顿吃饱吃好，要不然，扬大人夫人哪会这么快就得到痊愈。扬大人自己也说了，他以前所欠本店店钱饭钱药钱不说，这请大夫的出诊钱、药钱、店钱、饭钱又全是本店一概垫付。前些日子正当扬大人为自己生计出路焦头烂额时，小人又为他谋得了一个为当地人撰写碑文的好营生，最近生意不断找上门来。不期县大老爷来此巧遇，真是皇天有眼。扬大人大难不死，必有后福。"

扬季道："店主对我一家三口的大恩大德，我和夫人将永世不忘。"

胡县令道："扬大人在店吃住所欠的饭钱、药钱、店钱，一律由本县负责支付，并且还有重谢。"

店主道："大老爷此言差矣，俗话说救人一命，胜似七级浮屠。何况能结交扬大人这样的英雄豪杰，此乃小人三生有幸，岂为贪图几个赏钱而已。”

胡县令道：“你不必多言，一看你也不是什么善良之辈，本县也不再追究你薄待扬大人的种种恶迹。我已吩咐差役回县里叫轿子去了，一会儿便把扬大人夫妇接回县驿馆歇息休养，岂能继续在你这小店受委屈。赶紧去把账算好，一会儿随本县去县衙领取。”

店主被胡县令教训得满面羞愧，狼狈地施礼退出客房。

胡县令望着扬季沉默了一会儿，叹口气道：“扬大人实属不幸。不过适才听店主说大人准备前往蜀郡投靠一位做官的亲戚，不知是一位什么样的官人，是否会接纳你们？”

扬季道：“推算起来应是我的一位远房堂叔，曾任蜀郡别驾（太守最主要的助手），只是多年不通音讯，也不知现在是否还在成都。加之关山远隔，旅途遥远，所以一直未能前往。”

胡县令点头道：“世态炎凉，人心险恶。假若你那位远房堂叔靠不住，或者早已不在蜀郡为官，扬大人又作何打算？”

芸娘接过话头，长叹一声道：“夫君原本就没打算投靠这位远房亲戚，只一心前往蜀郡近郊郫邑购置几亩薄地自耕自种，度过余生。不期夫君一路施舍穷苦百姓，路过临江客栈又遭遇盗窃，到了此地贫妾又大病一场，为了求医治病耗尽了所有盘缠，故狼狈至此。”

胡县令伤感道：“人有旦夕祸福，月有阴晴圆缺，世事难料也！事已至此，扬大人不如就在下官界地谋营生，下官早晚也好有个照应？”

扬季谢绝道：“扬某与你萍水相逢，初次见面，岂敢添如此大的麻烦。本人去郫邑谋生的决心已定，明日便将动身前往。”

胡县令惋惜道：“扬大人实在要走，也得到县衙住上几日再走不迟。”

扬季道：“本人辞官出走，万一仇家一路追查至此，岂不牵连了你？来日方长，待我时运好转，皇上不再追究，再与你交往不迟。”

胡县令叹息道：“扬大人执意要走，下官奉送三千金（铜），可在郫邑安居乐业。”

扬季大惊失色道："俗话说得好，无功不受禄。我与你非亲非故，一面之交，岂敢受如此大礼？"

胡县令道："扬大人大可放心，这些钱是下官在老家经商所得，并非当邻州县令贪污受贿的赃款。权且只当是借给扬大人渡过难关，待你时运好转时再还我不迟。此意已决，请扬大人夫妇再不要推辞！"

扬季躬身施礼道："恭敬不如从命！既然如此，扬某也就不好再推辞了。"

芸娘施礼道："我夫妻二人身处危难之际得到胡大人的救助，如此大恩大德，终生难忘！"

胡县令还礼道："下官略表心意，尊夫人不必在意。听说扬大人藏有书法真迹，可否让下官开开眼界？"

扬季谦恭道："惭愧之极，几个臭字，实在不值一看！"

胡县令道："我适才已欣赏到了扬大人为这家小店题写的匾额，真真天下第一好字，还恳望扬大人为下官题几个字做个留念呢！"

扬季起身在房间里找了一圈，最后才从床下找出那捆没有卖出去的字来，取出里面的几卷书法，一一展示给胡县令道："这是我亲手书写的《孙膑兵法》《孙子》《尉缭子》《晏子春秋》等隶书，这两幅是当年与我同朝为官的司马相如所作的《子虚赋》和《凤求凰》。愚夫献丑了，请指教！"

胡县令两眼圆睁，爱不释手，看了这幅看那幅，只恨爹妈少给了他两只眼睛，激动得手舞足蹈，赞不绝口道："扬大人啦，你让下官有生以来，第一次大饱了眼福！我从小便崇拜司马先生，可否将你书写的他那两篇《子虚赋》和《凤求凰》赠予给我，世世代代收藏？"

扬季笑道："既然不嫌弃，就把这些字全部送给你罢了！"

胡县令惊得目瞪口呆，望着扬季半晌才反应过来，连忙拱手施礼道："扬大人礼太重了，这些书法若干年后将会成为价值连城的绝世珍品，我送给你的那点小钱，到时怕一幅也买不到呢！"

扬季打着哈哈笑道："我那几个臭字，哪有那么值钱，你这是在宽我的心啦！"

说话间店主进来禀报道："宴席已经摆好，请太守大人和夫人及胡大老爷赴宴。"

因扬季执意不去县里，胡县令也就答应了店主的宴请。为了巴结讨好县令大人，店主摆了一食案上好的菜肴，食案上天上飞的，地上跑的，水里游的，山珍美味，应有尽有，这对平常唯利是图的店老板来说，还真是破天荒第一次，破费的确不少。席间胡县令与扬季二人频频举杯，店主也不断地尽东道主之谊，不停地斟酒、敬酒讨好。

这一顿饭一直从午时吃到太阳偏西方才散席，胡县令与扬季夫妇洒泪而别。

天黑时分，胡县令派他的心腹将三千金送给扬季。

店主跟随胡县令到县衙，也取回了由胡县令支付的扬季一家所欠的各种费用，任凭店主自己报的数，又没与扬季进行核对，这就让店主狠狠地大赚一笔。除此之外，还有不少奖赏。

扬季夫妇感慨人生命运的变化无常，早上可以上天，晚上也许入地，生死贫贱与富贵真是谈笑一挥间啊！一夜激动无眠。

店主自然与扬季夫妇也是一样心情，欣喜过度，造成严重失眠，吃了王一剂好几剂草药方有好转。

第二天早起，胡县令派来的三副滑竿，早早等候在客栈门口，吩咐轿夫要将扬季夫妇送到临县交界处方回。还说因山路狭窄，官轿不便行走，故才使用滑竿。这又让扬季夫妇感慨万千，流泪不止。

扬季夫妇退了店，与店主及小伙计告别时，大家都眼泪汪汪，相处六七个月，自然处出感情来了。

三副滑竿扬季夫妇各坐一副，奶娘抱着小儿坐着一副，当即起程，缓缓离开常福客栈，向伍城县方向而去。

八

长话短说，扬季带着夫人和奶娘离开常福客栈，前往蜀郡途中的过程就不再细述。单表这一日扬季一行人历经千辛万苦，终于到了蜀郡首府所在地成都。这郡治在万山之中一块平阳，沃野千里，真古所谓天府之国也。扬季给芸娘讲述成都的历史，大约在公元前五世纪中叶的古蜀国开明王朝九世时将都城迁往成都，构筑城池。关于成都一名的来历，是借用西周建都的历史经过，取周王迁岐“一年而所居成聚，二年成邑，三年成都”因此得名成都。公元前316年，秦国大军灭蜀后设置蜀郡，重筑成都城作为蜀郡首府。太守李冰在此建成了举世闻名、万代受益的都江堰，使成都“水旱从人，不知饥馑”，从此被誉为“天府之国”。

扬季夫妇当日便住在成都市郊一家谢记客栈，抱着试一试的心情打听他那位远房堂叔，得知堂叔早在五年前便病故了。

原本没有打算投靠这门远亲，所以也就没有太大的失望。跟人一打听，郫邑就在成都眼皮底下，扬季便决定让夫人和奶娘暂时住在城里，他先去郫邑找好落脚点，待买好田地，购置好房产之后，再接她们不迟。

扬季当即租了一辆小马车前往郫邑，车夫姓孙名安，恰好就是郫邑人氏，扬季便从他口中详细打听郫邑的土地买卖以及二手房价行情。孙安是个三十来岁的中年汉子，对这方面了如指掌，加之他又极善言谈，于是便一路滔滔不绝地向扬季介绍这方面的情况，当他得知扬季想在郫邑购置田地和房产时，便告诉扬季道：“瓮店当属郫邑第一好地方，我家世世代代就生活在那里。客官想在郫邑安居乐业，天下竟有如此巧合的事，村里一位姓黄的大财主，儿子在京城做官，一家老小准备迁居长安，便决定变卖家中所有财产。他家有庄园一幢，好田百亩，因急于想出手，价钱十分便宜，全部要价还不到两千，先生还可与他压压价，没准一千七八，或许一千五六也能拿到手呢！千万不可犹豫，消息一旦传到外地，前来抢购的有钱人便多如牛毛，这一哄抢，便不是这个价了。”

接下去，那孙安又把瓮店的田园风光、人文景观、风土民情、地理环境作了详尽阐述，说得扬季心花怒放，心悦诚服。他一路上观察赶车人不像奸猾人，认识这人也许是个缘分，与他做个邻里也许还有个照应，于是便当即作出决定，在郫邑的定居就是瓮店了。

当扬季作出认购瓮店黄家房产和田地的决定后，孙安满心欢喜，一是能与扬先生这样大家子气的人结识真乃三生有幸；二是帮黄老员外卖掉房产田地还另有奖赏，这是事先约定好了的。接下去他的话更多，便把村儿里前三十年死猫，后三十年死狗的事都扯出来说。一路话多时间过得也快，转眼之间便到了车夫孙安所介绍的瓮店黄氏庄园。

扬季抬眼四处张望，湛蓝的天空白云如丝絮般游走，西部逶迤苍莽的群山和巍峨峻峭的雪峰历历在目。平原上林木繁茂，密如蛛网的沟渠，随处可见的农家小院。暖融融的阳光下，满眼是金灿灿的油菜花、绿油油的麦苗，蜜蜂在菜花中穿梭飞舞，清风拂过，馨香醉人……

扬季下了马车，细观黄氏庄园，果然气派，高墙大院，青砖黑瓦，两扇黑漆大门紧闭，两只狰狞的大石狮子分卧大门两端，一看便是千年老宅的大户人家。老宅房前是一条河流，河岸上绿柳成行。宅后是一个大山包，山包上是一棵棵粗大的柏树，宅子两侧也是两个长满松柏的小山包，房前屋后是一片片竹林，前后左右便是绿油油的庄稼地。

扬季失口叫道：“左青龙右白虎，有背景更有前景，果然是一块风水宝地呀！”

车夫孙安迎合道：“看来先生懂得风水！”随即叩响大门。

不一会儿双扇大门徐徐打开，一位老头儿探出头来。

孙安原来认得，叫道：“刘管家，快去禀报你家老爷，这位远方先生要买他的庄园。”

刘管家道：“既然是远方来的客人，就直接随我进来见老爷便是。”

扬季和孙安跟随刘管家进了黄家大院，安排在客厅喝茶稍候，便去禀报老爷去了。

不一时黄老员外便拄着拐杖来到客厅，与扬季拱手施礼道：“先生尊姓大名?”

扬季拱手还礼道：“回答黄老前辈，晚生姓扬名季。”

黄老员外一见扬季如此彬彬有礼，一副读书人的大派头，不由得满心欢喜。便又问道：“一看先生这副派头，便不是一般人物。请问先生做何营生，听你口音不像本地人，为何知道老身要卖田地房产，怎么又找到了这里?”

车夫孙安便抢过话头，把扬季如何千里万里来到蜀郡，租他马车前往郫邑购置房产田地的前后经过向黄老员外详尽地表述了一番，其间不少扬季没实话实说，比如他向车夫表述他是淮南药材商贩，经常到蜀中贩卖药材，便喜欢上了巴山蜀水，更喜欢郫邑这块风水宝地，一字没敢提及他在官场上的那些事儿。

一番寒暄之后，便进入买卖话题。

一番讨价还价之后，终以一千六百成交。

双方还谈定，黄府原有的帮工、佣人、佃户全部过继给扬季留用，一个也不辞退，刘老管家仍旧做扬季的管家。黄老员外心中大悦，说这是他心中一块心病，这些人有的跟了他好几十年，又不能全部带到长安，无故把这些人给辞退回家，实在于心不忍。如今遇到了扬季这样好的新老爷，他便大放宽心了。就冲这一点，他便又让了扬季三百多。

黄老员外和扬季都是痛快人，没那么多的花花肠子，三下五去二，不到两个时辰便办妥了买卖手续，一手交钱一手交货，说好两天之后扬季一家便可入住。

扬季同时也跟车夫孙安谈妥，以后专门给他跑运输，孙安自然欢喜得了不得。

车夫孙安把扬季送回成都谢记客栈，说好两天之后来接他们一家子。

扬季做梦也没想到今天到郫邑办事会如此顺利，当他把办事经过跟芸娘说了，她说这也许是咱们到两处祖坟祭祖的原因，是祖先保佑咱们呢！

当夜扬季趁着心情高兴，要与夫人亲热一番。自从芸娘患病又加上香菱难产病亡，扬季心情坏到极点，已八个多月没与她做过那方面的事了。芸娘却拒绝了他的要求，说是干脆等乔迁新居，住进瓮店黄家大院的当天晚上再做不迟，没准祖先还会保佑让我当天晚上就怀上扬家后人呢！

扬季兴奋到了极点，便把夫人搂在怀里长时间地亲嘴。

到了第三天，车夫孙安一大早便将马车赶到成都谢记客栈门口等候。扬季头天晚上便算清了店费，见车夫来叫，便带着夫人和奶娘上了马车。

车夫孙安已经改了口，一路上管扬季叫老爷，管芸娘叫夫人，管小儿扬峰叫公子，管奶娘叫大姐。奶娘二十七八岁年纪，长得浓眉大眼，白皮嫩肉。听常福客栈老板说，她原本是一个有夫之妻，已生育三个孩子，只因男人染上了好赌的毛病，将家中所有财产输光不说，连自己的两个亲生骨肉都卖给人贩子抵赌债。老婆生下第三胎不久又偷出去卖了，恰好香菱难产身亡需要找个奶娘，店老板便托人介绍给了扬季，她那充足的奶水正好喂养无娘儿扬峰，这似乎也是天意。孙安是一个从未结过婚的光棍儿，家中有一个七旬老母，无田无地，除了几间茅草房，再没任何财产，又不会什么手艺，从十五岁起便给当地黄大财主赶车当长工。由于家境实在贫寒，至今还光棍一身。扬季夫妇见他人还本分，便将奶娘介绍给他做了老婆。

此乃后话，暂且按下不表。

再说孙安赶着马车，一路说说笑笑，转眼之间便到了郫邑瓮店黄家大院门口。扬季与夫人芸娘抬眼一看，大院门口上方的黄府招牌也已经换成扬府招牌了。

几十个男女佣人早已恭候在大门口，马车一到，便一起上前迎接。

这都是黄老员外提前安排好的，既算是为扬季一家接风，也算是扬季一家的乔迁之喜。

黄老员外闻讯走出大门，与扬季夫妇拱手施礼，一阵寒暄之后，便进行正式交接。黄老员外先给那几十个帮工佣人训了几句话，从今以后要好好听新老爷的话，同时也恳求扬季夫妇善待这些下人。随后便对所有房产，包括田里地里的庄稼，室内家具、炊餐用具、生活用品、生产工具，以及猪、狗、牛、羊、鸡、鸭、粮食等一一进行了交接。交接完毕，黄家一屋老小分坐两辆马车离去，除了带了几件随身衣服之外，几乎将所有的东西都给了扬季夫妇。这令扬季夫妇好生感动，他们望着黄老员外一家人远去的背影拜了又拜。这是他们在绝望途中遇到的第二个大贵人，也印证了“好人必有好报”的俗话。

送走了黄老员外一家老小，一切安排妥当，几十个帮工佣人也各行其是，一切仍按老规矩办。

扬季当日还做了一件大事，那就是让孙安驾着马车带上夫人芸娘专程去祭拜郫邑境内的望丛祠。

望丛祠位于蜀郡西北郫邑县城西南部，扬季年少时曾随家父去祭拜过一次，瓮店离望丛祠并不算太远，加上孙安一路上扬鞭催马，转眼之间也就到了。望丛祠大门前，耸立着望、丛二帝的雕塑像。深沉、凝重，庄严、肃穆。扬季让孙安看守马车，他拎着一包事先准备好的各种祭品，带着夫人芸娘神情庄重地走进望丛祠。只见殿宇陵墓之间，水池环绕，碧波荡漾。临水就势建有“稻荪楼”“听鹃楼”等楼台亭阁。墓地及周围二百多株古柏，郁郁葱葱。

扬季向芸娘介绍望丛祠是纪念古蜀国两位著名蜀王望帝和丛帝合葬的墓地和祠宇。

扬季夫妇来到望、丛二帝墓前，献上各种祭品，跪地磕头，然后闭目沉思、祈祷。

祭拜完毕，扬季便带着芸娘参观望丛祠整个陵园，并边走边向她讲述古蜀望、丛二帝的故事：

远在两千年前，郫邑境内就聚居着许多部落，这些部落号称蜀国。望帝杜宇、丛帝开明是先后创业、开发蜀地的两位著名古蜀国皇帝。古蜀国自出现至公元前316年被秦灭亡时止，共经历了蚕丛、柏灌、鱼凫、望帝、开明（丛帝）等五世帝王的统治。蚕丛至望帝杜宇均为氐羌蜀国人，而最后一世蜀王开明帝却是来自另一个邦国氏族——巴人，郫邑为古蜀国都城。公元前314年，秦灭蜀后设蜀郡，郫邑始称郫邑县。至公元前316年为秦所灭，开明帝及其传人统治蜀国达360多年。据文献记载，古蜀国最早的先王是蚕丛、柏濩（柏灌）、鱼凫，三代而下是望帝杜宇、鳖灵，或说是蒲泽，其后是开明。

杜宇发展农业，开明平治水患，为蜀地成为“天府之国”打下深厚基础，受到蜀人世世代代的崇敬。这望丛祠里奉祀望帝、丛帝，轮奂崇闳，岿然千载，便是一个明证。杜宇自岷山河谷迁居郫邑，观察蜀地水源充足，土地肥沃，适宜于农业生产，遂鼓励百姓发展农业，并采取一些促进农业发展的有力措施。以至山林、泽鱼、园囿、瓜葛、四节成熟，桑、漆、麻特别丰饶，国力因之富强。杜宇帝的晚年洪水暴发，造成严重水灾，蜀民不得安处。当时尚居相位的开明帝，有善于治水的经验，受杜宇帝委任排除水患。他观察地形，测度水势，而凿玉垒山，开金堂峡，疏导宣泄，遂使水患消失，蜀民安居。杜宇帝感于开明治水之功，法尧舜禅让故事，而退隐于西山。但是，杜宇帝对蜀民的功业却常使蜀民难以忘怀。每当春天农事季节，听到催耕的子规鸟啼声，便以为望帝回来催他们快快耕种，并以为子规鸟就是望帝死后魂魄化的。此鸟逐渐被呼为杜鹃，后人更把望帝都城郫邑也称为杜鹃城。蜀中各地遍设土主（杜宇）庙，各家皆祀土地神，与中原奉祀后稷一样普遍而隆重，可见蜀人怀念望帝之深。

关于丛帝还有这样一个传说，丛帝又叫鳖灵，他在荆地死后尸随水西上，至岷山下复生，起见望帝，帝使鳖灵凿巫山，然后蜀得陆处。望帝自以为德不如，以国禅与鳖灵，为蜀王，号曰开明。开明帝属另一氏族，即巴族。他生长在楚地，楚地多江湖，因之深识水性，富有治水经验。他溯江西上，先到南安（今四川乐山市），后到郫邑见望帝。望帝知人善任。即以其为相。适逢洪水为灾，望帝又委其以治水重任。他不负厚望开凿玉垒山和金堂峡，使洪水分道下流，水患得平。开明系氏族之名，一世开明帝名鳖灵，受禅得国后才称丛帝。丛帝承袭望帝开创的丰厚基业，既守成，又继续发展，能与北方强邻秦国争雄。

……

芸娘听完扬季关于望、丛二帝的讲述，感慨道："望、丛二帝带领蜀地各族人民，从刀耕火种的原始部落快速步入先进的古文明社会，奇迹般地创造了人类历史，实在值得后人纪念！"

夫妇二人回到扬家大院做了第二件大事，便是把列祖列宗一一请进了扬家大院的神龛里供了起来。

夫妇俩抱着小儿子扬峰跪在先人灵位前，感谢先人们显灵让他们一家转危为安，化险为夷。并祷告先人们继续保佑他们在此开创的新基业兴旺发达，人丁兴旺，世代传扬。

芸娘的祷告意念中更为直接，那就是希望扬家的列祖列宗，保佑她在今天晚上能怀上扬家后人，最好一岁（睡）一个，生个十个八个也不嫌多。

扬季在他父亲的灵位旁还摆放了邻州胡县令的长生牌位，在他一家最绝望的时候，胡县令成了他们的救命恩人，今天一切的一切都是胡县令给的。胡县令恩重如山，他要把胡县令当成再生父母与列祖列宗供奉在一起，夫妻二人抱着小儿子也跪在胡县令长生牌位前磕了三个响头。

扬季夫妇当晚心情极好，因为又有前约，二人上床便使出平生力气办事，似乎要补足这一年来的亏损，五更天方才歇休。

以后又隔三岔五地来上这么一两次。

然而一月过去了，芸娘的肚子丝毫不见反应。情急之中便缠着扬季没日没夜地耕耘，累得扬季人瘦了一大圈。可是半年过去了，还是光开花不结果，只长草不长苗，列祖列宗并没保佑她怀上扬家的种。

芸娘便彻底绝望了，便认定自己是一只不下蛋的母鸡，于是便又打起了借奶娘的腹下蛋的主意。

九

芸娘向奶娘提及此事，她的话还没说完，奶娘的头便点得像鸡啄米一般。这个乡下女人何等精明，眼见扬家如此巨大的一笔产业，如果她能为扬老爷生下一个儿子，日后这财产中便有她母子一半，她的晚年便有了依靠。当时听了芸娘这话儿，激动得全身都在发抖。俗话说女人三十如狼四十如虎，她又正处于性饥渴之中，再加上扬季扬老爷也才四十多岁年纪，气宇轩昂，一表人才，早就是她心中崇拜的偶像。日有所思便夜有所梦，自从她跟随扬季做了奶娘不久，便做了数不清与扬季做那种好事的春梦。令她做梦也没想到的是，如今夫人却要让她梦想成真。于是夫人便成了她心中的观世音活菩萨，她便情不自禁地、失常态地跪在芸娘面前磕了几个响头。这令芸娘感到莫名其妙，当然她是永远无法知道这个乡下女人肚子里当时那些见不得人的花花肠子。

奶娘便开始打扮起来，她本来就长一副好看的瓜子脸，一对水汪汪的大眼睛会说话，只是身份下贱不敢抬头看人。高鼻梁下面一张甜甜的小嘴，平常只不过不敢开口说话。别看她已经生过三个孩子，却仍保持着一副少妇身材，隆胸翘臀，性感十足。背后有了夫人给她撑腰，胆子也便一天天大了起来，以前从不敢抬头看扬季，现在不仅敢看了，而且还敢偶尔递给他几束含情脉脉的眼神。再到后来竟敢当着扬季的面解开衣服给扬峰喂奶，两只丰满的大奶像讨好献媚一般在扬季眼前晃动。几个月的小儿子也是一个天生的情种，口中含着一只大奶，小手却戏弄着另一只大奶的奶头，好像在帮奶娘挑逗他的老爹似的。

转眼间便到了来年三月初三，也便是扬季四十六岁生日。同时这一天也是传说中的王母娘娘寿辰，普天同庆，扬季每年到了这一天都显得无比的兴奋。

扬季在瓮店阳光村生活得十分低调，不允许府中下人对外有半点张扬，所以他的交际圈子甚小，除了与村儿里的乡亲们谈论庄稼收成以外，除此不与外界发生任何往来。生日这天也就请了村儿里几位年长和较有身份的人来喝酒，从正午一直喝到日落。扬季由于心情好，便喝了从来都没有喝过这么多的酒。散席后送走客人，夫人芸娘给他泡了一壶茶解酒，天一黑便安排他上床歇息。一觉醒来，发现自己赤身裸体一丝不挂，凭感觉已与夫人云雨一度了。但浑身依然如火，特别是下体膨胀难忍，一种强烈的欲望支配着他，刻不容缓地需要再度云雨，好像这种感觉只有在神女峰脚下小客栈里才有过。朦胧中用手一摸身旁夫人，她亦赤身裸体一丝不挂。他心中大为不解，夫人已经挂了免战牌，为何今夜又下战书？他习惯于先摸夫人双奶，却摸到了一对丰满无比的大奶，夫人双奶虽然也不算小，为何一夜之间变得如此巨大？正当他鬼想神猜之际，她迫不及待地翻身跃起坐了一个上把位，二十多年来夫人可从来没有这样主动过，更没有这般连他也想不到的姿势。

扬季已十分清醒地意识到这个女人，绝对不是他的夫人芸娘。于是便翻身坐起，大喝一声道："你是何人？"

那女人亦翻身坐起，用双手捂着胸部，低着头，小声道："老爷，我是奶娘秀兰。"

扬季飞起一巴掌扇在她脸上，怒骂道："你这不知廉耻的女人，如何就睡到了我的床上？"

奶娘用手捂着脸，呜咽着将事情的来龙去脉跟扬季讲述了一遍。

扬季在奶娘讲述过程中赶紧下床穿好衣服，并责令奶娘也把衣服穿上。

扬季听完奶娘的讲述，不由得怒火冲天，正要发作，芸娘却推门走了进来，示意奶娘先回避。

奶娘听了夫人这句救命的话，只恨她爹娘少给了两条腿，便飞一般奔了出去。

芸娘待奶娘走出了门，便双腿跪在扬季面前。

扬季跺着脚怒骂道："你这个发瘟的女人，上一回在巫山发生的那龌龊之事，至今还心有余悸。如今你又故技重演，我是你随意愚弄的吗？"

芸娘跪在地上辩解道："为了延续扬家香火，巫山那一幕愚妾实属无奈之举。今晚故技重演，是看到夫君如此大的财产，日后仅靠扬峰怕很难支撑，便想出如此下策。我所做的这一切，都是为了咱们扬家着想。作为一个女人，特别是又十分心爱自己丈夫的女人，能做出这一步，内心深处需要忍受多少痛苦，其间只有天知地知愚妾我自己知了。现在已生米做成了熟饭，要杀要剐，任随夫君处置！"说完流泪不止。

扬季看着与自己朝夕相处二十多年，跟着自己风里雨里，尝尽了人间酸辣苦甜的夫人，愧疚之情油然而生，痛爱地将她双手扶起，她却趁势依偎在他的怀里。他抚摸着她的头，心中泛起一阵酸辣苦甜，一时便不知再说她什么是好。

良久，芸娘道："你心中只爱我一人，愚妾深知夫君内心的苦处和难处。但为了这扬家后继有人，你我做出一点个人牺牲又算得了什么？"

扬季心情似乎已经平静下来，他自己跪坐在夫人身旁，为难道："贤妻所做的一切都是为了我们扬家，我确实委屈你了。那依你说，今晚这事又该如何处置是好？"

芸娘道："自古以来君王三宫六院，就连民间普通百姓亦有三妻四妾，夫君再纳上一妾又有何妨？"

扬季顿足道："夫人哪，我扬季好歹也是做过太守，要纳妾也不至于纳个奶娘这样的乡下女人，岂不贻笑大方吗？"

芸娘道："只说好借奶娘之腹给扬家再续一门香火，并没让你纳她为妾呀！她喂扬峰一个也是喂，再给咱们生一个，两个孩子一起喂养，多给她加一份工钱便是。"

扬季责备道："夫人啦，你也是出自于书香门第，咱们哪能干出这种猪狗不如的事呢？奶娘已经受到她那禽兽不如的丈夫伤害，你我岂能再伤害她一次呢？"

芸娘道："那夫君打算怎么处置奶娘？"

扬季道："明天就打发她回老家，多给她一些钱拿回去过日子吧！"

芸娘道："夫君这样做等于逼死这个苦命的女人。你想过没有，她很可能已经怀上了你的孩子。再说她又是一个爱面子好强的女人，咱们就这样把她给撵出大门，我敢说她不是跳河就是上吊，消息一经传了出去，咱们不更是要背上千古骂名吗？"

扬季着急道："这都是你给我惹的祸！那你说咱们该怎么办？"

芸娘道："夫君也不必太着急，这事一切听从我来安排。我事先与奶娘有了约定，让她与你同房一月，一月之内若怀上了你的孩子，我与她都深藏府中不出，对外就宣称我怀孕了，生下孩子之后便自然是我的孩子了，她依然是奶娘喂养孩子。待孩子长到五岁，咱们再把她远嫁他乡，给她足够一辈子的养老钱足矣。"

扬季道："若怀不上呢？"

芸娘道："就当什么事情也没发生，她也没亏到哪儿去，多给她几个钱便是。"

扬季像不认识自己老婆一般，足足看了她四五分钟，感慨万千地，无可奈何地说道："夫人哪，你跟了我二十多年，好像我今晚才真正认识你，才知道你有如此心肠和手段，愚夫佩服得五体投地呀！"

芸娘变色道："这一切都是为了你们扬家着想，你以为我愿意吗？"说完呜咽起来。

扬季好言道："有劳夫人了，委屈夫人了！愚夫答应了你还不行吗？"

芸娘破涕为笑道："那就接着跟奶娘睡，这一个月就看你的了，不许冷落人家！"

芸娘说完瞪了扬季一眼，出门找奶娘去了。

扬季望着她的背影长叹一声。

芸娘走到门外，发现奶娘并没走远，她一直贴在门外听墙角。

芸娘在她耳边小声道："快进去吧，老爷在房间等你。这一个月，就看你的本事啦！"说完便把她推进房里，反手拉上了门。靠在门框上，闭上眼睛发了一会儿呆，耳闻房内奶娘与夫君上床的声响，两行屈辱的泪水顺着眼角往下淌。

……

一月之后，芸娘的计划终于如愿以偿。奶娘私下告诉芸娘，她有了。芸娘开初还不大相信，后来经过暗中观察，奶娘不是想呕吐，就是想吃酸的，她千真万确地怀上了扬季扬老爷的种。根据时间推算，应该是三月初三那天晚上怀上的。

当芸娘激动不已地把这一准确的消息告诉扬季时，他的表情既复杂又冷漠，反而没有表现出像她那样激动，这倒让她大惑不解。

紧接着芸娘的戏也便开始了，她经常有意当着那些帮工佣人做出呕吐状，还做出种种怀孕的表情，让那些下人们四处传播扬老爷夫人芸娘四十五岁又身怀二胎的消息。

再接下去芸娘与奶娘同时雪藏府中，八个多月无人再看见这两个女人的身影。

汉元鼎六年（公元前 111 年）腊月初八子时，从扬府传出一声洪亮的婴儿啼叫声，整个瓮店的村民们都知道扬季扬老爷夫人芸娘分娩了，于是家家户户都提着母鸡和鸡蛋前往扬府贺喜。

刘老管家代替扬季扬老爷收了众乡亲的贺礼，并告知各位乡亲，扬老爷又添了一位胖墩墩的小公子，取名叫扬柳。

扬季给特殊的小儿子取了一个特殊的名字，其意思十分明白，那就是夫人芸娘机关算尽才得到这个儿子。芸娘本名叫柳湘芸，小儿子单名便用她柳姓，别有一番意义，同时也是二十多年恩爱夫妻的纪念品。

扬柳满月这天，扬府张灯结彩，披红挂绿。

扬季夫妇为他操办了盛大的满月酒，遍请了瓮店阳光村的全体百姓，还遍请了凡是与扬府有生意往来的所有客户，扬府里里外外都摆满了酒席，宾朋满座，划拳行令，里里外外都沉浸在一片喜庆之中。

席间芸娘怀抱小儿子扬柳到酒席上向各位宾客展示，众人喝彩声一浪盖过一浪。这也不全是宾客们拍马屁，只怪那孩儿长得实在太像扬季，几乎就是一个模子里铸出来的，竟没有半点儿与奶娘相似的地方，永远也就不会有人怀疑这孩儿与她有什么瓜葛，这确实让扬季夫妇长出一口气，这也许是扬家香火命不该绝。

十五年后扬峰既是恶棍又是赌棍，只几年工夫便输光了扬季夫妇创下的全部基业。因输红了眼，在与赌徒们的打斗中，死于乱刀之下。好在这小子从小便日嫖夜赌，在妓院里染上了花柳病，所以就一直没有成过亲，死时光棍一个，无牵无挂，倒也死得干净。

扬柳从小便跟长工们学会了种地的本事，十七岁那年娶了一个会做豆腐的女人，据说还是淮南王刘长的后裔。她四十七岁才怀上了扬雄，到他这一代已是四世单传，后来倒成了西汉末年著名哲学家、文学家、语言学家。此乃后话，暂且按下不表。

十

秋后又是一个丰收年。扬季自从在郫邑置下田产以来，连续两年风调雨顺，粮食满仓，猪牛鸡鸭成群，而且又添了一个人见人爱的胖小子，夫妇俩把这一切都归功于邻州胡县令的大恩大德。要知恩图报，于是便把扬府托付刘老管家总管，让奶娘带上扬峰、扬柳随行，让孙安套上大马车，带上许多当地特产，前往邻州拜望恩人，同时也该去祭拜香菱了。

这次与两年前的来时处境大不相同，由于有了自己的马车，又有孙安这个赶车的老把式，一路上走走停停，说说笑笑，见饭馆打尖，见客栈歇店，再也没有来时的那种辛苦。一路上，芸娘对车夫孙安和奶娘突发奇想。

二十多天之后，扬季一行便到达邻州境地，依然住在常福客栈。

店还是当年那个店，人也还是当年那些人，只是店主常福略显老了些。店主和伙计们见到扬季夫妇，欢喜得像见到了久别的亲人，说不完的心里话，道不完的离别情。扬季夫妇还从店主常福口中悉知一道骇人的消息，那就是恩人胡县令在两个月之前暴病身亡。扬季当即哭倒在地，众人救了好半天才把他救醒。醒后又号啕大哭，哭得众人也跟着一起下泪。扬季哭着让孙安赶紧驾车，他要马上前去拜坟。

店主常福又告诉他，胡县令夫人已将尸体运回老家庐江安葬去了。胡大老爷离开邻州那天，天下着瓢泼大雨，这是天哭啊！成千上万的老百姓哭喊着跪在雨中为他送行，可见胡大老爷也跟扬老爷一样，是个大清官呢！

扬季夫妇跪在客栈大门前，朝着北方磕了几个响头，也算是对恩人胡县令略表敬意。

扬季又吩咐孙安到镇上去置办一些祭拜香菱的有关祭品。

店主常福陪同扬季夫妇和小公子扬峰来到香菱的坟地，香菱的墓穴孤零零地躺在那里。

坟前那两棵松树，如今长得格外翠绿。

香菱的坟墓被常福管理得十分整齐，这令扬季夫妇十分感激。

坟头草丛里，开放着各种各样的野花，红、黄、黑、绿、青、蓝、紫……

芸娘撕心裂肺地大叫一声："妹妹，姐看你来了！"便一阵风似的扑到香菱的坟前放声恸哭，凄厉的哭声吓得树林里的雀鸟拍打着翅膀惊叫着飞向远方。

芸娘哭够了说，说够了又哭，一直哭诉到太阳偏西。

一阵山风刮来，山冈上沙土飞扬，松涛怒吼。

芸娘哭着说道："妹妹，明天我们就走了。你就在这里安息吧，以后我们还来看你。"

扬季缓步走过去，将一束野菊花放在香菱坟墓前，俯下身扶起芸娘，一步一步地走下山冈……

第二天一大早，扬季便决定原路返回。临走时留给了店主常福一笔钱，拜托他继续帮忙照管香菱坟墓。

店主常福满口答应下来，以后也真这样做了。

然而扬季夫妇却从此再也没有来看过香菱。

回到瓮店以后，扬季遭遇此次变故，特别是痛失恩人之后，使他更加厌恶官场，心灰意懒，不愿再为朝廷卖命，决计世代隐居此地，让子子孙孙永远过着与世无争的平民百姓生活。

至此，扬季便在瓮店阳光村精心学习稼穑，并指导村儿里的年轻人学习一些枪棒，乱时以便保卫村落。

由于刘老管家经营有方，扬府四五年工夫便拥有万贯家产，成了郫邑有名的大富人家。扬季经常救济乡邻穷苦百姓，深受人们爱戴，称他为扬员外。

扬峰长到五岁、扬柳四岁时，芸娘便开始辅导习读《急就篇》《仓颉篇》《凡将篇》《滂喜篇》。扬季则给两个孩子讲五谷知识，他说五谷一种是稻、黍、稷、麦、菽（即大豆），另一种是麻（指大麻）、黍、稷、麦、菽。这两种说法的差别只是一种有稻而没有麻，另一种有麻而没有稻。麻子虽然可以供食用，但是主要是用它的纤维来织布。稻是南方作物，北方栽培得有限，所以五谷中有麻而没有稻。两种说法结合起来，就得出了稻、黍、稷、麦、菽、麻六种作物。与此同时，人们发现宿麦（冬麦）能利用晚秋和早春的生长季节进行种植，并能起到解决青黄不接的作用，加上这时发明了石圆磨，麦子的食用从粒食发展到面食，使麦子受到了人们普遍的重视，从而发展成为主要的粮食作物之一。南方人口的增加是与水稻生产分不开的，水稻很适合于雨量充沛的南方地区种植，但最初并不起眼，甚至被排除在五谷之外。然而却后来居上，在所有粮食作物中，水稻产量占十分之七，大、小麦、黍、稷等粮食作物合在一起，只占十分之三。菽已退出粮食作物的范畴，只作为蔬菜来利用了。

扬季不但给两个儿子讲农业知识，还带到田里地里去实践，请那些老把式庄稼汉手把手地教。

扬峰、扬柳都聪明过人，无论书本知识还是农业知识，一教便懂，过目不忘，这让扬季夫妇欢喜不已。

但夫妇二人同时拥有一块心病，两个孩子的底细全在奶娘掌握之中，一旦她走漏真情，其后果不堪设想。芸娘便突想奇招，要把奶娘许配给车夫孙安，多给他们一些钱，让两口子远走高飞，去祖籍临江县太平村守墓，把祖上那上百亩土地赠送他们经营。扬季无计可施，也就只好依了夫人。于是二人便讲给车夫孙安和奶娘秀兰听，话还没有说完，孙安和秀兰便一起跪倒在地上，一连给主人磕了八个响头，痛哭流涕地叫主人是活菩萨，是他们的再生父母，他们的子子孙孙也忘不了主人的大恩大德。原来孙安与秀兰二人早有爱恋之意，在去邻州的往返路上，芸娘便观察到了二人眉来眼去，这也正中她的下怀，去了她的一块心病。

当晚扬季给了孙安一大笔足以够他与秀兰生活一辈子的钱，千叮万嘱孙安，临江祖上扬姓已经绝了种，但祖坟和田地还在那里，去了太平村便以扬家后人身份自居，将孙安改名为扬安，与奶娘秀兰世世代代在那里生息繁衍，让扬家的香火从你们身上延续下来。便把扬家家谱抄了一份竹简交给孙安，同时还以庐江郡太守身份给临江县令写了一封长信，吩咐孙安万不得已时才拿出来去找临江县令。

当天晚上便让孙安和秀兰二人圆了房，一个是三十多岁的光棍，另一个是三十多岁的寡妇，好比干柴遇到烈火，又好比久渴的禾苗遇到了及时雨，这一夜的情形，笔者就无须细述了。

第二天一大早，孙安便带上他的新娘秀兰欢天喜地地上了路。此时孙安老娘已去世一年有余，他便成了真正意义上的光棍。老爷和夫人吩咐的这种美差，哪有不答应的道理？除了别让他和秀兰去阎王殿，天涯海角任随老爷和夫人发配。

扬季夫妇把孙安和秀兰送到村口，二人又跪在地上给老爷和夫人磕了几个响头，然后便洒泪消失在小路尽头。

孙安和奶娘秀兰这一走便泥牛入海，永无消息。

扬府上上下下，包括瓮店的所有村民，只知道扬老爷夫妇是两个活菩萨，把漂亮的奶娘许配给老光棍孙安为妻，还打发给二人好多钱去外地谋生去了。这外地是何地，他们就不知道了。他们不想知道，也没这个必要知道。知道真情的扬季夫妇又守口如瓶，将这件事情永远烂在了肚子里。

十一

当扬峰长到八岁那年，也不知是从哪里跑来了一支大约有上百人的乱军，聚集在青城山一带落草为寇，干起了打家劫舍的勾当，经常下山到附近村庄劫财抢人，男人抢去当喽啰，女人抢去当压寨夫人，扰得方圆数百里鸡犬不宁。由于这伙强盗原是一支训练有素的正规军队，大小头目武艺都十分高强，尤其是那大头目形象十分凶悍，长得虎背熊腰，力大无穷，使一对五十斤重的板斧，连小儿听到他的名字都不敢夜哭。县太爷当初不摸底细，听到受害百姓举报，还以为是一般的地痞流氓聚众闹事，便派了几十名巡捕进山围剿，结果却是肉包子打狗，有去无回。郫邑县令惊报蜀郡太守，便派都尉率五百官兵进山大举围剿，贼寇却化整为零，与官军玩起耗子戏猫的游戏，官兵时常被暗处的冷箭和滚木、流石所伤，耗了两个多月，官兵伤亡惨重，无功而返。此时汉武帝正与匈奴打得焦头烂额，正从全国各地调兵遣将，朝廷连正事都忙不过来，哪还有心思顾及地方草寇扰民？青城山的贼寇见蜀郡官府不再理会他们，郫邑县衙又奈何不了他们，于是更加滋长了嚣张气焰，变本加厉地祸害当地百姓。

扬季便把当地青年村民武装起来，从外地请了一位枪棒教头日夜操练，统一指挥。官府不管，便由村民自己保护家园。那教头十八般武艺样样精通，那伙强盗与他过了几次招后，便不敢轻易骚扰瓮店了。

扬峰五六岁时还是块读书的料，谁知以后便十分厌恶读书，教后句他便忘了前句，你说东他扯西，为此没有少挨扬季的打骂，棍棒都打断了好几根。芸娘心痛地说，成龙的上天，成蛇的钻草，树大自然直，你就顺其自然吧！

扬峰不再被强迫读书了，成天跟村里那帮放牛娃儿混在一起。在山坡上打架摔跤，整急了眼就狠命地打架，往往打得头破血流。打完了又与那些野小子们脱得一丝不挂跳进河里洗澡和好如初。由于扬峰的鬼点子特别多，大家都拥戴他当了孩子王。扬峰的恶作剧也相当多，比如在行人过往的路上挖一个坑，坑里放着粪便和锋利的牛角刺，上面用干土伪装好，他便躲在附近的树丛里静候那上钩的猎物。乡下人一般都打赤脚，走起路来又快又重，完全没有防备，结果一脚踩下去便是一声撕心裂肺的惨叫。不仅踩一脚大粪，而且长长的牛角刺活活将脚板扎穿，痛得坐在那里哭爹叫娘，他却躲在树丛里捂着嘴笑。如果遇到过路人是女的，肯定穿着鞋袜，一脚下去只踩一脚粪便伤不了脚，但却招来一顿臭骂，骂遍他的祖宗八代，骂得他蹲在树丛里大气都不敢出。更有甚者，他跑到人家地里给南瓜做手术，用镰刀把南瓜肚脐眼剜下来，拉一泡大便在里面，然后再将南瓜肚脐眼还原。到了秋天，这个南瓜长得出奇地大，待主人满心欢喜地将大南瓜刮皮洗净，放在案板上一刀砍破时，里面露出一大堆人大便来。这家女主人恰好又是村儿里有名的王泼妇，是骂人的头号大王，可以骂上三天三夜不翻重话。王泼妇只要怀疑是谁家的娃儿干的坏事，便把那家前三十年死鸡、后三十年死狗的事扯出来骂，她拖腔拿调，像吟诗似的，放开嗓音，一句一句的，让全村儿里的人都能听得到。王泼妇骂人是不穿衣服的骂，是不讲方法的骂，既然骂开了，四条牛都拉不回来，除非她骂够了，并且没人出来接招应战方才罢休。村儿里的规矩骂架一般不会有人劝解，因为不关人命，又有热闹可看，对于寂寞的山村来说，倒是一出打发寂寞的好戏。王泼妇有的是精力，这田埂骂到那田埂、这山骂到那山，走来走去地骂，跑来跑去地骂，跳哇跳地骂，提着裤子骂，拍着下身骂，像巫婆神汉一样极具表演性。

当扬季后来知道是他那宝贝儿子干的，便将扬峰用绳子捆绑起来押到王泼妇面前，当着她的面暴打了一顿，直打得王泼妇心痛地说："算啦，扬老爷，不就只是一个破南瓜吗，把孩子打坏了就不值了。"并亲手为扬峰松了绑。

扬季便将扬峰交给那些种田的下人看管，交给他种田的本事，看来这小子只有这一条路了。

扬府那些男男女女在田间地头一边劳动，一边毫不顾忌地讲男女裤腰带以下的事，甚至把自己在床上的事也编起来说。扬峰参加劳动时，经常听到那些男女下人在一起说男女方面的野蛮话，说到兴奋时还在众目睽睽下动手动脚。扬峰有了浓厚的兴趣，几乎天天参加下人们的劳动。扬季不知就里，还以为大儿子扬峰变好了呢！哪知道扬府下人这些放肆的性文化影响了他那宝贝儿子，对他的性早熟起到了潜移默化的作用，致使这小子八九岁便开始寻找性伙伴，过早地发生了极不正常的两性关系。

扬府下人里面有一个与扬峰同龄的小姑娘叫春花子，长得十分水灵。春花子的任务是每天挎着竹筐在田间地头扯猪草。扬峰见她长得好看，便经常陪她一起扯猪草，因为还都是小孩子，谁也不会往那方面去想。然而扬峰却不是一只好鸟，他脑子里装满了下人们灌输给他的那些男女性事，他要在春花子身上实践。

其实春花子从五六岁起便开始偷看她父母在床上做游戏，于是便经常与扬峰在坡上的庄稼地里一边扯猪草，一边向扬峰讲述她父母做游戏的情景。扬峰也就把从下人们嘴里听到的那些话儿，再添油加醋地说给春花子听，听到兴奋处，春花子便学着她父母的动作搂着扬峰亲嘴，然后再脱光衣服学她爹妈那样做游戏，过早地结束了处男处女时代。

从此以后，扬峰几乎每天都跟春花子在庄稼地里做这种游戏，有时一天要做好几次。一次春花子和他正在庄稼地里做那种游戏时，被前来干活的父母逮个正着，忍无可忍便扭送到扬府交给扬老爷处置。扬峰被扬季捆在树上打得死去活来，一气之下要将他活埋。坑都挖好了，直到春花子父母跪在扬季面前，反过来为扬峰求情，才放他这一马。扬季夫妇给春花子父母说了许多好话，并给了一笔钱，待春花子再稍大一点儿时，便远嫁他乡，消除了她与扬峰所干龌龊之事的负面影响。

芸娘心中暗想，丫鬟香菱是一个文静本分的姑娘，怎么跟老爷弄出这么一个孽种来呢？难道普天之下的偷情男女，弄出来的孩子都像扬峰这个样子？但奶娘与老爷偷情生下的扬柳，为何五岁便能熟背《急就篇》《仓颉篇》《凡将篇》《滂喜篇》，六岁能背诵“诗经”，七岁时便能背诵司马相如的《子虚赋》？

扬季吸取大儿子扬峰失败的教训，对小儿子扬柳绝不再敢放任自流，便日夜给他灌输孔孟的儒家思想，日夜教导他怎样做人，做一个有利于国家、有利于民族、有利于社会、有利于扬家和他扬柳个人的好人。

小儿子扬柳十分听话，每天跪坐在放着儒家经典竹简的案前发奋读书，扬季夫妇便视他为掌中之宝。

扬峰却认为父母偏爱弟弟扬柳，兄弟之间从此埋下了仇恨的种子。

扬季作出了让大儿子扬峰习武，让小儿子扬柳习文的决定。

扬季对大儿子扬峰已经彻底失去了信心，认为他是一堆扶不上墙的烂泥，便让他跟着枪棒教头习武，以后把他交给汉武帝去攻打匈奴，死在战场也还能捞个为国捐躯的美名。再说扬家的产业让青城山的强盗虎视眈眈，让这小流氓练就一身好武艺，也好守家护院。于是便让他正式拜那枪棒教头为师。

别看扬峰念书不行，习武却是一块天生的料子。只三五年工夫，便跟师傅学成了十八般武艺。

在扬峰十五岁那年，几十个强盗前来扬府打劫，当时师傅外出访友，他和几个男女仆人正在瓜园里摘西瓜。喽啰们远远看见瓜地里有一位好看的女人，顿时垂涎三尺，眼冒绿光，恨不得立马冲上前去搂在怀里做成好事！只听二大王一声令下：“弟兄们，谁先逮住那漂亮小娘们儿，就归谁先破瓜！”

“破瓜，破瓜！”失去了人性的喽啰们，声嘶力竭地狂喊着，不要命地向正在瓜地劳作的女仆扑过来。

扬峰见大队贼人蜂拥而来，已来不及回家取兵器，只好赤手空拳面对几十号杀人如麻的混世魔王，他面不改色心不跳，跟师傅苦练了五六年的功夫，这会儿正好得到施展。只见他拳打四面八方，腿踢三山五岳，腿到之处喽啰们断胳膊折腿，拳到之处众贼寇哭爹叫娘。这一场厮杀从正午打到太阳西斜，最后众喽啰以求饶告终，架着几十号伤者狼狈逃窜。

从此郫邑境内再也看不见这伙强盗的影子。

郫邑县令亲自给扬府送了一副“保境安民”的匾额，并提拔小英雄扬峰担任郫邑捕快，一时轰动全县。消息传遍阳光村和扬府上下，众人都觉得这是一个不可思议的人间奇迹。

扬峰的人生转折简直就像一场梦，扬季夫妇好长一段时间都不敢相信这是真的。

芸娘感慨道：“浪子回头金不换呀！”

扬季仍然心有余悸道：“但愿如此吧！”

时间证明，扬季的余悸并不多余。

扬峰自从进了县城便进了一个花花世界，成天利用县令对他的信任和手中掌握的特权，白天出入酒店饭馆，晚上进妓院出窑门，白吃白喝白搞，老板、老鸨还得对他赔着笑脸，还得感谢他大驾光临，欢迎他下次再来。再发展到后来，不但光白吃白喝白搞，还要敲诈勒索，酒店饭馆得给他好处费，嫖妓院逛窑子得给他消耗补偿费，真是无耻到了这种地步。然而那些受害者们都敢怒而不敢言，谁都知道他是县太老爷的红人，而且又有他那曾当过太守老爹的背景，当然更畏惧的是他的拳脚了得，轻者让你皮肉受苦，重者还小心丢了性命。

自古道赌场犹如坟场，只要你前脚踩进去，就等于死了没有埋。越输越赌，越赌越输，直到输得倾家荡产，家破人亡。扬峰不仅白吃白喝白搞，而且还走上了聚众豪赌这条不归路。他赌完了自己每月的俸禄，便找县城大大小小的酒店饭馆和妓院敲诈勒索，或向朋友同事借钱，美其名曰借，其实那都是夜猫子借鸡有借无还。别人都不买他的账了，他便开始三天两头地跑回家去跟他老爹编出种种谎言，一哄二骗三偷，结果也全部输在了赌场上。往家里跑他还嫌麻烦，便干脆打起欠条赌。赌场也认数，谁不知道他有一个腰缠万贯的老爹扬季？不怕你扬峰赖账跑了，跑了和尚跑不了庙，你扬峰不可能将郫邑瓮店扬府背起走。于是赌场老板便隔三岔五地拿着扬峰的欠条找到扬府收账。自古有条不成文的规矩，什么都可以赖就是不能赖赌债，赌输了你就得认，哪怕是卖房子卖田地卖老婆卖儿女你都得把赌债还上。白纸黑字，上面还押着扬峰的手印，扬季虽然气得半死，最终还得把钱给了人家。此路一旦行得通，扬峰的胆子也就越来越大，他不仅在郫邑县城小赌，还经常跑到成都赌场上去豪赌，有一次竟一次输掉一千五百金。扬季气得大病一场，这个由恩人胡县令扶持，由他千辛万苦经营起来的家，眼看着就要毁在这个败家子手里。他见势不妙，便赶紧将家中凡是值钱的东西卖掉，加上手头还余下的钱埋在一棵大树下面，他把藏钱的地点告诉了夫人，一旦他发生不测，这点家当可就是她和扬柳的救命钱。夫妻二人抱头大哭一场，悔不该当初在巫山脚下做出那荒唐事，弄出这孽种来。

果然不出扬季所料，就在他处理好家产的第二天，成都一家大赌场老板带着几十个彪形大汉拿着扬峰的欠条打上门来，接管了扬府的全部财产，除了准许扬季夫妇和小儿子扬柳带几件随身衣服外，其余什么东西都不姓扬了。同时将在这座府中生活了几十年的所有男女全部扫地出门。扬府上下哭声震天，惨不忍睹，其凄惨场面笔者都伤心得无法往下叙述。

扬季夫妇和小儿子扬柳被债主撵出门后无家可归，一个好心的村民将其收留下来。全村的老百姓都认为扬家败了，但都念及扬季夫妇平常的好处，每顿轮流请饭，等于吃派饭，这说明扬季夫妇在瓮店的人气实在高。扬季夫妇每日哭哭啼啼，好不凄惨，包括小儿子扬柳在内的所有人，谁也不会想到扬季夫妇还私藏有一笔财产，这也是扬季的高明之处。

不久扬峰的债主便将得到的扬家所有田地房产又卖给他人，扬季夫妇心头才松了一口气。如果是债主本人居住，私藏的钱财便不敢暴露出来。又时隔几天从成都传来消息，扬峰聚众斗殴，死于乱刀之下。扬季夫妇长出了一口气，老天爷终于长了眼睛，帮他们灭了这个祸害，否则他们全家都要死于这个祸害之手。村里还有人为扬峰这个祸害的自取灭亡而庆贺，否则瓮店也无宁日。芸娘还心软提议扬季找人前去收尸，却遭到扬季断然拒绝，他愤愤然地说，这种逆孽不孝的东西，就得暴尸街头，就让猪拉狗扯好了。

又过了一些时日，待彻底风平浪静之后，扬季瞒过村人，假以到成都去向熟人借钱，几天后返回村里，暗中从大树下面取出钱来，大约也还有五六百金。扬季再也不敢像当年那样张扬，只敢小打小闹、紧紧巴巴地过普通老百姓的小日子，扬柳以后又是一个什么东西，现在还很难预料。不到老两口断气临终前一刻，再也不敢把这点儿家底托盘说给他，万一这小子再有个什么闪失，老两口都是年过六旬的人了，一旦有个山高水低，连口棺材都没有，岂不死无葬身之地了。老两口商量来商量去，便决定在村儿里买了十多亩田地，并在车夫孙安家垮塌了的那几间破房的地基上盖了几间瓦房，添置了一些家具和农具。重打锣鼓另开张，一切等于重来，碗筷都得重新买。一账算下来，还余下三百多金，这笔钱除了必须给扬柳娶个媳妇外，就是天塌地陷也不敢轻易再动这笔钱，两把老骨头倒无所谓了，关键是扬家的香火还得靠这点钱往下延续。

扬季便手把手地教扬柳务农，决意让他老老实实、死心塌地当一个农民，从此再也不要抛头露面，再也不要有任何非分之想。扬家发生如此重大变故，哥哥扬峰给父母造成如此巨大的伤害，扬柳痛心疾首，把哥哥当成反面镜子，随时反省自己，约束自己的行为，在父母面前百依百顺，对天发誓绝不能再做出半点伤害父母和伤害扬家的事来。父母要他当一个农民，他心里完全明白父母用意，从此也就断了再读书、再出人头地的念头。于是便口朝黄土背朝天，不管天晴下雨，吹风落雪，天亮下地，天黑收工；回到家里又抢着帮母亲做家务，烧火做饭；天天如此，月月如此，年年如此。老两口让扬峰伤透了的那颗心，总算有所安慰。

十二

到了扬柳十七岁这年，芸娘便托村里的媒婆给他说了一门亲，娘家是三十里外雍谷场人氏。姑娘叫刘淑贞，比扬柳年长半岁，是一位贤而美的传统女人，也正是这个女人生下了西汉末期最著名的哲学家、文学家、语言学家扬雄。此乃后话，暂且按住不表。

再说扬柳和刘淑贞一见面都很喜欢，年底便过门成亲。新过门的小媳妇不仅针线活儿好，粗活细活重活轻活样样能干，上得厅堂、下得厨房。贤惠、孝顺、勤快的好媳妇，让公公婆婆成天乐得合不拢嘴，一家四口和睦相处，其乐融融。小媳妇刘淑贞除了以上数不清的优点，而且还有一手绝活，那就是做豆腐，而且还是她娘家祖传豆腐。要说起她娘家的祖传豆腐，她便有一个吓人一大跳的祖上，那就是淮南王刘长。

淮南王刘长是汉高祖刘邦的儿子，他母亲是过去赵王张敖的妃嫔。汉高祖八年（公元前 199 年），皇帝刘邦从东垣县经过赵国，赵王把刘长的母亲献给他。她受到刘邦宠幸怀上了刘长，然而却受到一起政变牵连死在狱中，从小失去母亲的刘长便由吕后带大。

汉政权建立之后，汉高祖刘邦首封开国元勋黥布为淮南王，当刘邦疑心楚王韩信背叛自己设计谋杀之后，又逼反淮南王黥布并亲自带兵平叛，除掉黥布之后为防止大权再旁落外戚，便将十八诸侯王国的疆土全部封给了刘氏亲姓，刘长被封为淮南王。

文帝刘恒即位，刘长自视与皇帝关系最亲，骄横不逊，一再违法乱纪。皇帝念及手足亲情，时常宽容赦免他的过失。

文帝六年（公元前 174 年），淮南王刘长策划谋反，事败露后，皇帝下旨赦免他的死罪，废掉他的王位。

于是刘长便这样被废掉了淮南王位，遣往蜀郡受苦，过段时间还让他回去，这原本是文帝刘恒的本意。

朝廷尽杀刘长的同谋者，于是命刘长起程，一路用辎车囚载，令沿途各县递解入蜀。

刘长充军时身着囚衣，几名差役前呼后拥地一路行来。

刘长虽是犯人，但却是正宗的皇族，那些差役们在刘长的面前可不敢放肆和得罪。一路上任由刘长随意安排，所以显得处处与众不同。

这一日，刘长一行路过雍谷场，众人都嚷嚷口中干渴，腹中饥饿，便决定停下喝水吃饭。

雍谷场小得只有一家没有字号的小客栈，那是方圆数十里唯一可供行客们食宿的地方，其他都是逢场才开的饭铺。小客栈被人们称为“雍谷客栈”，店主只有一个女儿叫“雍姑”。

刘长一行经过雍谷场的时候正值夏日，天气闷热难当，讨厌的苍蝇和咬人的蚊子四处都是。

刘长身为王爷被充军后心理的落差实在是太大了，一见到当地的气候和环境，便想到了更远、更偏僻的严道，于是有了想死的念头。

雍谷场小得没有毒药卖，于是刘长便买了一碗治疥疮用的胆水，他对医药略知一二，这东西足以结果了自己的性命。

刘长端着那碗胆水回到雍谷店的时候，那些差役们如何敢过来开口问？

刘长不想当饿死鬼，所以想酒足肉饱的时候再喝那碗胆水。

雍姑将酒菜送到失魂落魄的刘长案上时，见到案上已摆放着一碗汤。她想问刘长那是一碗什么汤，但又不好开口，送完饭菜后，便心怀戒心就到后堂熬豆浆。

雍姑一边熬豆浆一边想着那碗胆水，突然想到那碗汤肯定是治疗疥癣的胆水，毒性很强，喝上几口便能结果人命，何况这一大碗。那客人这样摆在食案上，如果误入口中后果不堪设想。再想到那位客人的表情，于是急得手拿瓢就冲了出去，一见那人正要喝那碗汤，着急之下忙将瓢往那人的食案上一丢，腾出双手将那碗胆水抢了过去。

那天逢赶集，街上人来人往，店中有不少的客人，害得雍姑没法往地上泼，只好端到后堂往水沟一泼，便将碗放到洗菜的池边，急匆匆地跑出去劝慰那位囚犯客人。

雍姑的父亲回到后堂见豆浆溢了出来连忙四处找瓢，一见离自己最近的只有水池边的一个碗，于是情急之下将那个碗抢到手中扬汤止沸。

刘长被雍姑一打岔，求死之心顿减，再见到雍姑一双水汪汪的大眼睛和苗条修长的身材，顿时产生了爱慕和感激之情，于是就有娶雍姑为妻的念头。

雍姑一见那人弃死求生和爱慕自己的眼神心中便一阵乱跳。

刘长想娶雍姑的念头才冒出来，就听后堂雍姑父亲的惊呼声。

人们赶过去一看，个个大惊失色，原来雍姑熬的豆浆凝固了，那锅豆浆白生生的煞是好看。那锅豆浆摇得动、晃得抖，而且气味芬芳还带一股清甜味。

刘长一见大奇，心想一大碗胆水才能毒死人，雍姑将那碗胆水倒了后碗内还能留多少？更何况融进了那样大的一锅豆浆中，哪里还能毒死人？

刘长第一个带头品了起来，一尝之后大笑着说："没想到这个胆水居然有让豆浆化腐朽为神奇的作用，这锅豆浆干脆就叫豆腐吧！"

人间的"豆腐"由此就诞生了。刘长从此也成了"豆腐神"，直到现在雍谷场做豆腐的手艺人都会供淮南王刘长的画像。

刘长因此奇缘，便娶了雍姑为妻，夫妻俩便在雍谷场开起豆腐店来，生意越做越大，品种也越来越多，方圆几十里的人都会慕名而来买他们的豆腐。

押送刘长的差役们见他就在此地安营扎寨不走了，他们倒也落得安逸，必定少走了许多路程。在蜀中玩耍了好些日后，才高高兴兴地回长安交差去了。

两口子加上老丈人在雍谷场经营着一个小客栈和豆腐店，小日子过得红红火火，不似神仙胜似神仙，远胜过伴君如伴虎的那种日子，刘长走路睡觉都在笑。

然而朝中那伙人却没有让他笑得太久，因为有他刘长多存在一天，对他们来说就是一种致命的威胁，假若哪一天皇帝一时高兴，淮南王便官复原职，人家毕竟是亲兄弟。一旦淮南王卷土重来，他们这一伙人的人头就要落地，一想到这一点，这伙人就心惊胆战。于是他们必须要置刘长于死地。

当那些差役回京将刘长落户在郫邑境内做豆腐为生的经过给那伙人汇报之后，一个个马上人头落地，罪名是擅自做主，擅自做主就是抗旨不遵，抗旨不遵便是死罪。那伙人便另外派了几位得力的差役前去郫邑雍谷场找到刘长，不能让他在那里享受世外桃源的生活，即刻将他押往环境十分恶劣的蜀郡严道邛邮（今四川雅安）。

沿途各县送押淮南王的人都不敢打开囚车的封门，于是刘长对仆人说："谁说你老子我是勇猛的人？我哪里还能勇猛！我因为骄纵听不到自己的过失终于陷入这种困境。人生在世，怎能忍受如此郁闷！"于是绝食身亡。

文帝得知刘长的死讯后，哭得很伤心，对大臣袁盎道："我悔不听你的劝告，终致淮南王身死。"

袁盎道："事已无可奈何，望陛下好自宽解。"

孝文帝道："现在怎么办好呢？"

袁盎回答道："只要斩丞相、御史来向天下人谢罪就行了。"

于是文帝命令丞相、御史收捕拷问沿途各县押送刘长而不予开封进食者，一律弃市问斩。然后按照列侯的礼仪在雍谷场安葬了淮南王刘长，并安置三十户人家守冢祭祀。

刘长被带走之后雍姑十分伤心，但那是朝廷中的大事，岂能是她一个乡下弱女子所能左右得了的事情，哭了几场，也不敢对外声张，此时她已怀上了刘长的孩子，生活还得继续下去，无论如何也要将肚子里的孩子生下来。几个月后，雍姑生下一对龙凤胎，在苦难中看到了一线光明。

文帝八年（公元前172年），皇帝怜悯淮南王刘长，他有儿子四人（与雍姑所生的龙凤胎没人禀报朝廷，自然也就没有算上。再说雍姑也不敢向朝廷申报，一旦那样做了等于飞蛾扑火，自取灭亡），年龄都是七八岁，于是封刘安为阜陵侯，刘勃为安阳侯，刘赐为阳周侯，刘良为东城侯。

文帝十二年（公元前168年），有百姓作歌歌唱淮南王刘长的遭遇说："一尺麻布，尚可缝；一斗谷子，尚可舂。兄弟二人不能相容。"

文帝听到后，就叹息道："尧舜放逐自己的家人，周公杀死管叔蔡叔，天下人称赞他们贤明。为什么呢？因为他们能不因私情而损害王朝的利益。天下人难道认为我是贪图淮南王的封地吗？"

于是封城阳王刘喜去统领淮南王的故国，而谥已故淮南王刘长为厉王，并按诸侯仪制为他建造了陵园。

文帝十六年（公元前164年），皇帝迁淮南王刘喜复返城阳故地。皇帝哀怜淮南王刘长因图谋不轨，而自惹祸患失国早死，便封立他的三个儿子：阜陵侯刘安为淮南王，安阳侯刘勃为衡山王，阳周侯刘赐为庐江王，他们都重获厉王时封地，三分共享。

然而到了汉武帝年间，衡山王刘勃、庐江王刘赐受到大哥淮南王刘安造反事件的牵连，同时遭到满门抄斩，废了淮南国、衡山国、庐江国封号，以郡重新命名，直接归中央朝廷管辖。

再说雍姑自从刘长遇难之后，也不敢找朝廷讨说法，与一对儿女相依为命，世世代代在雍谷场生息繁衍，以做豆腐谋生。到了淮南王刘安兄弟三人被汉武帝满门抄斩之后，雍姑的后人就更不敢对外人说起他们是刘家的后人了。

十三

说完刘长雍姑以及刘长的儿孙们，我们再接着说扬季这一家子。

上文说到刘淑贞有一手祖传做豆腐的好手艺，她便决定教扬柳做豆腐，她说小本生意赚大钱，光靠守着那几亩薄地过日子，永远也是一个穷字。

扬季夫妇满心欢喜，便决定依了媳妇的主张，并拿出一些钱让扬柳到村儿里收购黄豆，以及购置做豆腐的一些工具。

当天晚上刘淑贞便做成了第一锅豆腐，扬季夫妇和扬柳高兴得像过大年，自从扬峰走上邪路之后，扬季夫妇就再也没有像这天晚上高兴过。第二天早上，扬柳就挑着一担新鲜豆腐走家串户地吆喝着让家家户户品尝他家做的豆腐，这是扬季夫妇作出的决定，头一锅豆腐不能卖钱，送给乡亲们尝过鲜。远亲不如近邻，瓮店的乡亲们对扬家有恩，咱扬家世世代代都不要忘了众乡亲。

做豆腐是个非常辛苦的活儿，需要浸泡豆子，豆子泡好后，要拿到小磨上慢慢地磨，磨好后，要倒在锅里煮，然后用卤水点豆腐，经常忙碌到深更半夜，遇到第二天逢赶集，小两口便要忙个通宵达旦。

第二天一早，扬柳便将豆腐挑到邻村或集上去卖，扬家的豆腐好卖得很，大半天便全部卖完了。

从此以后，扬柳和刘淑贞头天晚上睡觉前磨好浆，榨好汁，点好卤，做成豆腐，用板子压结，第二天就挑豆腐卖。一天下来，把账一算，除去成本，还赚了好些钱。

扬柳高兴得差点儿发了疯，自己也能挣钱养活父母了。

扬季夫妇很高兴，鼓励小两口继续干下去。

刘淑贞却不满足这点现状，她要不断开拓豆腐市场，让村里的乡亲们都加盟进来，有钱大家赚，并以此回报众乡亲对扬家的恩情。于是不少村民们便加入刘淑贞的豆腐坊，比如帮她购买黄豆、推销豆腐算他入股，到了月底参加分红。

刘淑贞又按照公公扬季的意思，找了几个帮手，开发出了新品种，如“麻婆豆腐”“豆腐脑”“菜豆腐”“豆腐干”“豆腐渣”“豆腐乳”等，还在镇上设了个“扬家豆腐”销售点。

一转眼几个月过去了，刘淑贞与村民们合伙开的豆腐坊生意越做越大，由此，引起了亭长（相当于现在的镇长）的关注，当地政府有意把“扬家豆腐”打造成本地特产，专门派人前来指导和监督“扬家豆腐”的产量和质量，并协助将其产品销往郫邑县城和蜀郡等地，并组织各村各户大力种植黄豆，并作为资本入股分红。通过开发豆制品，利用下脚料，鼓励百姓发展相应规模的生态养殖业，形成一条食品生产链。大多数农户本着“入股自愿，退股自由”的原则参加了扬氏豆腐坊。村头大柳树下，天天都有人聚在那里，议论一个共同的话题：今年大豆种多少，鸡猪养多少，年底扬氏豆腐坊分红能得多少钱，大家掰着手指，说着，笑着，人人喜笑颜开。从此，瓮店的女人再也不是过去那种踏着黄土地的旋律、奏起锅碗瓢盆交响曲的旧女人了，她们成了亦农亦工的新型劳动妇女。

村里的女人们笑了，笑得十分灿烂。

光阴荏苒，日月如梭，转眼间又过去了十八年。在这瞬息万变的十八年间，首先是在后元二年（公元前87年）二月十四日，汉武帝在五柞宫里走完了他一生七十年的光辉岁月，消息传到郫邑扬季耳中，他望着长安方向痛哭三日。扬季十分崇敬汉武帝，当年汉武帝在京城长安召见他的情形历历在目，永世难忘。要不是桑弘羊加害于他，何至于落魄到如此地步？他始终坚信，迫使他弃官出走的真正原因绝非汉武帝本意。汉武帝仙逝不到一个月，扬季夫人芸娘也无疾而终。记得头天晚上睡在床上还好好儿的，第二天早上说没了就没了，连一句话也没有留下便悄悄地走了。汉武帝和芸娘先后过世对扬季打击巨大，身体每况愈下，这一年他已七十有六。

汉武帝死后，由司马大将军霍光、车骑将军金日磾、左将军上官桀、御史大夫桑弘羊为托孤大臣，共同辅佐幼主刘弗陵，共同处理朝中大小事务。刘彻废长立幼引起燕王刘旦的强烈不满，在联络幼主刘弗陵姐姐鄂邑公主、上官桀、桑弘羊的一次政变过程中，被霍光抢先下手，上官桀、桑弘羊被灭族，鄂邑公主和燕王刘旦被迫自杀。

当扬季听到仇家桑弘羊最终落得满门抄斩的消息后，他在后门望着长安方向，一会儿哭一会儿笑，也不知他是为仇家的不幸而幸灾乐祸呢，还是为仇家的可悲下场而感到同情。然而他却一跤摔下去，再也没有爬起来。

待扬柳将他抱到床上时已说不得话了，鼻孔只有出的气没有入的气。他右手伸出三根指头，两眼直愣愣地望着扬柳。还不等扬柳问他那三根指头是啥意思时，只听见扬季喉咙间咕咚地响了一声便断了气，两行泪水从眼眶里流了出来，但至死也没闭上眼睛，伸出的那三根指头，到装棺时也弯曲不下去，让扬柳和刘淑贞猜了好多年哑谜，也猜不出这三根指头是啥子意思。扬季伸出的那三根指头当然只有笔者清楚，那就是他埋藏了三百多金的钱财，还没有来得及告诉小儿子扬柳埋藏在哪里。至于他将那笔钱财到底埋藏在何处，笔者也不清楚，也许这笔遗产只有永远留给大自然了，或许现在的子云村某位村民，在无意中挖出来也不是没有可能的！

可怜扬季机关算尽，原本为小儿子扬柳私藏的一笔财产，最后却落得这样的下场，还是竹篮打水一场空。这也许就是人们常说的命！这也许就是扬季后来的孙子扬雄该沦为乞丐的命？

七十三、八十四，阎王不请自己去！这是民间的一种说法，而且还很准确，一般的人真还很难翻过这两道坎。这倒不是什么封建迷信有多么准确，关键是到了这个年龄段的老人思想压力太大，往往是自己把自己吓死了的。

扬季卒年正好八十四岁，他应该不是自己把自己吓死了的。

扬柳两口子大哭一场，几乎拿出卖豆腐的全部积蓄给父亲办了丧事。

在芸娘过世时，也是扬柳和刘淑贞小两口掏钱买棺材办的丧事。

当时扬季就打算将埋藏的钱财起出来全部交给儿子媳妇，回心又一想再观察一段时间再说，这一观察便铸成终身大错。两起丧事下来，让儿子媳妇又是倾家荡产。

扬季闭不上眼睛还不光是那笔钱财没有来得及告诉儿子媳妇，他还有一件重要的心事，那就是他和老伴芸娘还没有抱成孙子。媳妇刘淑贞过门十来年了，肚子却一直鼓不起来，这难道是老天爷要让他扬家绝后吗？婆婆芸娘还在世时，曾提议扬柳和刘淑贞领养一个孩子，刘淑贞说再等等，她坚持认为自己一定会生下孩子，理由是她娘家的男男女女还没有不生孩子的先例。

婆婆芸娘没有等到孙子，公公扬季也没等到孙子，就连丈夫扬柳也没等到自己的儿子。

这一等便是三十年，直到夫妻四十七岁那年，刘淑贞才终于怀上身孕，终于可以告慰扬家列祖列宗和父母在天之灵了。然而这一年郫邑境内却暴发了史无前例、空前绝后的大瘟疫，瓮店好比遭遇一场战争的浩劫，十家九难，甚至全家无一幸存者。就在刘淑贞即将生产的前一个月，扬柳突然暴病身亡。沉痛的打击和巨大的悲伤导致刘淑贞早产，随着一声婴儿的啼叫，本书的主人公扬雄终于登场了。扬雄可能预感到他出生后的种种苦难，所以哭得特别凄凉，令人听来毛骨悚然。扬雄这个名字是他爷爷扬季生前早就取好了的，要说有什么含义那就不得而知了。

在同一天时间里儿生父死的这种怪事在人间极其罕见，但扬家却实实在在地遇上了。尽管遭受了瘟疫毁灭性打击的村民们，强忍自家的悲伤，齐心协力地帮刘淑贞安葬了扬柳。随后大部分村民都举家逃难远走他乡，瓮店几乎变成了无人村，这也是扬雄四五岁便沦为乞丐的直接原因。

当然，导致扬雄四五岁沦为乞丐的最主要原因还是他母亲刘淑贞的双目失明。

自从丈夫扬柳暴亡，刘淑贞又生了孩子，“扬家豆腐”坊便被迫关张，特别是瘟疫迫使大量村民逃难远走他乡之后，刘淑贞再也没有能力将豆腐坊恢复起来。从此她便一边带孩子，一边耕种土地，一个妇道人家，是不可能将土地经营好的。扬家先后经历三起丧事，家中早已一贫如洗，连小偷都不愿意光顾她的家了。苦难逼得刘淑贞千百次地想到过死，甚至好几次将绳子都套进了脖子里，但小儿扬雄的啼哭声却让她放弃了这样做。为了扬家后人，为了延续扬家香火，再苦再难她也要活下去。

人生原来却是这样，活不容易，死却更难！

十四

刘淑贞从此放弃寻死的念头，与小儿子扬雄相依为命，与不公的命运作顽强的抗争。她每天背着孩子下地，早出晚归，起早贪黑，天晴下雨，从没间歇。尽管如此，娘儿俩还是吃不饱穿不暖，在无边的饥寒中苦苦挣扎。刘淑贞把全部的希望寄托在儿子扬雄身上，她要让扬雄把扬家的命运再改变过来，要改变扬家命运必须读书。刘淑贞认为，她公公扬季隐姓埋名放弃太守大官不做到郫邑当农民是错误之举，让儿子扬柳世世代代当农民更是错上加错。她还认为，男人犁头锄头地头，口朝黄土背朝天，女人围着锅台转，一日三顿饭，贫穷却像一条永远也挣不断的锁链，世世代代缚住他们的手脚，子子孙孙挣扎在贫困线上。刘淑贞痛下决心要将公公的错误决定纠正过来，要在扬雄这一代人结束这种命运。爷爷扬季虽然没有给孙子留下半个子儿，却留下了当年扬峰和扬柳读过的一些书籍，诸如《急就篇》《尔雅》《仓颉篇》《凡将篇》《滂喜篇》《大学》《中庸》《论语》《孟子》《诗经》《尚书》《礼记》《易经》《春秋》等等。当扬雄还在牙牙学语的时候，刘淑贞便教他《急就篇》了。扬雄异常聪明，一教便懂，过目不忘。再大一点儿便给他讲扬家几百年的历史，更多的是讲他爷爷当庐江郡太守最辉煌的那一页，目的是要让儿子扬雄从小懂得“学而优则仕”的道理。儿子扬雄的确没让母亲失望，四岁多时便读了不少书，刘淑贞断定这孩子是一个天才，将来前途无量。扬雄从小喜欢听母亲讲故事，每天都要缠着她讲好几个，母亲的故事比山里的石头还要多，讲了一个又一个，永远也讲不完似的。母亲最爱讲，扬雄也最爱听的故事是《头悬梁、锥刺股》，说的是汉朝信都（今冀州市）人孙敬年少好学，博闻强识，而且嗜书如命，晚上看书学习常常通宵达旦，邻里们都称他为“闭户先生”。孙敬读书时，随时记笔记，常常一直看到后半夜，时间长了，有时不免打起瞌睡来。一觉醒来，又懊悔不已。有一天，他抬头苦思的时候，目光停留在房梁上，顿时眼睛一亮。随即找来一根绳子，绳子的一头拴在房梁上，下边这头就跟自己的头发拴在一起。这样，每当他累了困了想打瞌睡时，只要头一低，绳子就会猛地拽一下他的头发，一疼就会惊醒而赶走睡意。从这以后，他每天晚上读书时，都用这种办法，发奋苦读。年复一年地刻苦学习，使孙敬饱读诗书，博学多才，成为一名通晓古今的大学问家，在当时江淮以北颇有名气，常有不远千里的学子，负笈担书来向他求学解疑、讨论学问。

母亲讲的次数多了，小扬雄自己也会讲了，而且还讲得有声有色。

这给刘淑贞带来了莫大的欣慰。

然而老天爷总是跟扬家过不去，正当刘淑贞心中燃起无限的希望之际，一场突如其来的厄运又悄悄降临到了她的头上。

一天中午，刘淑贞带着扬雄在麦地里拔草，她突然感到一阵眩晕，眼前一片漆黑，便直起腰来仰望天空，红太阳也变成了黑太阳。她努力镇了镇神，极力睁大眼睛，但最终无法改变这残酷的现实——她双目失明了。

刘淑贞爆发出撕心裂肺般的号哭：“雄儿，娘什么也看不见啦！苍天啦，你为何要这样惩罚我们扬家？天啦——”

刘淑贞的号哭吓得扬雄不知所措，也跟着一起放声大哭起来。

母子俩的哭喊声惊动了逃难又陆续回村的几户村民，大家都惊慌失措地奔到刘淑贞母子俩号哭的麦地里，当大家知道刘淑贞双目失明后，也跟着一起痛哭起来，大家都哭扬家命苦，这孤儿寡母以后的日子怎样过？

村民们将哭得死去活来的刘淑贞母子搀扶回到家中，王大伯跑到小镇上请来谢坐堂医给刘淑贞瞧眼睛，诊断后说刘淑贞的眼睛是在豆腐坊点豆腐长期受卤水刺激所致，再加上悲伤过度急火攻心，要想恢复很难，这需要长期用草药调理。母子俩吃饭都很困难，哪里还有钱抓药治病？好在那谢坐堂医与扬季有过一段交情，又经常吃刘淑贞做的豆腐，对扬家的种种不幸深表同情，便决定将刘淑贞药费欠起，若把她的眼睛给治好了，待扬雄长大成人之后再还不迟。若治不好他也就认了，绝不收取分文。

王大伯叫王有财（其实腰无半文），现年五十多岁，最早是黄老员外府上的一个长工，扬季将黄家财产接手后，又转在扬府继续种植土地。扬家破产后，王大伯便给村儿里一位老寡妇当了上门汉，一年后生下一个儿子，两年后老寡妇病亡，王大伯与小儿子相依为命，又当老子又当娘，把小儿子盘桓到十七岁那年，收养了一个十四岁的外地小叫花女与儿子圆房成亲，当年便生下了一个小孙子。王有财一生愧对他的名字，便给孙子取名叫王永福，寄希望孙子能得到永远的幸福。一家儿孙四口日子虽然很苦，但也其乐融融。然而一场突如其来的大瘟疫夺走了儿子的性命，十四岁的小女孩从此便背上了小寡妇的骂名。这个小女孩名叫李桂花，后来却成了扬雄的夫人。村民们大逃难时，王大伯却选择和儿媳留了下来。当年扬季夫妇十分善待原黄府遗留下来的佣人，王大伯是一位种庄稼的能手，他曾手把手地教会扬柳耕田犁地、插秧打谷和四季农活，人又老实憨厚，扬季夫妇便对他多有照顾。现在扬家后人落难到如此地步，知恩图报的老实人王大伯自然要竭力相助。他跟儿媳李桂花商量，由她多去扬家照顾刘淑贞母子，他则负责照看好扬家的庄稼地。

李桂花每天到扬家料理生活，同时也教扬雄以后必须要做的家务，比如给母亲打水洗脸洗脚，生火做饭，煎药喂药，喂水喂饭，等等。自古穷人的孩子早当家，扬雄经李桂花手把手的调教，很快便学会了一些简单的家务。

在开始的几个月里，王大伯和几家村民隔三岔五地救助扬家，张家给一碗米，李家给一碗谷，时间一长大家也就无粮可送了。大瘟疫的元气还没有缓过来，又遇上了五十年一遇的大旱，从去年入冬以来一直未下过一场透实雨，春粮几乎是颗粒无收。扬家以后的日子越来越困难了，家中没有隔夜粮，经常吃了上顿没下顿，李桂花十分心疼扬雄，他一口一个桂花嫂，叫得她心里甜甜的，但又酸酸的。她很想照顾他，但家里往往也是吃了上顿没下顿，大部分时间是靠挖野菜伴着粗粮磨日子。但她还是隔三岔五地将自己的那碗野菜粥悄悄送给扬雄，当然扬雄不会自己吃了。由于天不下雨秧插不上夏粮种不上，村里的几户人家为了活命，又只好举家外出逃荒去了。大家临走前，将所有凡是能够吃的东西全部留给了扬雄，李桂花还抱着扬雄的头痛哭一场，说她完全不该扔下扬雄母子远走他乡，但这也是完全没有办法的办法。并给扬雄交代了各种注意事项，并指点他万不得已时，便到邻近几个村子去乞讨。但一定要拄上一根棍子，千万别遭狗咬了。

扬雄更舍不得桂花嫂远走高飞，抱着她的腿放声大哭，桂花嫂哄了他好半天才松了手。

瓮店再次沦为无人村。人走村空之后，扬雄母子的日子就更加可想而知了。

扬雄从每天早上起床开始，伺候母亲穿衣服、洗脸、喝药、吃早饭；上午到野外采摘一些野菜，然后再伴着村民们留下的一些粮食做成野菜粥，先伺候母亲吃了午饭他再吃。下午又到镇上谢郎草药铺去抓药，来回几十里路程。晚上伺候母亲吃了晚饭喝了药，洗了脚上床躺下后，他便开始读书。他母亲娘家有一位远房表叔叫林间翁孺，是雍谷场远近闻名的道学先生，老先生以前经常到雍谷场吃刘淑贞一家做的豆腐，后来听说这个远房侄女给扬太守的儿子当了媳妇，便跑到扬季家认了这门亲戚，加上扬季又有很深的儒学造诣，二人在一起谈孔子谈孟子，往往谈得通宵达旦。后来扬季儿孙遭遇灾难，林老先生也偶尔给点救济，几次上门便发现扬雄是个天才，将来必能成大气候，于是便隔三岔五地上门对他进行辅导。

村民们留给扬家的粮食维持不到二十天便断了炊，扬雄便记起桂花嫂给他说的话，于是他便提着一只竹篮子，拄着一根竹棍，开始到邻村挨家挨户地讨要。人们见这孩子可怜，加上他又是扬季的孙子，每家每户没多的有少的，有的给点米，有的给碗饭。扬雄拿回家再弄点野菜一天做两顿粥，先喂母亲吃了，然后自己才吃个半饱。林老先生每次来辅导扬雄时，也多少带点粮食来，这样还勉强对付到年底。到了第二年开春，林老先生在镇上开了一个学馆，招收了二十多个学生，每天忙于教学，便没有时间再到扬家来辅导扬雄了。他希望扬雄能到他的学馆里去学习，不收他一分钱的学费。扬雄母亲也鼓励他去学习，他便把母亲一天该喝的药、该喝的水、该吃的饭全部给她放到床头，然后便高高兴兴地跑到镇上林老先生的学馆上学去了。

扬雄读书特别认真，记忆也特别惊人，只要学过的东西他便牢牢记住了，深得林老先生喜爱。

可惜这样的美好时光只度过了两个多月，讨要的粮食已经颗粒不剩，吃了上顿没有下顿了。容不得扬雄再去上学，无奈之中只好再次出去讨要。时间一长人家也就反感了，脸色不大好看。扬雄从小就是一个有血气爱脸面的人，一看别人这样对他，不再到邻近这些村去讨要了。再远了他也不敢去，再说把母亲一个人放在家里他也不放心。于是便决定到镇上去讨要，没准还可以到林老先生的学馆里去听听课。他把这个想法告诉母亲，母亲无奈中也只好同意他这样做了。

十五

千年古镇风景如画。远处的山影影绰绰、迷雾袅袅；古镇广场中央有三棵参天古柏，据说是古蜀国杜宇望帝亲手栽下的，树身可容五六个大人圈围，是古镇最大的一道景观。古柏对面是一座高高耸立的宝塔，据说是望帝的接班人丛帝治水时修建而成，目的是镇住水妖。据说从此本地再也没有发生过水患。

青砖青瓦，石板大街，行人如云。

据传还是远古时期，杜宇在郫邑建都称帝时便有了这个小镇，秦汉时期又有大的改变，至今保持着那个时期的传统文化和建筑风格。小镇与三县两郡接壤，素称五不管地带，四面八方、南来北往的小商小贩便云集这个小镇，于是各地形形色色的商品便集聚到了这里，小镇与三县两郡接壤的百姓天天都到小镇来赶集，随时都可以交流他们手中的农副产品及土特产品，便给小镇带来了空前的繁华，据说蜀郡的那些官员们经常前来光顾小镇风采，郫邑县衙的官差们更是三天两头地往这儿跑。这些人爱往这里跑的目的是喜欢品尝这儿的小吃。说到小镇的小吃那可是天下闻名，诸如叶儿粑、糍粑、鸡蛋醪糟、汤圆、醪糟汤圆、龙抄手、珍珠丸子、担担面、馅子面、排骨面、鸡肉面、牛肉面、猪肉面、羊肉汤锅、牛肉汤锅、香肠、腊肉等；还有从大山深处贩过来的各种野味，诸如野鸡、野兔、野猪等；还有堪称一绝的凉粉、凉面、麻花、麻糖、芝麻饼、南瓜饼等数十个品种的特色小吃，吸引着四面八方的食客向往。郡里县里的官差们当然是以种种名义和借口到小镇办公差，小镇官吏自然也就要公款接待一番，因来的官差和次数太多，镇上便专门组织了一个接待班子。小镇官吏们也乐意接待，那些官差大员们经常光顾小镇，给小镇带来风光和人气，县令和太守级的人物都经常来，四面八方的商人便没有不来的道理。同时也给小镇的治安带来实实在在的好处，无形震慑了那些不法奸商和地痞流氓。再说官差们到那些小吃店去光顾了，店主们点头哈腰地免费接待了，还得对这些人点头哈腰地说："多谢关照，欢迎下次再来！"这些人吃顺了嘴，当然下次还去。正由于这样，镇上便不会破费一个子儿。真是一举几得，何乐而不为呢?!

小镇广场热闹非凡，男女老少背着背篼、挎着篮子，从四面八方到这里赶集，讨价声、还价声不绝于耳。

街道两旁的药铺，杂货铺、茶叶铺、棺材铺门口都挂着招牌。

路边有小摊贩，卖粥、卖包子和各种小吃的。

来往行人中夹杂着逃荒要饭的，街头卖唱的。

十字路口摆着一个占卜的地摊，生意十分红火，送走一个又上来一个。

这位算命先生是继庄周五百多年后，在天府之国蜀郡出现了中国历史上唯一一位有两个姓氏的隐士，也是古代所有隐士当中最具传奇的人物，他便是西汉王朝末期的大隐士庄君平先生。

庄君平给别人算了一辈子命，他却没有给自己算到在他死后一个叫班固的后生为了避汉明帝刘庄的讳，把原本姓庄的他改成了现在的严君平，以至于后来的人不知道严君平，只知道严君平。

庄君平前半生以算命为生，同时免费开办学堂，教授学生道家思想，后一个阶段用算命积攒下来的钱隐居在平乐山，二十年后留下一本让后人顶礼膜拜的《老子指归》仙去，据说活了将近一百岁。

说完庄君平再接着说小叫花子扬雄。

"啪！啪！啪啪啪！"扬雄敲着竹板，来到茶叶铺门前唱道：

茶叶铺，朝南开，
买卖兴隆通四海。
……

茶叶铺老板出门，没好气地道："别瞎吆喝啦！走吧，走吧，上别的门上呱嗒去！”

小扬雄一笑，又唱道：

这几天，我没来，

掌柜的你家发大财。

……

老板生气道：“发什么财？这年头老百姓连饭都吃不上，哪有钱买茶叶？走走走，我这里关门啦！”摘下“茶”字招牌，进屋关上门。

扬雄无奈地摇摇头，又敲起竹板，边走边唱地来到一家棺材铺门口：

往前走，迈大步，

前边来到棺材铺。

棺材大，棺材好，

装进个死人跑不了。

……

棺材铺的老板一乐道：“你小子真会编词，再唱一段好听的，多给你几个钱！”

扬雄道：“好啦！你听着。”

这年头，死人多，

饿死的，冻死的。

逼死的，不是跳井就投河。

别的买卖不好做，

棺材铺里挣钱多。

老板道：“嗨嗨！你小子说得还真不错。可，我这棺材都卖光了，挣不来钱啦！”

扬雄道：“再做棺材呀！”

老板道：“买不到木材啦！”

扬雄又唱道：

掌柜的，死心眼，

买不到木材买门板。

老板道："上哪买门板去？"

扬雄又唱道：

穷人多、穷人苦，

房倒屋塌没处住。

破门板，破窗户。

给他个小钱做棺木。

老板又一乐道："嘿！好主意。"

扬雄也乐了，伸手要钱。

老板从衣袋拿出两个麻钱给扬雄。

扬雄接过麻钱，高兴地往空中一扔又接住，敲起竹板朝算命先生摆摊的方向走去。

算命先生庄君平正在给人算命，他望着扬雄，便向算命之人打听道："这小孩儿长得眉清目秀，我一直在暗地观察，别看他现在是个小叫花子，将来或许还是一个非凡人物。他是谁家的孩子，怎么就沦为了叫花子了呢？"

算命之人叹息道："这小花子说来话长，他爷爷当过庐江郡太守，但好景不长，为躲仇家暗算，被迫弃官出走，辗转来到郫邑隐姓埋名，购置了一处庄园和上百亩田地，苦苦经营了几年也有了不少积蓄，可几年后家又败在大儿子手里，据说那是一个日嫖夜赌、挥金如土的败家子。他爷爷倾家荡产后便彻底沦为普通的穷苦平民。他母亲年过四十七岁才生下他，那年郫邑暴发大瘟疫，他父亲也在那场瘟疫中丧了命。家道更加穷困潦倒，到了食不果腹、衣不蔽体的地步。祸不单行，不久他母亲又双目失明。为了生计，他只得与乞儿为伍。"

别看扬雄是一个小叫花子，这镇上了解他身世的人还真不少。

庄君平大吃一惊道："如此说来，这个小叫花竟是大名鼎鼎扬季扬太守的孙子？"

算命人道："正是！"

庄君平对扬雄的家境和眼下的处境同情不已，便向扬雄招招手。

扬雄快步向庄老先生走过来。

扬雄对庄老先生道：“老爷爷，我一个小叫花子，还算啥子命哟，不就是要饭的命呗！再说了我娘晚饭都还没讨到，哪还有钱来算命呢？”

庄君平道：“老爷爷给你算命分文不取，免费给你算一次如何？”

扬雄有点不耐烦道：“老爷爷，你就不要耽搁我要饭了好吗？”

庄君平不依不饶地道：“小兄弟，我给你算了命不收钱，反倒给你五个铜钱你算不算？”

扬雄圆睁双眼，盯着庄老先生看了好一会儿。心想这个老先生才是一个怪物，天下哪有给人家白算命还倒给钱的怪事，怎么就把我一个小叫花子给缠上了呢？心中又一想，管他那么多，我一个小叫花子还怕他讹诈不成？于是便大胆地走到庄老先生面前道：“那好吧，我就让你算一回。但咱俩得先拉个钩，你说话可得算数，命算完了可得给我钱，千万不可反悔！”

庄君平打了一个响亮的哈哈，笑着拉完钩便开始给扬雄算命道：“小兄弟，我开始给你算了哈，你注意听到起：你叫扬雄，今年六岁三个月零五天。你妈叫刘淑贞，今年五十三岁，现已双目失明。你老汉儿（当地方言，即爹爹）叫扬柳，在你出生的当天死于大瘟疫。你老汉儿的老汉儿也就是你的爷爷叫扬季，曾经担任过庐江郡的太守……”

扬雄打着哈哈大声笑道：“你这老爷爷，算的是啥子命哟！事先向别人打听清楚了，才来哄我。反正说好了的我不付钱，你可得付我五个铜钱！”说完把小手伸向庄老先生。

庄君平从怀里摸出五个铜钱递给扬雄，笑呵呵地说道：“你这个小兄弟果然是个天才，将来必定成为国家的栋梁之材。”

扬雄哪有心听这些似懂非懂的话，只管拿着铜钱笑眯眯地去了。

庄君平和那算命人望着扬雄远去的背影，同时大笑起来。

道学大师林间翁孺的私人学馆坐落在小镇西南的一个角落里。

扬雄悄悄地走到学馆窗下，从里面传出林老先生讲学的声音，他把耳朵贴到窗户上，似懂非懂地听了一会儿，突然想起今天还没有讨到食物，晚上回家给老娘吃什么？然后便依依不舍地、一步三回头地向街上走去。

包子铺门前，食案上摆着一笼包子。

包子掌柜叫卖："卖包子嘞，刚出笼的热包子。"

一个老乞丐走过来，可怜兮兮地道："掌柜的行行好，我三天没吃饭啦！"

包子掌柜生气道："快走、快走！"

老乞丐两眼盯着包子，将一只黑手伸进包子笼里。

包子掌柜吼叫道："哎呀，这包子，我怎么卖呀！来人，打死他！"

从包子铺出来几个伙计，朝着老乞丐拳打脚踢。

老乞丐可怜兮兮地逃离。

扬雄打着竹板走过来。

包子掌柜抓起两个老乞丐抓脏了的包子递给扬雄，没好气地吼道："快拿着包子走人，今天就别在这里号丧了！"

扬雄双手接过带黑污的包子，给包子掌柜鞠了一躬，笑眯眯地离开了包子铺。

刚才挨打的那个老乞丐坐在胡同口，面前放着一只空荡荡的破碗，口中不停地向过路行人乞讨，过路行人不屑一顾地从他身边走过。

扬雄打着竹板走过来，望着可怜巴巴的老乞丐，犹豫了半晌，然后慢慢从怀里掏出那两个包子，双手递给老乞丐。

老乞丐千恩万谢地接过包子。

乞丐王和几个随从快步冲过来，顺手从老乞丐手中夺过包子，飞起一脚将那只破碗踢向空中，掉在地上摔得粉碎。

老乞丐吓得赶紧离去。

乞丐王和几个随从围住扬雄，威逼他将讨要的钱全部交出来。

扬雄在众人紧逼下，按住衣袋，恐惧地一步步后退。

乞丐王冲上前去一拳将扬雄打倒在地，几个随从一拥而上，对扬雄一顿拳打脚踢，然后从他身上搜走讨要的几个麻钱和严老先生送给他的五个铜钱。

扬雄挣扎着从地上站起来，脸被打伤，嘴角流出血水，眼中噙满泪水，但他却顽强地不让眼泪流出来。

乞丐王对扬雄凶狠地吼道："想在大爷地盘上抢食，就不要坏了规矩。"

扬雄道："钱你拿去，把两个包子还给我。"

乞丐王道："美得你！"

扬雄道："把包子还给我吧，我娘三天都没吃东西了。"

乞丐王道："看不出，你还是个大孝子！那好吧，那就还给你吧！"

乞丐王将两个包子在扬雄眼前晃了晃，扬雄伸手去接，乞丐王赶紧将手缩回去，奸笑道："想要包子，那得有个条件！"

扬雄道："啥条件？"

乞丐王叉开双腿，指着裤裆道："你得从我胯下钻过去，我就把两个包子给你！"

众乞丐起哄道："哦——哦，钻啦，快钻！"

扬雄愤怒地瞪了乞丐王一眼，昂首而去。

扬雄走了几步，猛然停下，自言自语道："我这样争硬气地走了，晚上给娘吃啥子？"待了半晌，然后转过身，痛苦地走到乞丐王面前，犹豫片刻，闭上眼睛，蹲下身子，一咬牙钻进乞丐王胯下。

乞丐王双腿夹住扬雄的脖子，让他进退不得。

众人开怀大笑。

扬雄屈辱地泪流满面，紧咬嘴而不哭出声来。

乞丐王松开两腿让扬雄从他胯下钻过去。

扬雄屈辱地从乞丐王手中接过两个包子，在一片嘲笑声中狼狈地离去。

十六

扬雄拖着疲惫不堪的身子往家赶。

太阳已经斜斜地挂在西天边上，把西天涂抹得一片猩红。他沿着池塘的岸边向前走，那是一片郁郁葱葱的田野，绿茵茵的秧苗正蓬蓬勃勃地生长着。他抬头凝视着西天边的落日，只见云霞一片片，一会儿像是临阵的士兵井然有序地排列着，一会儿又像鱼鳞般均匀地平铺在天际。头顶是灰蓝如海的天空，深邃、高远、明净。

当扬雄回到后门竹林处时，天色已经昏暗下来。扬雄又累又饿，想起在小镇上遭受的屈辱，抱着竹子伤心地痛哭起来，惊得竹林夜宿的小鸟扑腾着翅膀飞向远方。

扬雄哭了半个时辰方才止住哭声，用小手擦干眼泪，起身向家门口走去。

此时天已经完全黑了。

扬雄走进厨房，室内一片漆黑。从里屋传出母亲的声音道：“雄儿，回来啦？饿坏了吧？”

扬雄走到水缸旁，抓起水瓢舀了半瓢水，一仰脖“咕咚咕咚”灌下肚去，撩起衣袖擦干嘴，这才回答母亲的话道：“娘，我不饿。娘，你该喝药啦！”

扬雄走到火塘边，提起药罐倒了一碗药，然后端进母亲歇房。

扬雄走到床头，扶起母亲，伺候她把药喝了下去。

扬雄道：“娘，你觉得眼睛好些了吗？”

扬母道：“唉，喝了那么多的药也没见好。为了治病，欠了你林表爷那么多钱，拿啥子去还哟。真是害苦了雄儿，还不如死了好。”

扬雄擦着母亲的眼泪安慰道：“娘，快别那么说。谢坐堂医说你的眼睛一定能治好，欠林表爷的钱不要紧，等我将来挣到钱加倍还他。林表爷说我长大一定有出息，将来会在京城做大官。要是真那样，我就把你接到京城去治病。”

扬母破涕为笑道：“雄儿，娘就盼着那一天了！所以一定要到你林表爷的学馆里去上学，将来……”

扬雄道：“我每天都要到林表爷学馆去偷听他讲课，他发现了不但没有责备我，还借给了我几卷书，其中有我最喜欢的两篇赋，一篇是屈原的《离骚》，另一篇是司马相如的《子虚赋》，我走路都在捧着书简读呢！”

扬母高兴道：“你爷爷与司马相如同朝共事多年，经常给我和你爹爹讲司马先生《子虚赋》的故事呢！”

扬雄激动地道：“娘，那你快给我讲讲！”

扬母道：“司马相如字长卿，蜀郡成都人，我们汉朝大辞赋家。在景帝时期才华得不到施展，因为景帝不好辞赋。一次梁孝王刘武来朝，司马相如有缘相见，并前往梁地与那些志趣相投的文士共事，就在此期间为梁王写了那篇著名的《子虚赋》。景帝去世，汉武帝即位，他看到《子虚赋》非常喜欢，以为是古人之作，叹息不能与作者同时代。当时主管皇帝猎犬的杨得意是蜀人，对汉武帝说：‘此赋是我的同乡司马相如所作。’汉武帝惊喜之余马上召司马相如进京。司马相如向汉武帝表示说：‘《子虚赋》写的只是诸侯王打猎的事，算不了什么，请允许我再作一篇天子打猎的赋’，这就是内容上与《子虚赋》相接的《上林赋》，不仅内容可以相衔接，且更有文采。此赋以‘子虚’‘乌有先生’‘亡是公’为假托人物，设为问答，放手铺写，以维护国家统一、反对帝王奢侈为主旨，歌颂了统一国家无可比拟的形象，又对统治者有所讽谏，开创了汉代大赋的一个基本主题。此赋一出，司马相如被汉武帝封为郎。你爷爷常说，汉武帝时赋莫若司马相如也！”

扬雄拉着母亲的手，兴奋不已地道：“娘，你讲得太好了！”随即从怀里掏出包子递到母亲手里，说：“娘，这是两个包子，你慢慢吃，我去烧点水。”

扬母道：“雄儿，你也吃一个。”

扬雄道：“娘，我在街上已经吃过了。”

扬雄起身走出歇房。

扬母百感交集地摇摇头，然后大口吞食包子。

厨房角落里有一个火塘，火塘上方吊着一个火搭钩，搭钩上面挂着一只铁罐，火塘里燃起熊熊的柴火。扬雄坐在火塘旁边捧着竹简，借助火光大声朗读司马相如的《子虚赋》：

楚使子虚于齐，王悉发车骑与使者出畋。畋罢，子虚过姹乌有先生，亡是公存焉。坐安，乌有先生问曰：“今日畋，乐乎？”子虚曰：“乐。”“获多乎？”曰：“少”。“然则何乐？”对曰：“仆乐齐王之欲夸仆以车骑之众，而仆对云梦之事也。”曰：“可得闻乎？”子虚曰：“可”。王车驾千乘，选徒万骑，畋于海滨。列卒满泽，罘罔弥山。掩兔辚鹿，射麋脚麟。骛于盐浦，割鲜染轮。射中获多，矜而自功。顾谓仆曰：“楚亦有平原广泽游猎之地，饶乐若此者乎？楚王之猎，孰与寡人乎？”仆下车对曰：“臣楚国之鄙人也。幸得宿卫，十有余年，时从出游，游于后园，览于有无，然犹未能遍睹也，又焉足以方其外泽乎？”齐王曰：“虽然，略以子之所闻见而言之。”仆对曰：“唯唯。”

……

扬母靠在床上，听着扬雄琅琅读书声，既高兴又心痛，脸上堆着复杂的表情。

扬雄端着一盆热水走进母亲歇房，口中仍不停地背诵着《子虚赋》。

扬雄端着热水走到床边道：“娘，洗脚吧！”

扬雄将小木盆放在床面前，将母亲的双脚放进水里，一边给母亲洗脚，一边继续背诵《子虚赋》。

扬母道：“雄儿，你也早些睡吧。”

扬雄道：“娘，你先睡吧。我今晚必须将司马先生的《子虚赋》

背熟，明天要到镇上宝塔广场去背诵，我要把学费挣够了才好意思再到林表爷的学馆去上学。”

扬母道：“你林表爷托人捎了话，他免了咱们家的学费，让你一定去上学。”

扬雄道：“娘，林表爷就算不要学费，可我也不能让你饿着肚子呀！我都想好了，等我再长大一点儿，便好好耕种咱们家荒弃了多年的土地，自食其力，再也不去当乞丐了。到那时，我便可以一边种地，一边到林表爷的学馆里上学。”

扬母口打嗨声，无奈地摇摇头，并流下了难过的眼泪。

扬雄用一块旧布擦干母亲双脚，将她慢慢放倒在床上，替她盖好被子，说道：“娘，你先睡，我再读一会儿书。”

扬雄端着小木盆走出歇房。

扬雄在厨房里寻找可以充饥的食物，找了半天，好不容易找到了两个小萝卜，他如获至宝，赶紧洗干净了，连皮都舍不得刮，边啃边走向火塘。

扬雄走到火塘边，一边啃吃萝卜，一边朗读《子虚赋》：

臣闻楚有七泽，尝见其一，未睹其余也。臣之所见，盖特其小小者耳，名曰云梦。云梦者，方九百里，其中有山焉。

……

扬雄突然停止啃咬萝卜，他犹豫了片刻，自言自语道：“我今晚把这两个萝卜吃了，娘明天吃什么？”

扬雄连忙将萝卜放到一边，他望着搭钩上的铁罐发呆，铁罐里是咕咕直叫不停翻滚的白开水，他舀了一碗放在一旁，然后借助火塘里的火光继续朗读《子虚赋》：

其山则盘纡茀郁，隆崇嵂崒，岑崟参差，日月蔽亏。交错纠纷，上干青云。罢池陂陀，下属江河。其土则丹青赭垩，雌黄白坿，锡碧金银。众色炫耀，照烂龙鳞。

……

一轮乳白色的圆月悬挂在中天，如银似玉的月光从竹林空隙中斑斑驳驳地洒落到地面上，一只不知名的小鸟以为天亮了，偶尔发出几声凄凉的啼叫。

一束月光从墙壁破损处折射在扬母那挂满泪水的脸上，她耳闻儿子的琅琅读书声，心潮起伏，老泪横流，翻来覆去地不能入睡。

十七

扬雄站在古柏树下大声朗诵司马相如的《子虚赋》，有认真听赋的，有看热闹的，也有好奇的，人们将宝塔广场围得水泄不通。

众人对扬雄的聪明才智赞不绝口。

满面春风的庄君平老先生和林间翁孺也站在一旁恭听扬雄的朗诵。

扬雄朗诵到煽情处，便获得围观者们的阵阵喝彩，并偶尔有那么几个麻钱扔到他的脚下。

庄君平望着台上的扬雄，对身边道学先生林间翁孺赞叹道："别看这孩子今日与乞儿为伍，他日必为国家之栋梁材也！"

林间翁孺道："这孩子是我的一个远房亲戚，在我的学馆里上过几天学，一教就会，过目不忘。只因他家境太贫寒，父亲死得早，四五岁便到镇上讨要供养他那瞎眼母亲。"

众人闻言，感慨不已，议论纷纷。

扬雄朗诵完毕，场上响起一片激烈的掌声。

扬雄向四面围观者鞠躬致谢，人们开始慷慨解囊，三三两两的铜钱和麻钱不断地飞到扬雄脚下。

人们渐渐散场之后，扬雄才开始将脚下的铜钱收到一起，好大一堆，他长这么大也没见过这么多的钱财，喜极落泪，自语道："娘以后再也不会挨饿了！"

扬雄将铜钱往身上凡是能塞钱的地方塞，然后兴高采烈地往家走。当他走到一条胡同时，乞丐王一伙人把他堵在胡同深处，逼着他把朗诵《子虚赋》挣到的铜钱全部交出来。

扬雄屈服于他们人多势众，好汉不吃眼前亏，只好将衣兜里的铜钱全部掏出来交给乞丐王。

乞丐王拿着扬雄交出来的铜钱，捧在手中掂量了几下，不放心地命令他的手下再搜，于是这伙人果然在扬雄的裤裆里和鞋子里搜出来了更多的铜钱，乞丐王奸笑一声道：“你这个小杂种，学乖了呀！”

乞丐王将十几个铜钱扔在扬雄脚下，大部分铜钱装进他的口袋里，一伙人吹着口哨，迈着四方步，以胜利者的姿态摇头晃脑，扬长而去。

扬雄望着这伙恶人的背影，敢怒而不敢言。

扬雄在药铺给母亲抓药。

扬雄付了药钱，提着几剂草药走出药铺。

扬雄握着仅有的一个铜钱在包子铺前徘徊，包子掌柜破例赏给扬雄四个馒头。

扬雄接过馒头笑眯眯地去了。

扬雄提着一个竹篮子，在回家的小路上边走边采野菜，口中却不停地背诵司马相如的《子虚赋》。

扬雄提着竹篮走进厨房，母亲的声音立即从里屋传来：“雄儿，回来啦?”

扬雄放下竹篮，应道：“娘，我回来了！娘饿了吧?”

母亲从里屋传出来的声音：“娘不饿，苦了雄儿了。今天要到东西没有哇?”

扬雄走到水缸旁，抓起水瓢舀了半瓢冷水，一仰脖灌进肚子里，回答娘道：“娘，我今天在镇上朗诵司马相如的《子虚赋》吸引了好多人，给了我好多钱，但都被乞丐王那伙人给抢走了，落下几个钱给你抓了五剂草药，包子铺掌柜也许被我的朗诵所动，送了我四个大馒头。回家路上我采了一篮子野菜，我马上生火煮野菜汤，今晚咱们娘儿俩得好好吃一顿。”

扬雄一边与娘说话，一边在火塘里生火。

扬雄往铁罐里加水，便开始洗野菜，将野菜放进铁罐后，又借助火光看起书来。

扬雄从铁罐里盛出一碗野菜汤，拿着一个馒头走进母亲歇房。

扬雄将野菜汤递给母亲，扬母自己喝着野菜汤，扬雄坐在床沿上给母亲喂馒头。

扬母道："雄儿，你也快吃吧！"

扬雄道："娘，我还不饿，等你吃完了我再吃。娘，我想跟你商量件事。"

扬母道："雄儿，你有什么事？"

扬雄道："讨饭不是长久之计，应该把荒弃的土地耕种起来。"

扬母道："我做梦都在想，但你那么小，我又是一个瞎眼女人，怎么种呢？"

扬雄道："我已经长大了，明天就开始挖地，种上小麦、胡豆、豌豆、萝卜等蔬菜，吃不完的蔬菜还可以拿到街上卖了换油盐，以后咱们自食其力，再也不当叫花子让人欺侮了。"

扬母叹息一声道："唉，就算你能劳动，可没有种子怎么办？"

扬雄道："我都想好了，到村儿里家家户户去借种子，到收获时再加倍还给人家。"

扬母道："这倒是个好办法，但不知人家同不同意。"

扬雄道："我试试看！"

扬雄伺候母亲吃完后，拿着空碗走出歇房。

扬雄坐到火塘旁，端起野菜汤狼吞虎咽起来，老远也能听见他喝汤的响声。

扬雄喝完一碗又从铁罐里盛出一碗清汤寡水的野菜汤，抓起一个馒头放在鼻前闻了又闻，掐了一丁点儿放进口里慢慢品味，然后又放进锅里盖好留给母亲第二天吃。

扬母在隔壁歇房里问道："雄儿，你吃馒头了吗？一定要吃一个啊！"

扬雄道："娘，我正吃着呢！"

十八

“喔喔喔……”

扬雄被远处一阵阵的鸡叫声惊醒，睁眼一看窗外天色已明，便赶紧下床穿衣，当他扛着锄头轻轻打开房门走到外面抬头一看，一轮金黄色的圆月悬挂在天边，原来窗外那亮光却是月光。扬雄并未退却，扛着锄头大步朝野外走去。

扬雄扛着锄头来到野外自家的荒地，这里早已杂草丛生。他望着那片荒地发了一会儿呆，叹息了一声，便举起锄头不停地铲起草来。扬雄没有劳动经验，锄把捏得太紧，用力又太猛，不到半个时辰，双手便磨起了血泡。扬雄咬紧牙关，忍着疼痛，高举着锄头一下又一下地挥动着。

天大亮了，附近人家的房顶上已冒起了缕缕炊烟。

李桂花背着背篼、手握镰刀走过来，问扬雄道：“小兄弟，你这是干啥呢？”

扬雄道：“把我家荒弃的土地耕种起来，这块地里种麦子，那块地里种胡豆和萝卜。桂花嫂，你家能不能借给我一点种子，等收割了，加倍还给你。”

李桂花道：“小兄弟，不上街要饭了？”

扬雄道：“饿死也不当叫花子了！”

李桂花道：“好兄弟，有志气，以后嫂子帮助你。我给公公说一声，让他教你种地，你哪会呢？种子我们帮你想办法。我先帮你把草割了，正好背回家去喂牛。”

李桂花边说边来到地里，从扬雄手中接过锄头，飞快地锄起草来。

扬雄感激地望着李桂花，然后动手往李桂花的背篼里装草。

在以后的日子里，李桂花几乎天天都过来帮扬雄除草、挖地，却招致村里爱说闲话的两个女人诽谤。

这天早上，村里的长舌妇赵闲话和刘快嘴在山坡上扯猪草，望着在对面地里铲草的扬雄和李桂花大发议论。

赵闲话道："这一大一小的，凑合在一起干啥呢？"

刘快嘴道："你没看见，扬雄帮李寡妇割牛草呗！"

赵闲话道："唉，这都是一对苦命人啦！扬雄生下来便没见过爹，四岁瞎了娘，五岁便开始讨要养老娘。李桂花虽然长得像天仙，命却硬得很，过门不到半年便克死了男人，好在还给她做了一个种，给王家续了香火。但也说不清那娃儿究竟是她男人的种还是她公公的种，反正我越看越像她公公，简直就是一个模子铸出来的！"

赵闲话随后甩出一串响亮的笑声来。

刘快嘴道："你可别胡乱说，李桂花可不是那种人。"

赵闲话道："一个老光棍儿守着一个如花似玉的小寡妇，等于干柴遇到烈火，不点自己都要着。这孤男寡女住在一起，还会有啥好事儿？你没听村里的那些人都编起山歌在唱：老人公烧了媳妇火，今年的谷子不用簸。"

刘快嘴道："说的也是，一个年轻小寡妇，身边长期没有男人，这日子真叫生不如死。要是扬雄再大几岁，我就把他俩撮合成一对儿！"

赵闲话道："你还别说，那女人还真动了这个邪念。她今年二十一岁，扬雄七岁多，再过七八年，扬雄十五六，她也才二十七八岁，正好配一对，她这才叫放长线，钓大鱼呢！"

刘快嘴道："别看扬雄才七八岁，可那娃儿聪明得很，什么都晓得。李桂花再熬两三年，没准便可以跟那娃儿在一起混心焦（当地俗语，解闷的意思）了呢！"

"哈哈哈……"

两个女人一起开怀大笑起来。

两个女人淫荡的笑声传到扬雄和李桂花的耳朵里，扬雄问李桂花道："桂花嫂，对面那两个嫂嫂冲咱俩又说又笑，笑啥呢？"

李桂花苦笑道："肯定在说咱俩的闲话呗！"

扬雄不解道："咱们俩会有什么闲话呢？"

李桂花道："从这两个女人嘴里倒出来的话，都没有好话！"

扬雄似懂非懂道："哦，她俩怕是在笑你桂花嫂，不该帮我这个小叫花子的忙！"

李桂花苦笑了一下道："只能是这层意思吧！要是你再大一点，她俩准会把你跟我配起来说。"

扬雄不解道："把我跟你配起来说，说什么呢？"

李桂花含羞低头道："男女关系呗！"

扬雄更加不解道："啥叫男女关系呢？"

李桂花叹息道："嗨，你还小，你不懂这个。"

扬雄不依不饶地道："桂花嫂你就说了吧，说了我就懂了。"

李桂花难堪道："嗨，这叫我咋说呢？还是等你长大了再说吧！"

李桂花说完这段话，脸早已羞得绯红。赶紧蹲下身背着草低头离去。

扬雄呆呆地望着李桂花，心头一片茫茫然。片刻，又挥锄挖起地来。

刘快嘴和赵闲话又说又笑地走了过来。

刘快嘴道："小兄弟，你这是干啥呢？"

扬雄闻声直起腰来，跟两个女人打过招呼后说道："挖地种粮食呗！"

赵闲话阴阳怪气道："哟，小兄弟人小心不小，难怪你桂花嫂那样喜欢你！"

刘快嘴道："你娃儿还没有锄把高，哪会种庄稼哟！"

赵闲话道："人家桂花嫂抱在怀里手把手地教呗！"

扬雄突然记起桂花嫂没有说完的话，便好奇地问赵闲话道："赵大嫂，男女关系是啥意思啊？"

两个女人听了扬雄这话儿，同时大吃一惊。

赵闲话心中泛滥起一种肮脏的想法，对刘快嘴说道："是不是李桂花这个小寡妇挺不住了，开始打这娃儿的主意了呢？”

刘快嘴道：“别乱说，七八岁的小娃儿能干啥事？”

赵闲话打着哈哈笑着说道：“过干瘾呗！”

刘快嘴也跟着大笑起来。

扬雄感到这两个女人好莫名其妙，便又追问道：“赵大嫂，你还没回答我，笑啥呢？”

赵闲话神经兮兮地道：“你桂花嫂没有告诉你？”

扬雄：“桂花嫂说我还小，等我再长大些她才告诉我。”

两个女人又哈哈大笑起来，笑声几里路以外都听得见。

扬雄望着两个女人，更加感到莫名其妙。

赵闲话笑够了才直起腰对扬雄说道：“这男女关系嘛，就是男人跟女人在一起搞那活路。”她见扬雄傻乎乎地望着她还是没有懂，便又换个话题打比方说道：“打个比方吧，家畜发情了就要交配，你见过家畜交配吗？”

扬雄把头摇得像货郎鼓，因从他生下来那天起，他们家中就没有喂养过鸡、鸭、猪、狗之类的家畜，也就没有见到过赵闲话所说的那些家畜们发情时搞什么交配，故而他一脸茫茫然地望着赵闲话。

赵闲话这才相信小扬雄还是一只货真价实的童子鸡，李桂花千真万确地没有给扬雄灌输男女之情方面的事。她便笑呵呵地对扬雄说道：“狗发情了公狗就要爬母狗，这叫狗连裆。牛发情了公牛就要爬母牛，这是牛叫伴。猪发情了公猪就要爬母猪，这叫猪打圈。鸡发情了公鸡就要爬母鸡，这叫鸡踩蛋。人要发情了男人就要爬女人，这就叫男女关系。你现在还小，还不到发情的年龄，等到你晓得发情了，你就要爬你的桂花嫂。”

扬雄似懂非懂地吼道：“什么乱七八糟的，我不听你胡说八道了。快走吧，别耽搁了我挖地哟！”

两个女人放声大笑，笑够了便扭着屁股离去。

扬雄望着两个远去的女人吼了一声道：“疯婆娘！”然后便挥动锄头，不停地挖起地来。

十九

村东头有一片小树林，走过了树林，有一幢独门独院的老瓦房，在不远处扬家原有的豪宅的映衬下，老屋更加显得局促不安，一下子露出它的寒碜和破败来。屋子的后面是一片竹林，门前是一片宽大的稻场，稻场边上有一口水面不大的池塘，稻场与池塘之间形成一道缓坡，正好用作村户人家洗洗涮涮的水埠头，有一株亭亭如盖的皂角树，枝繁叶茂地在阳光下遮蔽着一片阴凉。

这儿就是李桂花的家。

王大伯坐在院坝里编竹筐，一个跟扬雄一般大小的孙子王永福也坐在一边，跟着爷爷学编竹筐。

一群麻雀从老屋的房檐上飞下来，落在院坝边上的稻草垛上，密密麻麻一片，一个个低头啄着草垛上或草垛边的草籽和谷粒。

王永福跑过去，麻雀飞起来，聚到房檐上。王永福找来一个大筛子和一根绳子，又折了一根小棍儿。用绳子拴住小棍儿，又用小棍儿支起筛子，王永福就拉着绳子的另一头跑到了屋里，抓了一把谷粒撒到筛子底下。王永福做好了一切，就跑回屋里，关上了大门，只留下了一条缝，刚好拉得动筛子又能看到麻雀的动静。

麻雀们纷纷落下，在草垛上或稻场边啄着草籽儿或谷粒，只有一只麻雀儿落到筛子上，东西两边张望。

爷爷说这样不行，就跑出去拿了一张竹席把草垛盖起来，又用扫把把筛子周围的垃圾扫干净，筛子下的谷粒就显得生动起来。

麻雀们又飞下来了，落在筛子上和筛子周围，有的开始啄吃周围的谷子，有的高昂着头，东张西望，一副时刻准备飞走的样子。又一阵叽叽啾啾之后，声音停住了，一只只雀儿抖抖翅膀，把头缩回去，好像休息，又好像等待着什么。

小麻雀聪明着呢！爷爷俯下身来，蹲在小孙子的身后，把下巴搁在孙子的头顶上磨蹭着，王永福立刻感受到了爷爷身上温暖的气息，他扭过头看了看爷爷，爷爷微笑着，伸出手刮了刮他的鼻子，王永福也伸出舌头，向爷爷做了一个鬼脸，又继续耐心地攥着绳子，盯着门外。

一会儿，又一会儿，一个雀儿叫了两声，钻进去，一边啄谷，一边抬头向外叽叽啾啾地叫。其他雀儿终于行动起来，进去一个，又进去一个……

王永福紧紧地攥着绳头，心里念叨着再等一会儿，再等一会儿，刚要拉绳子，麻雀们突然一下子全飞了。王永福一看，邻家的那条大黄狗走了过来，低着头张着嘴，把筛子拱倒了。

王永福腾地一下升起一股无名怒火，猛地操起一根扁担要去打那条黄狗，只听一阵脚步声，李桂花背着草走过来，叫了一声道："你们爷孙俩在干啥呢？"

王大伯"嘿嘿"地干笑了一两声，走过去抓起竹条继续编织他的竹筐，竹条儿像一群活蹦乱跳的小鱼儿在他手中跳动。

李桂花煞有兴趣地看了一会儿，张了几次嘴，想要说什么，但又终于没说出来。她听见牛圈里的牛饿得嗷嗷叫，便转身将草倒进牛圈里，然后走到爷孙俩身边，对王大伯说道："爹，我看到扬雄在挖他家的荒地，说要种粮食。"

王大伯头没抬，说道："一个七八岁的小娃娃，会种啥子庄稼？再讨几年饭吧，等他再长大一些，我再手把手地教他种地不迟。"

李桂花道："扬雄在外面讨饭受尽了欺侮，他发誓宁愿饿死也不再去当叫花子了。"

王大伯微微一震，叹息道："这娃儿实在不去讨饭了，我们也不能眼睁睁地看着他母子二人饿死。你告诉扬雄，他要是愿意，便过来帮我们放牛，有我们一口，便有他母子一口。"

李桂花高兴道："爹，你真是一个好人啦！"

王大伯道："扬季扬老爷对我有恩，他的儿孙有难我们帮点儿忙天经地义。"

二十

公鸡一阵扑翅膀，接连啼晓三遍。

阳光村像个熟睡的婴儿，躺在四周竹林编织的摇篮里，很恬静，很安然。而整个阳光村被低矮的丘陵环抱，完全笼罩在白蒙蒙的雾中，仿佛上苍的怜悯，特地施舍这片洁白和纯净，显得更朦胧，更神秘。

老天爷似乎是聋子，对公鸡的报晓充耳不闻，不肯见一点亮色。一弯镰月垂挂西天，仿佛要收割什么似的，浮在扬雄家竹林上空，似醉非醉地恍惚着那依稀的月华，摇摇欲坠。远村的狗吠，叫破了黎明前安详宁静的夜空。公鸡又啼鸣了，整个阳光村的公鸡都啼鸣了，仿佛非要吵醒老天开亮口不可。夜空再也沉不住气，开始恐慌躁动起来，好像在极力挣扎，想挽留一点儿什么似的。

扬雄借助月色，挥锄不停地挖着地。

圆月当空，大地万物早已沉浸在睡梦中。

远处传来几声狗叫声。

扬雄两眼一黑，一头栽倒在地里。

扬母靠在床上，焦急地坐卧不安。

扬母披衣下床拄着竹棍走出歇房。

扬母打开后门，拄着竹棍，一步步地摸到竹林边上，抬头大声呼喊道："雄儿——，扬雄——，快回来呀！"

扬母凄凉的叫喊声划破了夜空的沉静，声音传得好远好远。

扬雄晕倒在地里，月光洒在他的身上。

远处传来扬母凄凉的哭喊声。

扬雄躺在地上一动也不动。

扬母的哭喊声惊动了全村的男女老少，人们纷纷赶来问长问短。

王大伯焦急地道：“老嫂子，你家扬雄出了什么事？”

扬母哭着说道：“那孩子心气高，说什么也不讨口要饭了，要把家里荒弃了的那几亩土地耕种起来，天不亮就起来挖地，到现在都没回来，肯定出事了。这叫我怎么活呀……”

扬母大放悲声，感动得好多村民跟着一起落泪。

王大伯叹息道：“这事儿媳告诉过我，我还以为小孩子家是闹着玩的，没想到他还认了真。好可怜的孩子，还不到八岁呀！老嫂子你也不要太着急，我们这就分头找去！”

王大伯又吩咐他儿媳李桂花道：“把你婶婶扶进去，再回家拿点米过来做点粥。”

李桂花扶着哭哭啼啼的扬母进了屋。

众人高喊着扬雄的名字四散而去。

“扬雄——，你在哪儿？”

村民们的呼喊声在夜空里荡漾。

众人终于在扬家荒地里找到了扬雄，他依然躺在地上昏迷不醒。

王大伯将昏迷不醒的扬雄抱在怀里，泪流满面地说道：“天啦，把这孩子给累坏了！乡亲们，自古天下穷人帮穷人，扬家这样可怜，我们没有不帮的道理，大家说对不对？”

众人齐声道：“对！”

王大伯道：“我提议，从明天起每家出一个劳力，再出一点种子，帮扬雄把地种了，以后由我负责教他种地，大家同不同意？”

众人齐呼道：“同意！”

王大伯道：“大家都回家吧，我把扬雄送回去。”

众人散去。

王大伯背着扬雄大步离去。

王大伯将扬雄放到床上，用手掐着他的人中。

李桂花端着粥走进来。

王大伯将扬雄扶起靠在自己身上，李桂花一匙一匙地给扬雄灌米汤。

扬雄终于苏醒过来，感激地叫了一声道："王大伯、桂花嫂！"

……

第二天一早，二十多个男女村民便在扬雄家的几亩荒地里干得热火朝天，有挖地的，有挖窝的，有往窝里放种子的，有随后往窝里掩土的。

王大伯给扬雄一一指点如何播种的知识，扬雄认真地听着，并不时地点着头。

林间翁孺扛着袋子走过来，与众人打过招呼。

王大伯道："啊，是林老先生。你这位道学大师，今天哪来的雅兴到乡下来走走？"

林间翁孺道："我那外孙扬雄好多天不到镇上来了，我不放心便过来看看。"

扬雄走到林间翁孺边，恭敬地叫了一声道："林表爷！"

林间翁孺："好孩子，你的情况我都知道了。我给你家带了一点儿粮食，伴些野菜够你们母子俩吃上一段时间。你将来是一个有大出息的人，还是跟我去读书吧！"

王大伯道："乡亲们帮你把庄稼都给种上了，我让你桂花嫂照顾你娘，你就放心地到林老先生的学馆里去上学吧，将来出息了，我们村里也光彩。"

扬雄站在田坎上恭敬地向林间翁孺和王大伯等众乡亲深深地鞠了一躬。

林间翁孺道："走吧，带我去见见你的母亲。"

王大伯道："你走吧，地里的活儿就交给我们了。"

扬雄感激地望了大家一眼，接过林间翁孺肩上的粮袋子，回家去了。

两年之后，扬雄在林间翁孺的精心培养下，已能仿照司马相如的诗、词、歌、赋格式写了很多的练习文章。好在他家小院房前屋后都是竹子，写文章的竹简随时可以就地取材，倒也方便，而且不用花钱。扬雄的练习文章生动而翔实地描述了他童年乞讨的屈辱生活，为社会不公而愤懑，为贫民阶层的苦难而同情，为他三十年后的《逐贫赋》打下了基础。但更多的是描写蜀地川西平原的美好河山，充满了浓郁的乡土气息，为十五岁所作的成名之作《蜀都赋》打下了基础。扬雄会写文章的消息便在乡里不胫而走，不到十岁的小扬雄便成了方圆几十里的平民小知识分子。乡亲们婚丧嫁娶、新房乔迁、撰写祭文等方面需要用笔的事都来找扬雄，他的祭文写得很感人，那些死人发丧找他写的祭文，他当场悲念，撕心裂肺，无不催人泪下，无不引起满堂痛哭。他也乐于助人，有求必应，分文不取。但事主们还是要给点儿财物和粮食作为回报，对扬雄家的困难有了一定的帮衬，更主要让扬雄有了实践的大好机会。

这期间扬雄家的庄稼一直是王大伯在帮忙耕种，扬母的身体也一直是李桂花在帮忙照看，为扬雄腾出了充足的学习时间。

二十一

湛蓝的天空白云如丝絮般游走，西部逶迤苍莽的群山和巍峨峻峭的雪峰历历在目。暖融融的阳光下，李桂花搀扶着扬母来到绿油油的麦地里，蜜蜂穿梭飞舞，清风拂过，馨香醉人……

扬母在麦地里兴奋得手舞足蹈起来，一会儿用手摸小麦穗，一会儿又拿到鼻下去闻闻。

赵闲话正好过路看见这一幕，大声叫道："大婶儿，儿媳妇好孝顺啊，什么时候过门呀?"

扬母惊讶道："我雄儿还那么小，哪来的儿媳妇呢?"

赵闲话笑道："就在你身边呀，你老看不见，美如天仙呢!"

李桂花嗔怪道："赵大嫂你胡说什么呀，人家还是个细娃儿!"

赵闲话笑侃道："嗨，你这就少见识了。我娘家一个堂兄，八岁娶了一个十八岁的大姑娘，新婚之夜不敢入洞房，哭着要跟着他爹睡，他爹把他拖进新房里，把门拉过来反锁上。新郎公抱着门框哭叫，最后躺在门槛上睡着了。新娘子看不过，便把新郎公抱到床上去，睡到半夜一泡尿将新床上的被子毯子全部打湿了。第二天一早，新娘子将新郎公尿湿了的床上用品全部晾到院坝里现婆家人的丑。谁知几年后一岁一个，一气生了七八个，还个个都有尾巴，两口子至今幸福得不得了。"

扬母笑得合不拢嘴。

李桂花却表情复杂地低着头。

赵闲话笑着问道："婶子，你家扬雄呢?"

扬母道："到他林表爷的学馆上学去了!"

林间翁孺的学馆里，扬雄和二十多个学生端坐在教室里认真听讲。

林间翁孺正在阐述庄子思想："庄子继承和发展了老聃道法自然的观点，认为道在时间和空间上都是无限的物质实体，是一切事物存在的基础。他否认有神的主宰，认为万物的生长和发展，是按照客观规律进行的，自然界本身就有它的规律，不以人的意志为转移。所以他说天地固有常矣，日月固有明矣，星辰固有列矣，禽兽固有群矣，树木固有立矣。

庄子的物质生活虽然清贫，但精神生活却异常丰富，追求至人无己的自由境界。赞同老子的无为而治，他顺应自然，追求绝对的自由。

庄子主张天人合一和清净无为。他的学说涵盖着当时社会生活的方方面面，但精神还是皈依于老子的哲学。

老、庄学说成为道家思想的核心内容，是继老子之后最伟大的道家思想的建构者与发展者，深刻地影响着每一个人的灵魂，尤其为知识分子开辟了一个极富弹性的人格缓冲区，当他们在政治功业、人生建树方面遇到挫折失意惆怅时，总能在庄子思想中寻找到皈依与平衡……"

……

两个月之后的一天傍晚，扬雄放学回家，远远看见他母亲在李桂花的搀扶下，来到他家的那片金灿灿的小麦地里，麦浪在晚霞中翻滚，呈现出一片丰收的景象。

扬雄一阵风地跑了过去，与桂花嫂一起搀扶着扬母说道："娘，你摸摸咱们家的麦穗，好大的颗粒哩！"

扬母突然一声惊叫道："雄儿，娘看见了，我看见了咱家的麦子了！"

扬雄不以为然地笑道："娘，你是太高兴了吧！"

扬母喜不自禁道："雄儿，是真的，娘真的看得见了。你长高了，额头上怎么有一块小疤呢，小时候可没有哇！我还看见了你身边这位姑娘，可漂亮了，好白净的瓜子脸儿，大眼睛，是哪家的姑娘哇?"

扬雄惊喜异常地抱住扬母道:"娘,你真的看得见了!这是王大伯家的桂花嫂,这些年全靠她照顾我们呢!"

李桂花亦惊喜万分地道:"婶儿,我叫李桂花,我公公叫王有财。"

扬母抓住李桂花的手,摇了又摇地说道:"哦,我记起来了!你丈夫也是在八年前那场大瘟疫中死去的。姑娘你是好人,好人必有好报啊!"

扬雄用双手卷成喇叭筒,朝着村儿里放声大喊:"啊呵呵——,我娘眼睛看得见啦……"

扬雄那洪亮的声音在山村里回荡,传得好远好远……

村儿里的男女老少闻讯纷纷地奔向扬雄家的麦子地里,争先恐后地向扬雄母亲问长问短,并纷纷议论着这一实属罕见的人间奇迹。

二十二

八年之后，扬雄已长成一个英俊少年。在他十二岁那年启蒙老师林间翁孺病逝，便又到郫邑县城庄君平学馆求学。扬雄采取半天在家劳动，半天到学馆上学的办法，既照顾了母亲、种好了庄稼，又不耽误学业，做到了两全其美。

这天扬雄放学回家，大步流星地朝村头走来，远远地看见了站在村头的李桂花，让他一下子看呆了。

李桂花今天打扮得特别漂亮，用一块红布条将两根又黑又粗的长辫拴在一起搭在背后，一双水汪汪的大眼睛会说话……

李桂花见扬雄拿这样的眼光看她，心里脸上都发热，不好意思地问道："放学啦？"

扬雄问道："桂花嫂，打扮得这样漂亮，等谁呢？"

刘快嘴突然蹿出来，接过话头道："等你呗，真是块不开窍的木头！"

扬雄惊异地道："木头，什么木头？"

刘快嘴责怪道："桂花嫂苦苦等了你八年，咋就不明白呢？"

李桂花羞羞答答地嗔怪道："刘大嫂，你再胡说，我这一辈子都不理你了。"

刘快嘴笑呵呵道："桂花妹子，你肚子里的那点儿花花肠子，还瞒得过老娘的眼睛？别在那里假装害羞哪，扬雄已经长大啦，你们两个是天配的一双，地配的一对，我已经给扬雄他娘提过亲啦，她老人家高兴得了不得，还催你们两个赶紧圆房，明年她就能抱上胖孙子了呢！"

李桂花"妈呀"地尖叫一声，拔腿就跑。

刘快嘴在她身后甩出一串响亮的笑声来。

扬雄拔腿也正要跑，突然发现母亲在远处萝卜地里拔萝卜，便一气跑过去，嗔怪地叫道："娘，你怎么又下地了呢？"

扬母抬起头来道："明天你顺便背点萝卜到县城去卖了，家里没盐啦！"

扬雄一边帮母亲拔萝卜，一边说道："明天镇上逢赶集，我就不到县城上学了，把几样竹器背到镇上卖了，给娘扯几尺布缝件新衣服。"

扬母道："我的衣服补补还能穿，那就给你桂花嫂扯件花衣服，她帮我们家那么多忙，咱们可要知恩图报哇！"

扬雄同意地点点头。

扬母情不自禁地打了一个响亮的哈哈，扬雄好久都没有听到过娘这样的笑声了。

扬雄不解地道："娘，平白无故笑什么呢？"

扬母笑呵呵地道："雄儿，娘这是人逢喜事精神爽哇！"

扬雄停下手中的活儿，疑惑地望着母亲："娘，你遇到了啥喜事，这么高兴？"

扬母笑呵呵地道："媒婆刚才来给你提亲啦！"

扬雄明知故问道："娘，我还这么小，提什么亲，是哪家的姑娘？"

扬母赞不绝口道："她就是你的桂花嫂，十全十美的姑娘，打起锣鼓都找不到。虽然年龄比你大一点儿，你看她那长相，一点儿也不显大，跟你真是天配地配呢！"

扬雄不好意思道："既然母亲这样喜欢，那就答应了吧！"

扬母惊讶道："雄儿，难道你不喜欢？"

扬雄笑呵呵地道："娘，我喜欢都还来不及呢！只怕咱们家条件这么差，还怕配不上她呢！"

扬母打着哈哈笑道："这门亲事成了，娘明年就有孙子抱啦！"随后又是一串响亮的哈哈。

扬母兴奋不已地道："雄儿，娘好多年都没有这样高兴过了！"

扬雄道："娘，让你老人家高兴的日子还在后头呢！"

二十三

火塘里的柴火在熊熊燃烧，火搭钩铁罐里的水在“咕咕咕”地叫着。火塘边摆放着一张小食案，扬雄借助火塘里熊熊燃烧的火光奋笔疾书。小食案上摆放着几卷书简和笔墨砚，旁边还放了几个干辣椒和几粒花椒，原来他这是在效仿孙敬“头悬梁、锥刺股”。这个故事还是他两三岁时母亲就讲给他听了，以后又天天讲月月讲年年讲，用意十分清楚，就是要用这个故事来鼓励扬雄从小立志，要像孙敬一样“头悬梁、锥刺股”发奋读书，长大干就一番大事业。这个故事深深地打动着扬雄，从小孙敬便是他心中的偶像，他发誓要像孙敬一样“头悬梁、锥刺股”发奋读书，发誓要用手中笔来改变他和母亲的命运，而且也只有这一条路了。于是他便通宵达旦地读书和习作，困了想打瞌睡时，便咬一口辣椒或花椒，再想一想自己的苦难童年，顿时赶走睡意。

扬雄站起身来，到案板上拿过一只碗来，在铁罐里舀了一碗白开水凉在小食案上，然后找来小木盆，舀了两瓢热水，再兑上一瓢凉水，用手摸了一下水温，然后端到母亲歇房。

扬雄将小木盆放在床面前，将母亲的双脚放进水里，一边给母亲洗脚，一边陪她说几句话。

扬母心疼道：“雄儿，为了准备与桂花的婚事，劳累了这么多天，你也洗了早些睡吧！”

扬雄道：“娘，你先睡吧，我还不累。今晚必须将《蜀都赋》写完，明天念给娘先听，给我提点儿修改意见，后天到宝塔广场去朗诵，争取多挣点钱，给桂花嫂多缝几件衣服，我们家欠她的太多了。”

扬母道："你说得对，以后一定要混出个人样儿来，否则便对不起你的桂花嫂！"

扬雄道："娘，我一定会牢牢记住你的这句话！"

扬母满意地点了点头。

扬雄用一块旧布擦干母亲双脚，将她慢慢放倒在床上，替她盖好被子，说道："娘，你先睡，我再过去写那篇赋。"

扬雄端着小木盆走出歇房倒掉洗脚水，又回到火塘边，给火塘里加了几块柴火，然后又继续伏案写起《蜀都赋》来。

鸡圈里的公鸡扑腾了几下翅膀，发出了一声响亮的啼叫。

扬雄放下手中笔，端起食案上的水碗喝了几口，然后又拿起笔略加思索，接着往下写。

圈里的鸡叫第二遍了，扬雄伏在食案上，全神贯注地书写着，似乎根本就没有听到鸡叫声。

圈里的鸡叫第三遍了，扬雄放下手中笔，端起食案上的水碗一气喝干，然后起身走到铁罐旁再舀了一碗放到食案上，又聚精会神地写了起来。

当扬雄在书简上落写最后一个字时，一束亮光从墙缝里折射进来，扬雄满以为是月光。他放下手中笔，心情无比舒畅地站起身来，双手高高地举过头顶，长长地伸了一个懒腰，心旷神怡地走过去打开后门，一束阳光扑面而来，原来天色已经大亮，旭日东升，晴空万里，今天又是一个艳阳天。扬雄心情好到了极点，大步走到竹林边，高高扬起双臂，情不自禁地发出一声呐喊："啊呵呵——"

扬母被扬雄的呐喊声惊醒，披衣走出门来，关切地问道："雄儿，你怎么啦？"

扬雄兴味盎然道："娘，我的《蜀都赋》完成了，我现在就念给你听！"不由娘分说便跑进屋里去取书简。

扬雄将书简取出来，把母亲按在阶沿上坐下当听众，他面对母亲，双手捧着书简，大声朗读刚刚完成的《蜀都赋》：

蜀都之地，古曰梁州。禹治其江，渟皋弥望，郁乎青葱，沃壄千里。上稽干度，则井络储精；下案地纪，则巛宫奠位。东有巴賨，绵亘百濮。铜梁金堂，火井龙湫。

……

扬雄朗读完毕，谦恭地问母亲道："娘，这篇赋读完了，你看还行吗?"

扬母欢喜不已地道："雄儿，真正没有想到你进步得如此之快，你这篇赋娘哪里还提得出半个字的意见来，肯定是一篇传世好赋。不是娘夸海口，孩儿照这样发展下去，日后你的诗赋比起司马相如来，也不会差到哪儿去!"

扬雄谦虚道："娘，你太过奖了，我的文章未必就有那么好。再去睡一会儿，待我将早饭做好再叫你。"

扬母笑呵呵道："人逢喜事精神爽，娘哪里睡得着哇！雄儿已熬了好几个通宵，你快去睡上一觉，早饭便由我来做。"

扬雄道："那就有劳娘了，我得抓紧将这篇赋念背得。"

扬母道："那也要得，只是不要太累了哈!"笑眯眯地进屋做早饭去了。

扬雄捧着书简，面对晨曦，大声朗读起来：

蜀都之地，古曰梁州……

二十四

扬雄站在广场古柏下面，高声朗诵他的《蜀都赋》：

……

相与如平阳颒巨沼，罗车百乘。期会投宿，观者方堤。行舡竞逐，偃衍撇曳，絺索恍惚，罗畏弥澥，蔓蔓沕沕，茏睢瞭兮粿布列，枚孤施兮纤缴出，惊雌落兮高雄魇，翔鹍卦兮奔萦毕，俎飞脍沈，单然后别。

扬雄朗诵完毕，全场爆发一阵阵雷鸣般的掌声。

随后铜钱、麻钱便纷纷扔到扬雄脚下。

扬雄拱手向投币者致以答谢。

围观者交头接耳，议论纷纷。

茶叶铺老板自豪地道："谁说咱们蜀中无人？继司马相如之后，这不又出了一位大才子！"

包子铺掌柜扬扬得意道："咱们镇上的一个小叫花子，全靠我的包子馒头喂出了一个大文豪！"

"哈哈……"

众人向包子铺掌柜发出一片讥笑声。

人们都在谈论《蜀都赋》：

青年甲："扬雄最崇拜司马相如，五岁便能背诵司马先生的《子虚赋》，十年后他的《蜀都赋》居然超过了《子虚赋》，这就叫青出于蓝而胜于蓝啦！"

青年乙："我敢打赌，《蜀都赋》肯定能成为一篇不朽之作而载入史册！"

王永福快步跑到扬雄身边，大声叫道："叔，你咋忘了今天是跟我娘拜堂成亲的日子，村里的人四处找你，我想你会在一个地方，果然在这里。”说完不由分说，拉起扬雄便往家走。

全场的人先是一愣，随后便爆发出一阵山呼海啸般的笑声。

扬家小院一派热闹的喜庆气氛。

赵闲话和刘快嘴忙里忙外，招呼各位客人。

一阵唢呐声传来，有人高喊一声：“新娘子到了！”

迎亲队伍来到门前，刘快嘴和新郎官扬雄搀扶着新娘子李桂花走进院里。

赵闲话走上前去一把掀起新娘子李桂花头上的红盖头，众人发出一片惊呼：“好漂亮的新娘子！”

院里一片沸腾，唢呐声、人们大声说笑声、小孩子们的尖叫声，汇成了欢乐的海洋。

刘快嘴和新郎官扬雄搀扶着新娘子李桂花走进堂屋。

扬母和王大伯站在堂屋上方，二人都高兴得合不拢嘴。

司仪官高喊：“一拜天地，二拜高堂，夫妻对拜，搀入洞房！”

扬雄红光满面、神采奕奕地搀扶着新娘子李桂花走进新房。

扬雄的卧室紧靠在竹林边上，屋里的灯光从破旧的窗户缝里折射出来。

几个小伙子躲在窗户下面，兴味盎然地偷听新郎新娘的洞房。

扬雄道：“桂花嫂——”

李桂花道：“以后再不许这样叫！”

扬雄道：“那叫啥?”

李桂花道：“想叫啥叫啥，就是不许再叫桂花嫂！”

扬雄道：“哦——，桂——，桂花，你身上一股桂花味儿，好香哩！”

李桂花道：“要不然咋叫桂花呢？你从被子里面爬过来到我这头来睡，还会更香哩！”

听新郎新娘洞房的小伙子们，相互做着鬼脸。

新房里传出一阵床的响动声。

听洞房的小伙子们，紧张得几乎停止了呼吸。

当扬雄从床那一头的被子下面爬到李桂花那头时，便开口问道："桂花嫂，不——我的好夫人，快告诉我，你的桂花香味儿是从哪儿出来的？"

李桂花闭着眼睛，张大嘴喘息着说："这里，是从这里飘出来的。你把舌头伸进来，好甜好香呢！"

扬雄半信半疑地望着李桂花的嘴，紧张了半天，终于鼓起勇气把舌头伸进李桂花的嘴里，却被李桂花紧紧地含住，舌对舌地吮咂起来，不一会儿扬雄的男性便被李桂花激情唤醒，二人开始疯狂地亲起嘴来，那响声惊得门外听墙根的几个小伙子都脸红心跳起来。

二人搂抱在一起又是一阵疯狂地亲嘴，良久扬雄又开口问道："桂花嫂——"

李桂花嗔怪地道："嗯？——"

扬雄马上改口道："老婆，夫人，你果然是个桂花精，连嘴里都是一股桂花味儿！"

接下去是新郎新娘嘻嘻哈哈的打闹声……

听洞房的小伙子们却十分知趣地悄然离去，没有做出半点惊动新郎新娘的事来。

一轮圆月悬挂中天，是否也在偷听偷看这对新郎新娘在干啥呢！？

……

二十五

这对老少配夫妻婚后十分幸福，李桂花与前夫所生的儿子王永福与爷爷王有财一起生活，她便全身心地做了扬家的媳妇，只短短几天时间，便把扬家小院里里外外地变了个样。她不仅承揽地里的活儿，让丈夫扬雄能够全身心地到县城庄君平老先生的学馆里去上学，而且还抢着帮婆婆煮饭做家务。一年之后，李桂花果然生了一个胖小子，扬母高兴得走路都唱歌，一家人和睦相处，其乐融融。扬雄有了桂花嫂这位贤惠的妻子，读书就更用心了。

林表爷临死前将他的所有书籍都送给了扬雄，加上爷爷扬季留下来的书简，一共堆了半间屋，大体是《尚书》《周易》《春秋》《老子》《诗经》《论语》《尔雅》《孟子》《荀子》《庄子》《孙子兵法》《楚辞》《韩非子》《吕氏春秋》《战国策》《帛书》《山海经》《墨子》《韩非子》《道德经》《离骚》《九歌》《吕氏春秋》《国语》等应有尽有的儒家经典。汉武帝把儒家经典列为教科书，成为官方学说，儒家成为主流思想。扬雄七岁诵《论语》，八岁诵《诗》，十岁诵《尚书》，十一岁诵《易》，十二岁诵《春秋左氏传》《国语》，十三岁诵《周礼》《礼记》，十四岁诵《易记》。

扬雄视那半间屋的书简为生命，简不离身、身不离简，随时随地都在捧着看。用李桂花的话说，扬雄除了跟她做那种事的时候没有看，在田里地里劳动休息片刻的时间都要捧着书简看，走路也要捧着书简边走边看，好几次摔倒在冬水田里。更可笑的是一边吃饭一边翻书简，好几次把饭喂进鼻孔里。甚至到茅房屙屎都在捧着看，闹出的笑话那就更多了。

遇到农闲时和下雨天，扬雄更是要整天整夜地伏在书案上读书。

扬雄不光读书，还要把书中的疑虑、感想、体会都要记录下来，同时还把一天二十四小时生活中的亲身经历和在社会上的所见所闻一一记录下来。有了大量的生活积累，很快大量的诗、词、歌、赋、骚、铭、箴、诔、记、传便在扬雄的笔下产生了。他每完成一篇作品，都要先念给母亲和妻子听，于是扬母和李桂花便是这些作品的第一个读者。遗憾的是这期间创作的大部分作品失传，只极少数流传于世。

扬雄曾多次向母亲和妻子表露过他想到岷江一带走走，吮吸一些日月精华，让自己的文章更上一层楼，扬母和李桂花十分满意并支持他的想法。为了给他筹集路费，婆媳俩一合计，把消失了几十年的"扬家豆腐"坊又重打锣鼓另开了张。前文介绍过这"扬家豆腐"本应是扬母刘淑贞娘家专利，是她嫁给扬雄父亲扬柳之后，把这门刘家祖传手艺传教给扬家的。扬母自然是做豆腐的高手，加之李桂花人又聪明伶俐，在她手把手的传教下，李桂花很快便掌握了做豆腐的全套技术。上文也曾表述过，做豆腐是个非常辛苦的活路，需要浸泡豆子，豆子泡好后，要拿到石磨上慢慢地磨，磨好后，要倒在锅里煮，然后再用卤水点，经常忙碌到深夜。扬雄在郫邑县城庄君平的学馆读书，只有偶尔回家时才能帮她一点忙，大部分时间都是她背着孩子一个人完成的这些程序。因为扬母有双目失明的惨痛教训，只能让她做些技术指导，却不敢让她熬夜辛苦，更不敢让她再靠近卤水。开始好几次把豆腐做砸了，整夜的工夫都白废，但是她不气馁，虚心向婆婆讨教学习，终于做成第一锅豆腐。第二天早上，李桂花就挑着一担新鲜豆腐走家串户，吆喝着叫卖，两个多小时便足不出村地全部卖完了。从此以后，她头天晚上睡觉前磨好浆，榨好汁，点好卤，做成豆腐，用板子压实，第二天就挑豆腐卖，一个月下来，把账一算，除去成本，还赚了不少钱。李桂花欣喜异常，给在县城读书的扬雄报了喜，让他更加安心读书。扬雄便利用放假期间帮妻子李桂花四处采购黄豆和联系客户。因为他现在已是方圆百里的大名人，又为这一带百姓撰写碑文，男女老少都很敬重他。加上他又写得一手好字，家家户户的婚丧嫁娶、逢年过节的所有文字都出自他的手。一句话扬雄方圆百里的威信很高，现在出面挨家挨户地收购黄豆和推销豆腐，几乎没有一家不买他的账。

扬雄二十一岁这一年，“扬家豆腐”坊聘请了两个可靠的乡邻帮忙经营，李桂花也只进行指导而已，便与婆婆一道把精力用在辅导六岁的儿子扬天青的身上去了。扬雄已用孙敬“头悬梁、锥刺股”的办法读完了那半间屋的书简，他的心早已翱翔于岷江的天地之间。

临走的头天晚上，扬雄似乎要把出走后这段日子的亏欠提前预支给爱妻李桂花，从上床便说不完的恩爱话，办不完的恩爱事，待二人云收雨散时，天色已经麻麻亮了。

李桂花赶紧从扬雄的怀抱挣脱出来，调侃道：“兄弟，你还吃不吃饭哟？难道就拿这个东西当早饭?!”

扬雄扳过李桂花的头，不依横竖一连又亲了几个响嘴。

李桂花挣脱扬雄的拥抱，边笑边下床穿好衣服，吩咐扬雄道：“你一夜辛苦，抓紧睡一会儿哈！我去给你做早饭，吃了早饭好早点赶路。”

李桂花打着哈欠走出歇房。

待李桂花走进厨房时，婆婆扬母将早饭早已做好了，并将洗脸水烧好，正坐在灶门前烧火烧馍给扬雄路上当干粮。火烧馍是蜀人的专利，做法很简单，把面粉拌水调好和成大饼放进灶膛里用燃灰盖着烧，需一会儿就要翻动一次，否则就会烧煳。火烧馍好吃得很，那个香味儿笔者无法表述。

李桂花望着婆婆，羞涩道：“娘，不好意思，我睡着了！”

扬母抬头看着儿媳，笑呵呵地说道：“天还早，你咋不多睡一会儿?”

李桂花边说边挽衣袖道：“我给扬雄煮早饭！”

扬母笑着道：“我已将早饭做好了，正给雄儿烧火烧馍呢！”

李桂花感激地道：“娘——！”

一家四口吃过早饭，扬雄便背上背篼，里面放着他最喜欢的经典书简和行李，在母亲、妻子、儿子的簇拥下走到村口，李桂花将手中那根竹棍交给扬雄，泪眼蒙蒙道："千万别弄丢了，既当拄路棍，又当打狗棍，千万别遭狗咬了。见饭馆打尖，见客栈歇店，千万别饿倒自己了，累倒自己了。"

善解人意的扬母赶紧拉着孙子回家了。

路边正好一片小树林，扬雄拉着李桂花钻进去，二人抱头痛哭一场，似乎与十五年前的那一幕如出一辙。

约莫哭了半个时辰二人才挥泪告别。

李桂花泪眼汪汪地望着扬雄越来越小的背影，突然大声叫喊道："到了岷江便给我写信，千万要早点儿回来！"

扬雄的身影终于消失在山路尽头。

李桂花的哭喊声却在山村回荡……

二十六

扬雄前往岷江一路打尖歇店的详细经过便一笔带过，单说他一路跋山涉水、沿岷江而下，千辛万苦来到犍为郡府治城西清溪紫云山。

这一日扬雄站在紫云山上，俯瞰奔流不息的岷江，但见雾霭时浓时淡，缭绕升腾，仿佛置身于九天之上，美不胜收。扬雄抬头发现有一大洞，又名紫云洞。扬雄攀登而上至洞口，石壁峭立，约有丈余。洞外有瀑布千尺，挂绝壁而下，虽大旱不绝泻潭中。潭在洞门外，深不可测，乃犍为最为奇胜。展眼远望，只见群峰延绵，态色之妙。扬雄步入石洞，洞内别有洞天，简直就是神仙待的地方，真乃天下奇境。扬雄漫步在神秘的洞里，洞壁上渐渐退隐的先人字迹，似乎在向他讲述着以前这里曾经发生过的一切。面对仙境的诱惑，扬雄便决定住在洞内。他一边云游犍为八景，考察当地风土民情和人文景观，一边在洞内实现他少年时代的梦想——撰写《蜀王本纪》。

《蜀王本纪》为历代蜀王传记，始于古蜀国先王蚕丛，迄于秦代。常璩《华阳国志》中《蜀志》所记载的蜀王事迹，与此略同。蜀王之先名蚕丛，后代名曰柏灌，后者名鱼凫。此三代各数百岁，皆神化不死，其民亦颇随王去。鱼凫田于湔山，得仙。今庙祀之于湔。时蜀民稀少。后有一男子，名曰杜宇，从天堕，止朱提。有一女子，名利，从江源井中出，为杜宇妻。乃自立为蜀王，号曰望帝。治汶山下邑，曰郫化，民往往复出。望帝积百余岁，荆有一人，名鳖灵，其尸亡去，荆人求之不得。鳖灵尸随江水上至郫，遂活，与望帝相见。望帝以鳖灵为相。时玉山出水，若尧之洪水。望帝不能治，使鳖灵决玉山，民得安处。鳖灵治水去后，望帝与其妻通。惭愧，自以德薄不如鳖灵，乃委国授之而去，如尧之禅舜。鳖灵即位，号曰开明帝。帝生卢保，亦号开明。望帝去时子规鸣，故蜀人悲子规，鸣而思望帝。望帝，杜宇也，从天堕。

开明帝下至五代，有开明尚。始去帝号，复称王也。天为蜀王生五丁力士，能徙蜀山。王无五丁，辄立大石，长三丈，重千钧，号曰石牛。千人不能动，万人不能移。

蜀王据有巴蜀之地，本治广都樊乡，徙居成都。秦惠王遣张仪、司马错定蜀，因筑成都而县之。成都在赤里街，张若徙置少城内。始造府县寺舍，令与长安同制。

秦惠王时，蜀王不降秦，秦亦无道出于蜀。蜀王从万余人，东猎褒谷，卒见秦惠王。秦王以金一笥遗蜀王，蜀王报以礼物，礼物尽化为土。秦王大怒，臣下皆再拜，贺曰："土者，地也，秦当得蜀矣。"

《秦惠王本纪》曰：秦惠王欲伐蜀，乃刻五石牛，置金其后。蜀人见之，以为牛能大便金。牛下有养卒，以为此天牛也，能便金。蜀王以为然，即发卒千人，使五丁力士拖牛成道，致三枚于成都。秦道得通，石牛之力也。后遣丞相张仪等随石牛道伐蜀焉。

武都人有善知，蜀王者将其妻女适蜀。居蜀之后，不习水土，欲归。蜀王心爱其女，留之，乃作《伊鸣之声》六曲以舞之。

武都丈夫化为女子，颜色美好，盖山之精也。蜀王娶以为妻。不习水土，疾病欲归，蜀王留之。无几物故，蜀王发卒之武都担土，于成都郭中葬之。盖地三亩，高七丈，号曰武担以石作镜一枚表其墓，径一丈，高五尺。

于是，秦王知蜀王好色，乃献美女五人于蜀王。蜀王爱之，遣五丁迎女。还至梓潼，见一大蛇入山穴中。一丁引其尾，不出。五丁共引蛇，山乃崩，压五丁。五丁踏地大呼，秦王五女及迎送者皆上山，化为石，蜀王登台，望之不来，因名五妇侯台。蜀王亲埋作冢，皆致万石，以志其墓。

秦惠王遣张仪、司马错伐蜀。王开明拒战，不利，退走武阳，获之。

张仪伐蜀。蜀王开明战不胜，为仪所灭。

秦王诛蜀侯恽，后迎葬咸阳。天雨，三月不通，因葬成都。

蜀人求雨，祠蜀侯必雨。

蜀王有鹦武舟。

秦为太白船万艘，欲以攻楚。

秦为舶舡万艘，欲攻楚。

秦襄王时，宕渠郡献长人，长二十五丈六尺。

禹本汶山郡广柔县人，生于石纽，其地名痢儿畔。禹母吞珠孕禹，拆副而生于县。涂山娶妻生子，名启。于今涂山有禹庙，亦为其母立庙。

老子为关令尹喜著《道德经》。临别，曰："子行道千日后，于成都青羊肆寻吾。"今为青羊观是也。

江水为害，蜀守李冰作石犀五枚。二枚在府中，一枚在市桥下，二枚在水中，以厌水精，因曰石犀里也。

李冰以秦时为蜀守，谓汶山为天彭阙，号曰天彭门。云亡者悉过其中，鬼神精灵数见。

县前有两石，对如阙，号曰彭门。

宣帝地节中，始穿盐井数十所。

扬雄完成《蜀王本纪》，掐指一算，离家出走整整三年零六个月了，儿子扬天青都快十岁了，母亲和爱妻李桂花都还好吗？

想家的情绪油然而生。

于是他便日夜兼程地往家赶。

一家四口离别三年半，母子、夫妻、父子久别重逢的心情难以言表。

扬雄一生除了崇拜司马相如，第二人便是屈原了。他对屈原不遇明君，自沉于江的遭遇深表同情。

五年之后，扬雄再次来到犍为郡清溪紫云那个山洞，奋笔写出了《反离骚》：有周氏之蝉嫣兮，或鼻祖於汾隅，灵宗初谍伯侨兮，流于末之扬侯，淑周楚之丰烈兮，超既离虖皇波，因江潭而记兮，钦吊楚之湘累，惟天轨之不辟兮，何纯絜而离纷！汉十世之阳朔兮，招摇纪于周正，正皇天之清则兮，度后土之方贞，图累承彼洪族兮，又览累之昌辞，带钩矩而佩衡兮，履欃枪以为綦，素初贮厥丽服兮，何文肆而质！资娵娃之珍娰兮，鬻九戎而索赖，凤皇翔於蓬陼兮，岂駕鹅之能捷！骋骅骝以曲骨兮，驴骡连蹇而齐足，枳棘之榛榛兮，蝯貁拟而不敢下，灵修既信椒，兰之唼佞兮，吾累忽焉而不蚤睹？衿芰茄之绿衣兮，被夫容之朱裳，芳酷烈而莫闻兮，（固）不如襞而幽之离房，闺中容竞淖约兮，相态以丽佳，知觽嫭之嫉妒兮，何必扬累之蛾？懿神龙之渊潜，埙庆云而将举，亡春风之被离兮，孰焉知龙之所处？愍吾累之觽芬兮，扬 之芳苓，遭季夏之凝霜兮，庆夭鶗而丧荣，横江、湘以南兮，云走乎彼苍吾，驰江潭之泛溢兮，将折衷虖重华，舒中情之烦或兮，恐重华之不累与，陵阳侯之素波兮，岂吾累之独见许？精琼靡与秋菊兮，将以延夫天年；临汨罗而自陨兮，恐日薄於西山，解扶桑之总辔兮，纵令之遂奔驰，鸾皇腾而不属兮，岂独飞廉与云师！卷薜芷与若蕙兮，临湘渊而投之；棍申椒与菌桂兮，赴江湖而沤之，费椒稰以要神兮，又勤索彼琼茅，违灵氛而不从兮，反湛身於江皋！累既夫傅说兮，奚不信而遂行？徒恐鶗枂之将鸣兮，顾先百草为不芳！初累弃彼虙妃兮，更思瑶台之逸女，抨雄鸩以作媒兮，何百离而曾不壹耦！乘云霓之旖柅兮，望昆仑以樛流，览四荒而顾怀兮，奚必云女彼高丘？既亡鸾车之幽蔼兮，（焉）驾八龙之委蛇？临江濒而掩涕兮，何有九招与九歌？夫圣哲之（不）遭兮，固时命之所有；虽增欷以於邑兮，吾恐灵修之不累改.昔仲尼之去鲁兮，婓婓迟迟而周迈，终回复於旧都兮，何必湘渊与涛濑！溷渔父之哺歠兮，絜沐浴之振衣，弃由、桺之所珍兮，跖彭咸之所遗！

扬雄完成这篇赋之后，在洞壁上题下了“紫云仙境”四个大字，然后将这篇赋简自岷山投于江中，以祭屈原。

这一年扬雄三十岁，已到了而立之年。

当扬雄再返回家乡时，他的第二个儿子都可以叫爹爹了。李桂花告诉扬雄，是他再次离家出走的当天晚上怀上的。扬雄欢喜异常，当即为小儿子取名扬天成。

扬雄这次回家后再也没有离家半步，其原因有三：一是母亲年事已高，且身体也每况愈下，他要在老人家面前好好尽个孝。二是欠妻子李桂花太多，她为了这个家，为了支持他的学业，为了两个孩子，付出了她的全部青春年华。他对天发过誓，这一辈子要不混出个名堂来，第一个对不起的便是妻子李桂花。一旦混出名堂，第一个不能背叛的也便是妻子李桂花。他是这样想的，以后几十年也是这样做的。第三个原因便是两个儿子也一天天长大，他要尽到一个父亲的责任，要辅导两个孩子长大成人，扬家的后人绝对不能成为庸才。

于是扬雄便把相当一部分精力用在孝敬母亲，辅导两个儿子身上，同时也给爱妻李桂花很多关爱，既帮她种庄稼，管好豆腐坊，还与她抢着做家务，这让李桂花常常感动不已。

这期间扬雄还完成了《县邸铭》《王佴颂》《阶闼铭》《成都城四隅铭》等辞赋，这些赋大都是对家乡山水景物的歌颂，充分显示了他的高情与逸才。

扬雄三十五岁这年，母亲和王大伯相继去世。

王大伯的孙子也就是李桂花与前夫的儿子王永福也早已儿孙满堂，一家人的日子也过得红红火火。

三年守孝期满，也就是扬雄三十八岁这一年，他再次告别妻儿前往涪县西山，在那里写下了名传千古的《绵竹颂》，也正是这篇《绵竹颂》给扬雄带来了人生的重大转折……

二十七

一个夏日中午时分。

扬雄坐在竹林边上，一边编竹器，一边给三个孩子讲学。三个孩子分别是扬雄与李桂花所生的大儿子扬天青，现年一十二岁；小儿子扬天成，现年八岁。另一个是李桂花与前夫儿子王永福的儿子王天吉，现年十岁。

扬雄手中编筐，口中讲学两不误：“孔子身处一个动荡不安的转型期，礼崩乐坏、伦理、道德、品格、价值都在大幅度地滑坡，孔子在这时挺身而出，要讲仁、义、礼、智、信，要讲温、良、恭、俭、让，要恢复周礼，施行仁政，这一切显得那么不合时宜，但孔子知其不可为而为之，在嘲笑、冷遇、颠簸、困厄中坚守和宣传自己的理想和主张。他的学说里，有对理想君主与仁政的美好设计，有对社会结构与伦理关系的合理规划，有对个人修养与人生境界的理想评估，有对平民生活与痛疾苦恼的热情报以关怀。他的理想主体与他为之奋斗不懈的精神在更深的层次上，其实是人类人性与基本道德、政治、文化内涵的一种表现。那种悲天悯人，那种自我牺牲都闪亮着人性的光辉，经过时间的磨洗，人们从思想、心灵、灵魂上一步步与之认同，所以孔子不仅成为儒家的代表，更成为中华文化的重要代表。”

……

李桂花蹲在一旁砍猪草，一边也听丈夫讲学。

突然一声锣响，从竹林深处闪出一班人马。

原来是郫邑吴县令及其随从。

扬雄一家妻小赶紧起身跪迎。

吴县令拱手还礼道："扬先生不必行此大礼，本县特来向你贺喜!"

扬雄道："小人一介草民，有何喜可贺?"

吴县令道："扬先生乃蜀中大儒，名倾天下。先生大作《绵竹颂》打动了当今皇上，宣你即日进京将委以重任。钦差已到了县衙，随后便亲临府上宣旨。本县考虑到先生府上清贫了些，不便迎接钦差大人，便事先给你送些钱来。来人，快把贺礼送上!"

县丞将一大包贺礼交给扬雄。

扬雄全家惊得目瞪口呆，扬雄半晌回过神来，双手接过贺礼道："多谢县大老爷关照，只是这贺礼怎敢讨扰?"

吴县令道："不必客气，也是本县应尽之职！本地出了先生这样的人物，不仅是宝塔镇的光彩，也是郫邑的光彩。本县奉命先来禀报，并致祝贺，同时也帮助筹划一番，以便迎接钦差。"

扬雄道："那就多谢了！扬雄久居山野，不知礼仪，稍后面见钦差，该如何接待？请大老爷指拨一二。"

吴县令说道："设宴十案，随从官员以及轿夫均有红封。钱数多少，也无一定之规，县上送钱一千，理应宽裕了。"

扬雄道："多谢大老爷指教，如此可不失礼仪了。"

吴县令道："本县寻思，府上筹划办如此盛宴，食物和人手会感到紧张，特带来猪肉、大米、酒等各种食物及厨役十人，以供驱使。时间紧迫，赶紧安排埋锅造饭，我还得返回恭迎钦差大人。"

吴县令说罢便吩咐手下众人动起手来，他本人却与扬雄拱手作别带着两个随从快速离去。

扬雄一家子像做了一场白日梦，总不敢相信这一切都是真的，但吴县令送的一大包赏钱又千真万确地捧在手里，掂量了一下，沉甸甸的。再展目一看，吴县令留下的那十几个差役在房前屋后来回奔跑，干得满堂欢，一家子这才坚信不是梦。

二十八

第二天一早，吴县令果然带着钦差一行来到扬雄住地。走在最前边的是“奉旨宣诏”的虎头牌，斗大的金工字，迎日耀目；接着是花团锦簇的大轿，威风凛凛；后边是差役和作陪的吴县令。

这样威风八面的宣诏仪仗，当地人哪里见过，看热闹的人就像赶庙会一样，更增加了热烈的气氛。

由于道路窄小，大轿过不来，钦差一行只好步行从竹林深处走了过来。

钦差杨庄在郫邑吴县令及地方差役陪同下，缓步来到扬雄家门前。

一差役高声叫道：“钦差大人驾到，宣扬雄接旨！”

扬雄一家慌忙跪到杨庄面前听旨。

宣旨、接旨，爆竹声声。

杨庄宣完圣旨，对扬雄道：“扬兄别来无恙？”

扬雄抬头细看钦差，终于认出他便是当年在郫邑学馆的同窗好友杨庄，相见之下，倍加亲热。

扬雄道：“真没想到，二十五年前的同窗，如今成了钦差大人！”

杨庄道：“想当初你老兄的《蜀都赋》独领风骚，在庄老先生心目中你是天上的皓月，小弟连地上的萤火虫都不如呀！”

扬雄道：“岂敢岂敢，当年杨钦差才是佼佼者呀！”

杨庄道：“请嫂夫人赶紧收拾一些细软随身带的东西，这破房子就送人算了。我在京城已给你一家老小备好了一套豪宅，吃的用的一应俱全，今日便随我一道进京面圣。为何不见令堂大人？”

扬雄道：“家母在三年前也仙逝了！”

杨庄道："唉，二老均是无福之人呀！走，带我到你府上看看！"

扬雄道："惭愧得很，寒舍实在羞于见人！"

杨庄道："老兄过谦了，但看无妨！"

扬雄道："钦差请！"

杨庄道："扬兄请！"

十几个差役正在院坝里支锅做饭。

扬雄陪着杨庄边走边说。

杨庄道："蜀中大儒的府上实在简陋了一些呀！"

扬雄道："唉——"

杨庄捏着鼻子在扬雄陪同下走进厨房。

杨庄道："早知这样，就请扬兄到我家老宅子里去住了，牛圈也比你这房子强上十倍。要不是我竭力向皇上举荐你，你老兄世世代代将在这破屋里永无出头之日！"

扬雄大不悦地锁紧眉头。

杨庄假装没有看见。

杨庄捂着嘴在扬雄陪同下参观了卧室。

杨庄道："真没想到，扬兄竟然清贫到了这种地步！"

扬雄道："这比起幼年乞讨为生时，已是天上人间了！"

杨庄仰天大笑。

随从也跟到哂笑起来。

饭后钦差杨庄便催促扬雄一家起程上路。

扬雄说他一家老小临行前无论如何也要去祭拜一下父母，杨庄准许了。

扬雄夫妻带着大儿子王永福、大儿媳妇王张氏、二儿子扬天成，孙子王天吉端端跪在两座坟墓前，左坟墓碑文上刻着：先父扬柳之墓；右坟墓碑文上刻着：先母刘淑贞之墓。

坟墓前摆放着祭品，燃烧着香蜡。

扬雄向父母叙说了许多告别话之后，跪在父母坟前放声痛哭了一场。

李桂花、王永福、王张氏、扬天青、扬天成、王天吉也跟着一起啼哭。

许多围观的村民也跟着流泪。

扬雄含泪对王永福道：“你我从小一起长大就此话别，从此天各一方。我们走了之后，扬氏祖坟和岳父岳母的坟墓就拜托你和儿媳好生看管，你们的生活费用我会按时托人捎来。”

李桂花赶紧跟大儿子王永福千吩咐万嘱咐若干注意事项，又给他留下了一些钱财。

吴县令走来叫道：“扬大人，钦差催促起程了。”

李桂花与她的儿孙们抱在一起哭成一团，在众人再三劝说下才洒泪而别。

二十九

钦差队伍一路鸣锣开道八面威风，所过之处的郡县都要高规格地接待一番，那些太守和县令自然不会错过巴结当朝钦差的绝好机会。扬雄是诗赋大家，杨庄对诗赋也有一定造诣，一路合诗作赋、雅兴十足。加上二人都有游山玩水的雅兴，从郫邑出发便一个约定，一路逢景必赏，见驿站（官方专门接待朝廷官员的客栈）必歇，一定要借此机会好好浏览秦巴名山大川。

扬雄一家跟着钦差队伍，一路走走停停，停停走走，不一日来到涪县，县令将钦差一行安置在驿站，每天豪宴款待杨庄，扬雄却步行二十里外的宝林镇，他要向一对年轻夫妻告个别。当他兴致勃勃地来到一农家小院门前，正要举手叩门却发现两扇大门紧闭，一把铁将军把门。扬雄忙向邻居老妈妈打听，告知这家主人一月以前便到外地云游去了，这外地是何地人家可没说，何时归也没准，少则三两个月，多者一年半载也很难说。扬雄失望地离开这家小院，在千年古镇上徘徊、徜徉了一会儿，便又来到涪县西山脚下的凤凰嘴，二十年前他在此地的琅琅读书声，似乎又在耳边响起。西山山麓的玉女泉美景再现，三面凌空、下临绝壁的凤凰嘴，是扬雄最熟悉不过的地方，上面有一块平坦的坚硬盘石，二十年前他曾在这里读过书，还在旁边那个水池里洗过墨。令他更加难以忘怀的是初来此地的那天中午，他走得腿脚发软、饥肠辘辘之时，突然从半山腰里传来一曲优美的旋律伴着圆润的女歌声飘入他的耳中：

凤兮凤兮归故乡，遨游四海求其凰。

时未遇兮无所将，何悟今兮升斯堂！

有艳淑女在闺房，室迩人遐毒我肠。

何缘交颈为鸳鸯，胡颉颃兮共翱翔！

凰兮凰兮从我栖，得托孳尾永为妃。

交情通意心和谐，中夜相从知者谁？

双翼俱起翻高飞，无感我思使余悲。

扬雄在女歌喉尚未开口之前，便从前奏旋律中听出来是司马相如的《凤求凰》，不由得又想起了司马相如与卓文君这对郎才女貌的传奇故事。司马相如是他爷爷的同事，一门三代的崇拜偶像，在这陌生环境中听到这首歌倍感亲切。优美的旋律和圆润的歌声令扬雄心旷神怡，疲劳顿消。他用手搭起凉棚朝山间寻找，只闻歌声不见人。

扬雄健步如飞地爬到半山腰，但见峰壁刀砍斧凿，一个神奇的洞口睡卧在绿树环抱、奇花异草之中。一对男女坐在幽雅的洞门口，男的抚琴，女的歌唱。

这对男女并没有因扬雄的出现而影响情绪，依然旁若无人地弹琴歌唱。

扬雄待在一旁静静地欣赏着，并偷眼打量那对男女。男人大约三十来岁，身材魁伟，眉目清秀，少见的美男子。女人乌发垂肩，眉儿弯弯，眼儿水灵，面泛红光；俏丽脸蛋，似吹弹即破；樱唇频动，鼻儿玲珑；一双秀手，十指纤纤，犹如精雕的美玉；一对玉臂，丰盈而不见肉，娇美而若无骨，是天生的一个大美人。扬雄心想，这才是一对真正的郎才女貌呢！直到二人曲终兴尽，才上前拱手施礼，那男人也赶紧起身还礼。一番寒暄，都是性情中人，不吐不快，彼此之间便毫无保留地向对方交了底。言谈中扬雄得知那人叫李竹林，出生于江南世家，琴棋书画、诗词赋文样样精通；女的是他表妹叫秀娥，不仅是位美女也还是位才女，二人因反抗父母包办婚姻，为获得自由恋爱而私奔到宝林镇安家乐业，其情景与司马相如与卓文君的故事如出一辙。瞬间相识，即成知音，李竹林年长扬雄称他为兄，扬雄年小李竹林称他为弟，三人均有相见恨晚之意。

扬雄随李竹林夫妇入得洞内，里面别有洞天。宽数丈，深十余里。洞中有龙、狮、象、石床、石案等景，颇可观游。扬雄当即选定就在此地读书写作。以后三人便每天在这山洞里咏诗作词、弹琴歌唱，晚上再一起回到宝林镇那农家小院喝酒聊天、谈古论今，不似神仙、胜似神仙。

一年前扬雄再次来到这块神奇的地方，写下了名传千古的《绵竹颂》，李竹林夫妇是这篇赋的第一个读者，当即大为震惊，并加以广泛传播，首先在宝林镇和涪县掀起波澜，随后又传遍蜀郡，传遍大江南北，最后传到了当今皇帝耳朵里……

一千多年后的大清乾隆年间，宝林镇出了一个神童叫李调元，自幼便在父亲的严格指导下攻读经文、史书，他记忆力过人，凡经眼经书大多过目不忘。七岁即能属对吟诗。五岁即读《急就篇》《训纂篇》（扬雄著）、《尔雅》《四书》等经文。李调元的先人便是李竹林，扬雄的《绵竹颂》在他们李家世代传扬，传到李调元这一代时尤为崇拜扬雄，五岁便能背诵他的《训纂篇》和《绵竹颂》。

李调元所作的一首纪念扬雄的诗时，年仅一十六岁。

李调元乾隆二十八年（1763）中了进士，在江浙一带为官。

一年之后，当扬雄功成名就奉旨进京做官，再途经改变他命运的此山、此景，难免感慨多多、联想多多……

且说扬雄随钦差一行离开涪县，沿着秦巴大道，经剑阁（今四川剑阁县）、阳平关（古为阳安关，历代兵家必争之地）、雍城（今陕西凤翔县）、翻秦岭进入陈仓（今陕西宝鸡），一路停停走走，走走停停，见了许多崇山峻岭，峭壁悬崖，苍松怪木，异草奇花，看不够的名胜古迹、观不尽的名山美景。

这一日终于来到了千年古都长安。

城内槐、榆成荫，松、柏茂盛，景色葱郁，十分壮观。

杨庄有意安排让钦差车队在长安市内绕城一圈，并与扬雄同坐一辆车上，滔滔不绝地给扬雄当起了向导。

长安都城共有十二门，城墙每面各有三个城门，东墙的宣平门（东出北头第一门，亦称东都门）、霸城门（东出南头第一门，亦称青门）、南墙的西安门（南出西头第一门，亦称平门）和西墙的直城门（西出南头第二门，亦称龙楼门），每个城门都有三个门道，每个门道各宽八米。由各个城门通向城内的街道，都以三条平行的街道组成。街道的宽度一般为四十五米左右，中间的一条宽约二十米，两侧各宽约十二米，以两条平行的排水沟为分界线。像这样宽敞的街道共有八条，均为南北、东西向，十分端直，显然同地形平坦有密切关系。由于霸城门、宣平门、西安门、直城门距离宫廷太近，通向城内的街道不被列入大街之数。中间一条宽约二十米的大道被称为御道或驰道，是专供皇帝使用的，连皇太子也不敢横行。汉成帝为太子时，元帝曾急召入宫，住在桂宫（未央宫北）的成帝，出龙楼门后，由于不敢横行驰道，一直向西到直城门，才横过驰道，还入作室门进未央宫。

这些纵横交错的街道形成许多丁字路口和十字路口，最长的是安门大街，最短的是洛城门大街。这些大街除以门相称外，安门大街为章台街，直城门大街为稿街，清明门大街为香室街，横门大街为华阳街。由于各条大街纵横交错，把全城分为大小不等的区域，也就是常说闾里。长安城墙所以不规则，完全是受渭河、潏河、地形高低和未央、长乐宫位置的影响，并非有意把城修成“北斗星”和“南斗星”的形状。北墙达六处曲折，与渭河的走向完全一致。西墙一处曲折，受潏河和未央宫的制约，南墙作直角形曲折，除受两宫位置影响外，主要是为了把高地圈进城内。

长安城有九市，各方二百六十步。九市主要夹横桥大道设置，六市在道西，三市在道东，九州之人在突门，市楼皆重屋，店铺林立，生意兴隆，人来人往、熙熙攘攘。长安九市指东、西、南、北市和柳市、直市、孝里市、交门市与交道亭市。其中孝里市在雍门之东，交道亭市在便桥之东，直市和交门市在渭桥之北，长安的市场主要分布在城的西北部和横桥附近。

杨庄还告诉扬雄，丝绸之路被开辟以后，从西域来的商人首先从便桥或中渭桥渡过渭河进入长安城的西北部，长安城的西北部既然成为商贾云集的场所，商业发达就成为很自然的事情。横贯关中平原的东西大道也是从横桥、便桥渡过渭河，横桥、便桥附近交易市场众多，商业发达，也正是交通便利所造成的必然结果。

扬雄是第一次到长安，对这里的一切十分陌生，好在杨庄及时给他补上了这一课。

三十

扬雄进京的第二天，汉成帝便在寝宫亲切地召见了他，与他谈儒家思想，谈孔孟之道，谈老庄学说，谈他的《绵竹颂》，一气畅谈了三个时辰方才罢休。更为罕见的是，汉成帝竟然破天荒地把一个还没受封的小人物送到门口，居然还拉着扬雄的手情不自禁地道："先朝汉武帝有蜀中文豪司马相如，本朝又有了蜀中大儒扬雄，朕甚感欣慰啊！"

没过几天，汉成帝便赐封扬雄为黄门侍郎。与杨庄、王莽同朝为官，属于同一个级别的政府官员。

这令不少官员心中不满，他们在官场上混了几十年，也没混上这个头衔。而他扬雄仅凭一篇赋就换了一个黄门侍郎，还受到皇帝单独召见。

杨庄也充满着复杂的心理，大体归纳为羡慕、嫉恨、后悔。

扬雄除了上朝，一有时间便陪着夫人李桂花在大院内浏览散步，舒适优美的环境堪称洞天福地。扬雄认为今天所得到的一切，都是夫人李桂花的功劳，在他母子俩最落难的时候，要不是桂花嫂和王大伯鼎力相助，又将是什么样的结果呢？也就是说没有李桂花的昨天，就没有他扬雄的今天。他要知恩图报，一定要善待昔日的桂花嫂。

这套大院是过去一个商贾的豪宅，是朝廷分配给扬雄的。按皇帝封赐给他的官员级别，理应享受到这样的住房待遇。

大院坐落在一片翠绿之中，占地面积约有二百亩左右，秦砖汉瓦的风格建筑，有前院后院，分南北正房、偏房，有主卧、次卧，有会客厅，有书房，有餐厅……

院内有假山翠竹，有松柏、槐榆，还有奇花异草，美不胜收。

扬雄夫妻二人漫步到大院西北角，这儿是一片约有十余亩的绿草地，旁边有一口大水塘，水塘四周垂柳成行，柳条在微风中摇摆，蝉子在柳林中有节奏地咏唱；水塘里的水清澈见底，水面上泛起一层涟漪……

扬雄陶醉在一片美景之中，李桂花却对他阐述了她的远景规划："我要把那片荒草地开垦出一块可以耕种的土地……"

扬雄马上打断她的话道："那不是荒草地，而是美化环境的绿草地。"

李桂花道："我们乡下人祖祖辈辈都在看你说的绿草地，眼睛都看得发绿了。城里土地这么金贵，糟蹋了多可惜？我要在这块地里种上萝卜、白菜、冬瓜、南瓜、葫芦、茄子，凡是能种的，长安这地方能长的蔬菜我都要种。"

扬雄道："当今皇上是宣我进京做官的，又不是让我来种地的，不怕别人说我们闲话，看我们笑话？"

李桂花正色道："你做你的官，我种我的地。皇上又没有给我封官，又没有给我发俸禄，就不怕别人说我不务正业搞副业。既锻炼了身体，又创了收，没准皇上还要表扬我呢！"

扬雄讽刺道："夫人说得也有些道理，没准皇上还要封你个一官半职呢！"

李桂花嗔怪道："你少在那里挖苦我，我还要在那个角落里搭猪圈喂猪，搭鸡圈养鸡，还要在那口水塘里种藕、养鱼、喂鸭子！"

扬雄哈哈大笑起来。

李桂花却一本正经地掰起指头给扬雄一笔一笔地算起账来，每年开春种，秋天收，每样蔬菜产量多少斤，水塘里的鱼和藕又要产多少斤，猪圈里的肥猪……

李桂花越算越兴奋，竟像一个小姑娘那样手舞足蹈起来。

扬雄嘲笑道："到那时我们一家四口，吃的鸡鸭鱼肉，蔬菜水果，再不用花钱到街上去买了。吃不完的，你便可在街上去摆个摊儿卖掉，肯定不少赚钱呢！”

李桂花笑着说道：“那样做可真丢你扬大人的面子啦！咱们把吃不完的这些东西，分别送给杨庄杨大人那些朝廷官员，既为他们节省了钱，又为你与这些官员们联络了感情呢！”

扬雄立即眉开眼笑道：“夫人啦，你这个主张可是个好主张，本夫全力支持你。”

李桂花高兴道：“咱们说干就干，全家齐上阵！”

三十一

几个月之后，李桂花开垦出来的那几块菜地，已呈现出一派丰收的景象。萝卜、白菜长势良好，丝瓜、葫芦、豇豆、苦瓜、冬瓜挂满了架，脸盆一般大的南瓜满地爬；一群鸭子在荷塘里追逐戏耍，一群鸡公鸡婆带着它们的儿女们在草地里觅食，一条大黄狗躺在树荫下困懒觉，猪圈里的两头猪，至少也有七八十斤重了。

李桂花出身于最底层的穷苦百姓之家，从小在苦水中泡大，并不适应条件太优越的上层生活，带着两个儿子成天泡在菜地里，浇水、除草、施肥，以及扯猪草，喂鸡放鸭……教育两个孩子要热爱劳动，不怕脏、不怕臭，始终保持劳动人民的本色。扬雄除了上朝，一有时间便陪李桂花在菜园子里劳动，也在水塘边辅导两个孩子学习，同时他自己也早晚出现在那里散步读书、咏诗作赋，他后来著名的《甘泉赋》《河东赋》《羽猎赋》《长扬赋》四大名赋均出自这里。

杨庄三天两头地带着妻儿老小到扬家大院采摘各种蔬菜瓜果，他倒不是为了节省几个钱，也绝不欠缺这几个钱，而是好玩，休闲、消遣、娱乐。扬雄夫妇把杨庄一直视为恩人，眼前这所有的一切都是他给的，没有人家杨庄，他扬雄哪有眼前的这一切。李桂花更是知恩图报，每当杨庄一家妻儿老小过来，她都要拿出看家本领，做一顿地地道道的老家饭来款待杨庄这一家子。

杨庄把扬雄两口子种菜喂猪的事杜撰成“农家乐”广为传播，消息传进宫里，百官上朝趁皇上尚未驾到之际，聚在一起作为开心的热门话题或娱乐项目加以调侃，嘲笑扬雄是个乡巴佬，戏问他圈里的猪又长多大啦，猪肥了杀年猪别忘了请客，干脆让老婆李桂花开个“农家乐”饭庄，生意肯定火爆得很……

笑话传到汉成帝耳朵里，他颇感兴趣，当即带着满朝文武前往扬雄“农家乐”看个究竟。

这天正午时分，扬雄挽着裤腿与夫人李桂花带着两个孩子正在菜地里劳动，皇帝一行突然出现在眼前，吓得两口子翻身跪倒在菜地里，刚下过雨不久，跪了一裤子的水和泥，引起百官哄堂大笑。

当扬雄弄明白皇上不是来治他不务正业搞副业的欺君之罪，而是专程来参观他老婆的“农家乐”，并点明要李桂花带路时，心头悬起的那块石头才落了地。

李桂花忐忑不安地带领皇上和百官们参观她的“农家乐”，汉成帝紧紧靠在她身边，沿着各种菜地一边观看，一边听她介绍各种蔬菜瓜果的品名、性能，以及栽种技术、成长过程等方面的情况。

此时正值秋季时节，各种蔬菜一片丰收景象。左边地里是绿油油的大白菜，右边地里是丰收在望的红萝卜、白萝卜；菜地四周搭着木架，爬满了南瓜、冬瓜、丝瓜、葫芦……

汉成帝指着那些蔬菜一样一样地问，比如一个萝卜有多重，这一块萝卜地又能收多少斤，一棵白菜有多重，那块白菜地一共能收多少斤……

李桂花也就大起胆子一样一样地回答，一样一样地掰起指头给汉成帝算……

汉成帝并无半点要指责扬雄的意思，李桂花悬起的那颗心这才放了下来。

汉成帝在李桂花带领下还参观了她的荷花池养鱼塘，和南边那块坡地里的红高粱。

汉成帝最后又到猪圈看了李桂花喂的两头大肥猪。

汉成帝问李桂花道：“这两头猪喂到过年能杀多少斤？”

李桂花回答道：“杀个四五百斤没问题。”

汉成帝又问李桂花道：“这么多东西吃不完怎么处理？”

李桂花道：“一部分送给扬雄一个部门的同僚，另一部分储藏到过冬吃到明年这个时节。”

汉成帝调侃道：“你刚才说了，这些东西送一部分给扬爱卿的同僚，那有没有朕的一份啊！”

李桂花哈哈大笑道：“只要皇上喜欢，全部送给你都行！”

汉成帝满脸喜悦，赞不绝口。召集百官在菜地边上开了现场会，对李桂花勤俭持家，扬雄做了大官始终保持劳动人民本色的优良作风大加赞扬，并号召满朝官吏向扬雄学习，在自家园地里种瓜菜喂鸡鸭，既劳动锻炼了身体，又改善了生活，得到实惠。

以后汉成帝每个月都要微服到李桂花的菜地里去劳动，让李桂花手把手地教他种菜技术。

李桂花还做了几顿蜀中农家饭招待汉成帝，诸如柴火饭、腊肉炒盐菜、郫邑豆瓣、郫邑泡菜等，乐得汉成帝心花怒放，流连忘返……

李桂花还邀请扬雄的同僚们休息时间带着家眷们到她的“农家乐”去免费采摘，王莽更是扬雄菜园常客，三天两头甚至一有时间就往李桂花的菜地里跑，他并不是真冲李桂花园儿里的蔬菜瓜果、鸡鸭鱼而来，而是为李桂花那独特的容貌所动，这个四十多岁的农家妇女，居然还充满着青春的活力，看上去竟像一个二十多岁的少妇，跟她的实际年龄大不相符，风光无限、魅力无限。汉成帝的母亲皇太后王政君是王莽的亲姑姑，也就是说他是汉成帝的亲表弟，自己又是一位黄门侍郎，想要什么样的美女没有，更何况长安自古就是出美女的地方，然而这家伙却看上了四十多岁的农家女李桂花。从另一个角度来看，李桂花的魅力确实非同小可。

一天傍晚，扬雄又陪李桂花在菜地里劳动。

杨庄远远走过来道：“两口儿好不快活，不似神仙、胜似神仙啦！”

扬雄拱手施礼道：“杨大人施舍的幸福，扬某一家妻小时刻难忘！”

杨庄拱手还礼道：“是皇上恩赐的，我杨某只不过是借花献佛而已！”

扬雄以手加额道：“皇恩浩荡，扬某世代不忘。吾皇万岁万岁万万岁！”

杨庄笑道：“这就对了，你我身为臣子，皇上给了我们高官厚禄，我们随时就要想到为皇上尽忠，为国出力。”

扬雄道：“扬某一定牢记杨大人教诲。”

李桂花道：“杨大人请里面用茶！”

杨庄道：“就不麻烦嫂夫人啦，我就站着跟扬大人说几句话。”

李桂花知趣地赶紧走到另一块地里回避。

扬雄道：“杨大人还有什么指教？”

杨庄道：“指教不敢，我是传达皇上的圣旨！”

扬雄惊得翻身就要下跪。

杨庄连忙制止道：“这儿没有外人，跪就不用啦！皇上派你我下趟江南，去给他老人家找一个人。”

扬雄道：“找人，找一个什么样的人？”

杨庄道：“当然是皇上老人家的心上人啦，姑苏名妓赵飞燕！”

扬雄道：“我在蜀中听说过这个人，传说她不仅是一位绝世美人，而且还身轻如燕，能在一个人托起的盘中跳舞。”

杨庄看了一眼附近的李桂花，小声道：“看来扬大人扬老兄对赵小姐蛮熟悉的嘛，是不是也是你的梦中情人啦？”

扬雄苦笑道：“杨大人莫开玩笑，扬某承受不起。请问这趟差非出不可吗？”

杨庄道：“难道你想抗旨不遵吗？这可是杀头的大罪呀！这样的美差事，别人想都想不到，你还犹豫什么呢？”

扬雄道：“何日动身？”

杨庄道：“就在明日，扬大人你快做准备吧！”

杨庄起身离去。

扬雄望着杨庄的背影，叹息一声，无可奈何地、极不情愿地摇摇头。

三十二

姑苏城内大街上，人集如云，繁花似锦。

杨庄与扬雄背着手在大街上悠闲地转到一家包子铺门前。

包子铺门前案上摆一笼包子。

包子掌柜叫卖道："热包子，肉馅子，一口一个肉蛋子。"

一个小乞丐走过去，两只眼睛死死地盯着笼里的包子发呆。

包子掌柜凶巴巴地吼道："你，你想干什么?"

小乞丐可怜巴巴地道："掌柜的行行好，我娘都三天没吃饭了!"

包子掌柜训斥道："走、走、走，滚过去!"

小乞丐突然把一只黑手伸向那笼包子。

好几个包子立即沾上了黑点。

包子掌柜大声叫道："哎呀，这包子，我怎么卖呀!"

小乞丐抓起两个包子就跑。

包子掌柜大声喊道："快来人，打死他!"

从包子铺出来几个伙计，朝小乞丐拳打脚踢。

小乞丐挨着打，吞吃包子。

包子掌柜喊道："狠狠地打!"

小乞丐身子被打得紧，口里越是狼吞虎咽地吃着包子。

扬雄赶紧走过去制止几个伙计殴打小乞丐，给掌柜付了那笼包子钱，对小乞丐说："快把衣服脱下包起来，拿回家去给你娘吃。"

小乞丐脱下衣服包好包子，提在手里给扬雄鞠了一躬，笑眯眯地去了。

包子铺掌柜和几个小伙计以及路人，向扬雄投以各种不同表情的目光。

扬雄触景生情，想起年幼时自己与小乞丐一样的遭遇，不禁凄然泪下。

杨庄愕然地望着扬雄道：“姑苏如此美景，扬大人悲从何来?”

扬雄掩饰道：“刚才一只虫子飞进眼睛里了。”

三十三

一束月光从窗外折射进客栈房间里。

杨庄躺在床上酣然入睡。

扬雄跪坐在案前，呆呆地望着案上的油灯，脑海里反复出现下午大街上出现的那一幕，一下子又回到了三十年前那悲惨的岁月，抢包子挨打的小乞丐仿佛就变成了他自己，不禁悲从中来，两行伤心的泪水夺眶而出。他站起身来，背着手缓步踱到窗边，抬眼望着天上，一镰弯月悬挂在中天，在一大片乌云里时隐时现地穿行。远处一只不知名的鸟儿，发出一声声揪心的哱鸣。此情此景，愈发引起他儿时的痛苦回忆，愈发同情普天之下还有千千万万像他儿时那样的可怜孩子，和他儿时母亲那样的老人还在受苦受难，他仰天长叹一声，泪如雨下，心如刀绞。他在房间来回徘徊，一会儿背着双手，一会儿又把双手放在胸前搓捏，口打嗨声，双眉紧锁。突然灵感大发，快步走到案旁跪坐下去，抓过笔来，一气写出了举世无双，千古绝唱的《逐贫赋》:

扬子遁居，离俗独处。左邻崇山，右接旷野，邻垣乞儿，终贫且窭。礼薄义弊，相与群聚，惆怅失志，呼贫与语:“汝在六极，投弃荒遐。好为庸卒，刑戮相加。匪惟幼稚，嬉戏土沙。居非近邻，接屋连家。恩轻毛羽，义薄轻罗。进不由德，退不受呵。久为滞客，其意谓何？人皆文绣，余褐不完；人皆稻粱，我独藜飧。贫无宝玩，何以接欢？宗室之燕，为乐不盘。徒行负笈，出处易衣。身服百役，手足胼胝。或耘或耔，沾体露肌。朋友道绝，进宫凌迟。厥咎安在？职汝为之！舍汝远窜，昆仑之颠；尔复我随，翰飞戾天。舍尔登山，岩穴隐藏；尔复我随，陟彼高冈。舍尔入海，泛彼柏舟；尔复我随，载沉载浮。我行尔动，我静尔休。岂无他人，从我何求？今汝去矣，勿复久留！”

贫曰：“唯唯。主人见逐，多言益嗤。心有所怀，愿得尽辞。昔我乃祖，宣其明德，克佐帝尧，誓为典则。土阶茅茨，匪雕匪饰。爰及季世，纵其昏惑。饕餮之群，贪富苟得。鄙我先人，乃傲乃骄。瑶台琼榭，室屋崇高；流酒为池，积肉为峭。是用鹄逝，不践其朝。三省吾身，谓予无諐。处君之家，福禄如山。忘我大德，思我小怨。堪寒能暑，少而习焉；寒暑不忒，等寿神仙。桀跖不顾，贪类不干。人皆重蔽，予独露居；人皆怵惕，予独无虞！”言辞既罄，色厉目张，摄齐而兴，降阶下堂。“誓将去汝，适彼首阳。孤竹二子，与我连行。”

余乃避席，辞谢不直：“请不贰过，闻义则服。长与汝居，终无厌极。”贫遂不去，与我游息。

杨庄一觉醒来，发现扬雄还坐在案前没有入睡，抬头一看窗外，天色已经大亮，翻身下床轻轻走到扬雄背后，抓过扬雄刚写完的《逐贫赋》书简一气读完，大声叫绝道：“好赋、好赋！扬大人啦，这又是一篇继你的《蜀都赋》《绵竹颂》之后的传世好赋哇！”

扬雄平淡地道：“杨大人，你过奖了！”

三十四

杨庄与扬雄在大街上毫无目标地行走着。

傍晚的夕阳照得湖水金光粼粼，舫舟在水面上悠悠荡过。

两岸的柳丝飘逸，茉莉花、白兰花、金银花、玫瑰花、蔷薇花争相开放，鸟语花艳，笙笛悠远，使游人感到心旷神怡，自我陶醉。更有那岸边的竹亭、水阁、茶馆、酒楼和游人。

杨庄和扬雄倚在桥面上，一边欣赏着过往客船，一边谈论着赵飞燕和赵合德的身世：

杨庄道："赵飞燕、赵合德两姐妹原是一对私生女。"

扬雄道："啊——？"

杨庄道："姐妹花的身世得从她们的老娘说起。赵氏姐妹的老娘姓甚名谁无人知晓，只晓得她是亲王刘建的孙女，被封为姑苏郡主，后来嫁给了掌管地方武装的赵曼。"

扬雄道："哦——"

杨庄道："赵曼有一个朋友叫冯万金，冯万金是一个音乐才子，奏出了乐曲《人间难得几回闻》。正如孝武皇帝离不开李延年的音乐一样，赵曼也离不开冯万金的音乐，吃饭前必须得让冯万金奏上一曲，否则再多的美酒佳肴也食之无味。看来赵曼是一位高雅人士，能文也能武。赵曼的老婆，也就是赵氏姐妹的老娘，也就是姑苏郡主，很少出去走动，接触的男人除了自己的丈夫赵曼外，也就只有冯万金了。冯万金是个青年才俊，自古才子配佳人，冯万金在赵曼家一来二去，竟然和赵氏姐妹的老娘对上眼了。不幸的是，赵曼还是个性无能，这样一来，落花有意，流水也有情，干柴遇到了烈火，冯万金和姑苏郡主好上了。"

扬雄道："这姓冯的也太不地道了。"

杨庄道："呜呼！站在赵曼的角度，我们肯定要痛骂冯万金，第三者是不可原谅的，更可恨的是他搞上的还是自己好朋友的老婆。朋友妻，不可欺，兔子不吃窝边草，这些古训在冯万金眼里成了一泡屎。而站在姑苏郡主的角度，我要为她对丈夫的不忠开脱，她堂堂一个郡主却嫁了一个性无能，也无怪乎她管不住自己的情欲。孰对孰错，留给后人去评说。冯万金和姑苏郡主偷情的结果是，姑苏郡主怀孕了。这下事情也闹大了，如果赵曼是一个正常的男人，姑苏郡主把事情往丈夫身上一赖，也就万事休矣。偏偏赵曼是一个性无能，根本无法生育，而且好久没有与姑苏郡主同床了。要是这件事情被赵曼知道了，赵曼一定不会放过她，也一定不会放过冯万金，即使赵曼宽宏大量，她堂堂一个姑苏郡主也没有脸再活下去。所以，必须隐瞒。火烧眉毛之际，冯万金为姑苏郡主出了一个主意，让姑苏郡主假装有病，回娘家探亲养病。姑苏郡主一想，这主意不错，她回娘家是理所当然的事情，而且她的娘家是亲王，戒备森严，即使是女婿也不可以想进去就进去的。姑苏郡主很快就把回娘家的事儿跟赵曼说了，赵曼二话不说就答应了，一来他不是那种离不开女人的男人；二来他得罪不起老婆的娘家，他的前途还仰仗着人家呢。姑苏郡主就这样在娘家里生下了一对双胞胎：姐姐赵飞燕，妹妹赵合德。"

扬雄道："原来是这样一个来历！"

杨庄道："生下双胞胎后，姑苏郡主乐不起来，她又遇到了一个难题，两个女娃既不能放在王府里抚养，又不能带回家去，这该咋办？想来想去，姑苏郡主横下心来，打算把两个女娃扔到荒郊野外，让好心人抱走，或者干脆让豺狼吃了，一了百了。然而，那毕竟是自己的亲生骨肉啊。两天后，姑苏郡主忍不住跑到扔娃的地方窥探，发现两个女娃竟然还活着。于是，泪水很快就充满了姑苏郡主的眼眶，她实在不忍心再这样对待两个无辜的小生命，万般无奈之下，把两个女娃暗中托付给了情夫冯万金。"

扬雄道："本应该交给那个人！"

杨庄道："冯万金当着家人的面只说赵氏姐妹是没爹没娘的孤儿，自己好心把她们捡了回来。于是在亲老爹冯万金的护佑之下，赵氏姐妹一天天成长，虽然没少受冯万金家人的白眼虐待，但好歹捡回一条命。孰料，正当赵氏姐妹快要成年的时候，冯万金暴毙，两姐妹被冯万金家人凶神恶煞地赶了出来。"

扬雄道："啊——"

杨庄道："两姐妹从姑苏来到长安，沦落街头，靠卖唱讨生活。两姐妹在一条偏僻的巷子里租了一间破败不堪的屋子住下，巧的是，她们的隔壁是一大户人家，主人赵临是河阳公主府的总管，赵临是个太监，无儿无女，见姐妹俩花容月貌，又能歌善舞，于是大发慈悲心，把两姐妹收为义女，并改名赵飞燕、赵合德。"

扬雄道："原来如此！"

杨庄道："赵氏姐妹做了赵临的女儿，赵临就顺理成章地把两姐妹推荐给了河阳公主，充当公主府的歌女。河阳公主希望自己府中的美女越多越好，希望有一天自己府中的哪一位美女被皇帝哥哥看中，这样自己也跟着沾光。"

扬雄道："在公主府被皇帝看上的美女，有的还做了皇后。"

杨庄道："河阳公主见赵飞燕容貌绝丽，体态轻盈，便指令乐师张安世对她量身打造。小伙子英俊风流，自古才子配佳人，二人很快坠入爱河。张乐师精心辅导赵飞燕学习歌舞，她天赋极高，很快便学得一手好琴艺，舞姿更是出众，一时名满京城。有一天，皇上来到姐姐河阳公主家散散心……"

扬雄道："见到了赵飞燕？"

杨庄道："那是当然！河阳公主大摆宴席，召歌伎舞伎为皇帝哥哥助兴。赵飞燕那勾魂摄魄的眼神、优美动听的歌喉、婀娜曼妙的舞姿，一下子就迷倒了皇上。尤其是那迷人的身子，前凸后翘，皇上恨不能马上把她搂在怀里。张公子当晚便帮赵氏姐妹逃出长安，仍回原籍姑苏暂避风头。"

扬雄道："后来呢？"

杨庄道："你问我，我问谁？"

大街上人来人往，热闹非凡。

杨庄、扬雄二人在大街上茫然行走。

扬雄道："咱们好比大海捞针，何不通知姑苏太守出面，四处张贴挂像，派人到大小客栈和青楼里去寻找——"

杨庄道："书呆子，你以为是缉拿犯人啦？这样做皇上颜面何在？只能私察暗访。走，喝酒去，晚上咱们去暗访秦淮楼！"

扬雄长叹一声道："这种事哪是我们读书人干的哟！"

杨庄道："要找不到皇上的心上人儿赵飞燕，还回到郫邑你那几间破屋里去清高吧！"

三十五

上文说到王莽隔三岔五地跑到扬雄家去参观李桂花的“农家乐”，并让李桂花手把手地教他种菜技术，原来他是黄鼠狼给鸡拜年——没安好心，目的想要打李桂花的主意。他已被李桂花这个农家女深深吸引，已度过了无数个失眠的夜晚，他也暗笑自己没出息，府里三妻四妾加美女丫鬟，每天应承都忙不过来，为什么还把魂儿丢到李桂花这个乡下女人身上？但他暗恋李桂花的程度已不能自拔，以后天天都要往李桂花菜园子里跑，有时一天还要去几次。

开初扬雄和李桂花都被王莽的行为所感动，满以为他这是在体验劳动者的艰辛，或者是一个平民皇氏成员，谁也没有往那方面想，原来他的行为却如此卑鄙无耻。他以前每次到李桂花的菜地来，都有扬雄陪同在场，碍于同事面子他还得做出一副正人君子的样子，待扬雄陪同杨庄下江南寻找赵飞燕不在家，王莽再去李桂花菜地时就原形毕露了，不仅拿一双老不正经的骚眼去挑逗李桂花，用不干不净的语言去调戏她，而且还对她动手动脚占些小便宜。碍于皇太后王政君是王莽的姑姑，当今皇上汉成帝又是他的表哥，李桂花考虑到夫君扬雄的前程，也就半清醒半糊涂地让王莽占些小便宜。

谁知王莽得寸进尺，满以为李桂花软弱可欺，一次在猪圈看李桂花喂猪，强行抱住她亲了几个响嘴，还动手摸了上头摸下头。

李桂花终于忍无可忍，抓起扫猪圈的扫帚，劈头盖脸地将王莽打跑，从此以后再也不去光顾她的“农家乐”了。

除了王莽想打李桂花的主意外还有一个人，说出这个人的名字也许吓你一大跳。这个人不是别人，他就是当今皇上汉成帝。英俊潇洒的汉成帝一生风流成性，三宫六院成千上万的美女还满足不了他，居然也打起了这个农家女的主意，在对李桂花的认识上，他与表弟王莽有着同样的感受。

嗨，汉成帝和王莽哥儿俩竟做出天下第一荒唐事来！

前文说到汉成帝每个月都要微服到李桂花的菜地里去劳动一两次，让李桂花手把手地教他种菜技术，让李桂花亲手做蜀中农家饭给他吃。扬雄和李桂花包括宫里上下所有人都认为，当今皇上是一位平民皇帝。

李桂花做梦也没想到，这么威严的皇帝竟然也像臭流氓王莽一样打起了她的歪主意。

这天下午，汉成帝又穿便服私下一人来到扬家大院，吩咐扬雄的两个儿子把守大门，不得放进任何人来。随后又让李桂花带他参观她的“农家乐”。

汉成帝紧紧靠在李桂花身边，沿着各种菜地边走边看，边走边说。

二人转遍了各种菜地和荷花鱼塘后，汉成帝又提出要李桂花带他到那块高粱地里去看看。李桂花听到这话儿先是犹豫了一下，但想到眼前是九五之尊的皇帝，便顺从地带着他钻进了那块高粱地。此时高粱已经红了，二人很快淹没在一大片红海洋里。

汉成帝撕下了平时的尊严和面孔，一下将李桂花搂在怀里，把他那张英俊的脸紧紧贴在李桂花那张漂亮而充满魅力的脸上。

汉成帝的突然袭击让李桂花脑子里一片空白，吓得魂不附体，待她清醒过来时，汉成帝已抱着她亲了好长时间的嘴。汉成帝开初还以为李桂花顺从他，心想这也不是一个什么贞节女人，于是便开始动手脱她的裤子。

李桂花开始拼命反抗，双手紧紧按住裤子，又羞又恼道：“皇上三宫六院美女成千上万，咋就看上了我一个乡下老太婆呢？”

汉成帝笑着道：“三宫六院那些女人都是一些花瓶木偶，包括皇后在内，竟无一人可与你李夫人比呀！”

李桂花道：“皇上看走眼了，我一个乡下女人，哪就像你说的那样好？臣妾刚才还打扫过猪圈，还一身猪粪味呢！”

汉成帝打着哈哈笑道：“朕在宫里天天香味闻腻了，正想闻闻你这野味儿呢！”

汉成帝说完又要强行脱李桂花的裤子。

李桂花放弃反抗，泪流满面道：“我一个女人家反抗也是多余，皇上贵为九五之尊，只要你不怕为一个乡下女人坏了你的名声，你实在要臣妾的身子，那你就拿去好了。你搞完前脚一走，臣妾也就跳了那口水塘，等扬雄回来收尸。”

汉成帝道：“佳人不必如此！只要你顺从了朕，除了朕的江山不能给你，你想要什么都能得到。”

李桂花道：“我什么都不想要，只求皇上放臣妾一马。”

汉成帝道：“佳人要是顺从了朕，我便赐封扬爱卿当大夫。”

李桂花正色道：“皇上就是封我夫君当宰相，臣妾也不会顺从于你。”

汉成帝勃然大怒道：“你这个不识抬举的乡下女人，天下女人都属于朕。今日若不顺从，朕便定你一个欺君之罪，满门抄斩。”

李桂花凛然道：“这是皇上的权力，你要杀死臣妾全家，好比捏死几只蚂蚁。臣妾刚才已说过，顺从不行，要搞可以，但那只能算强奸！”

李桂花说完便脱下裤子躺倒在高粱地里，两行屈辱的泪水顺着脸颊往下流。

汉成帝突然呵呵大笑起来，双手将李桂花从地上扶起，并帮她穿好裤子，赞不绝口道：“夫人乃真天下第一贞节女人也！”

三十六

楼阁房中，红烛暗光，欢声淫语。

杨庄和扬雄大摇大摆地走到门口。

浓妆艳抹的鸨妈嗲声嗲气地迎上来叫道：“两位大老爷楼上请！”

杨庄打着酒嗝道：“赵飞，飞燕，今晚上，我，我包了，包了！”

鸨妈道：“大老爷，我家没有什么赵飞燕，倒有一个叫张燕的姑娘，长得像西施。”

杨庄道：“快快快，快叫她出来见本老爷！”

鸨妈道：“可惜大老爷没口福，张姑娘两个月前就被太守大人给包养啦！”

杨庄道：“何地太守？”

鸨妈道：“咱们姑苏太守梁大老爷！老爷别着急，本院今天刚从乡下弄来两只野味儿，都还没开苞呢！”

杨庄道：“放屁，妓院里的婊子还有没开苞的，连你妈也还是处女呢！”

扬雄与众人哄堂大笑。

杨庄道：“不过野味儿我倒很喜欢，扬兄，咱俩一人来一个，我请客！”

扬雄道：“我可不好这一口儿，我回客栈睡觉去。”说完扬长而去。

杨庄道：“那你就滚回客栈去清高吧，老子一个人包圆儿了！”

鸨妈打着哈哈，招呼两个花枝招展的妓女搀着杨庄向楼上走去。

妓房内，杨庄一手揽着一个妓女，醉醺醺地说道：“你们知道，这秦淮河的来历吗？为什么叫秦淮河？”

两个妓女摇摇头。

杨庄道："秦始皇统一了六国来到姑苏城，看到这儿风景宜人，就是没有水，水是什么？水就是女人，女人似花，花好看，女人似水，水柔和。秦始皇在这里开凿了一条人工河，从淮河引来了水，故称秦淮河，你们听说过吗？"

二妓女又摇摇头。

杨庄道："秦始皇在这秦淮河岸上又建造了这座楼，叫秦淮楼。秦始皇在这秦淮楼上天天欣赏美女歌舞。后来，秦始皇走了，这座楼便成了歌妓楼。歌女绝妓赵飞燕都在这秦淮楼上住过。"打几个酒嗝，"你们二人，谁像赵飞燕？"

二妓女道："我们又没见过赵飞燕这个人，鬼知道她长得什么样子？"

杨庄道："你们俩什么都不懂，没文化，长得也不俊。不如赵飞燕。"

左边妓女把脸贴过来道："老爷，你看我俊不俊？"

杨庄道："你的嘴太，太，太大了。"

右边小嘴的赶紧把嘴递给杨庄。

杨庄在小嘴上亲了一口，问道："叫什么名字？"

小嘴妓女道："老爷既然喜欢小嘴儿，那就叫我红樱桃吧！"

杨庄搂着小嘴妓女道："长得比她好看。不过，比赵飞燕还是差多了。"

小嘴妓女道："老爷口口声声赵飞燕，她是你的什么人呀？"

杨庄道："她最早是你们秦淮楼的大美人儿，我同她睡过觉，还差点弄出孩子来了呢！"

小嘴妓女道："没听说过这个人，老爷怕是记错地方了吧！"

杨庄道："错不了，好像就在这张床上！"

小嘴妓女道："老爷触景生情，那就权且把我当成赵飞燕在这张床上旧梦重温吧！"随即在杨庄嘴上亲了一口，便动手替他解衣扣。

另一个妓女也趁势给杨庄解裤带。

两个妓女使出风月场上的看家本领，簇拥着杨庄上了床。

……

三十七

大街西南角有棵千年古柏，树上挂着一块白布横幅，上写：出卖帛画。

大树上靠着一个木架子，上面挂着几幅描写人物和山水的帛画。杨庄和扬雄远远发现，颇有兴致地走过来。

杨庄道："扬兄对画颇有研究，可否对树上这几幅帛画指教一二?"

扬雄道："杨大人是在考我?"

杨庄道："扬兄多心了!"

扬雄道："那我就恭敬不如从命！帛画是古代画种，因画在帛上而得名。帛是一种质地为白色的丝织品，在其上用笔墨和色彩描绘人物、走兽、飞鸟及神灵、异兽等形象的图画，约兴起于战国时期，至汉代中期发展到高峰。我国古代丝绸早已有很大的发展，帛画大概是章服上'画绘之事'派生出来的。帛画是指传统绢本画以前的以白色丝帛为材料的绘画。它不同于绢画或其他织物画，采用百分之百头道桑蚕丝，不浆、不矾、不托，运用工笔重彩的技法绘制而成。"

杨庄赞叹道："扬兄的学识，实在渊博得很啦!"

扬雄淡淡一笑道："杨大人又过奖了!"

卖画人在一张案几上正在作画，周围有人观看，但无人买画。

杨庄和扬雄走来，停在书画摊前，观看帛画。

作画人挥毫，在一幅仕女帛画上润色。

杨庄仔细看那幅帛画。

扬雄赞赏道："人物很美，工笔不错。画中人怕就是你我所要找的人啦!”

杨庄十分欣赏那幅帛画道:“扬兄高见,正是此人!”

作画人挥毫,画已作完。

杨庄看画入迷,用衣袖擦擦眼睛,又看。

作画人换一支毫笔。

杨庄道:“请问先生尊姓大名?”

作画人没顾得回答,在画上署名:甲午年张安世。

杨庄大惊道:“啊,张先生,这幅帛画我买下。”

张安世道:“对不起,你可以买别的帛画,这一幅不卖。”

杨庄道:“我一定要买,要多少钱,我给多少钱。”

张安世道:“为什么一定买这幅帛画呢?”

杨庄道:“因为这画中人很像京城名妓赵飞燕。”

张安世怔一下神道:“你见过赵飞燕?”

杨庄道:“见过。”

张安世紧张地道:“秦淮楼吗?”

杨庄摇摇头道:“不,是在京城。”

张安世道:“什么时候?”

杨庄道:“半年以前了。”

张安世道:“赵飞燕现在何处?”

杨庄还没回答,来了一群兵士。

张安世急着问道:“先生,快告诉我,赵飞燕现在何地?”

杨庄道:“这儿不是说话的地方,你要是愿意,收起画摊,到那边酒楼上谈,我请客。”

张安世二话没说,赶紧收拾好字画跟着杨庄去了酒楼。

酒楼上,张安世与杨庄对案跪坐,扬雄跪坐在另一食案旁。

杨庄道:“张先生,只要把那幅帛画卖给我,我就告诉你。”

张安世道:“这……喝酒,喝酒。”拿起酒壶给杨庄倒酒。

张安世道:“我再问一句,赵飞燕在这姑苏城接过你?”

杨庄道:“要是接过,我就不买这张画啦!捞不着赵飞燕本人,看看她的画，也大饱眼福哇!”

张安世爽快地道：“好，卖给你。”

杨庄也干脆地道：“好！出门在外，交个朋友，讲个义气。看样子，张先生也很喜欢赵飞燕?”

张安世端起酒杯一饮而尽，长叹一声道：“此事说来话长!”

……

三十八

梁太守正在后花园里与赵飞燕、赵合德饮酒取乐。

柴主簿走过来在梁太守身边小声耳语。

梁太守挥手让赵飞燕、赵合德回避。

柴主簿道："据京城眼线禀报，皇上已派人前往江南寻找失踪的赵飞燕、赵合德姐妹二人，很可能已经到了姑苏城。"

梁太守道："这事与本衙何干？"

柴主簿道："太守大人有所不知，据手下暗探禀报，最近姑苏城内出现了一位卖帛画的公子，画了一幅仕女帛画，经过核实，那幅帛画正是赵飞燕，卖帛画的公子也正是河阳公主府的乐师张安世，半年前他帮赵氏姐妹逃出长安，很可能潜回姑苏城，隐姓埋名起来。张公子重情重义，据说在姑苏找了大半年。我到街头画摊上去看过那幅仕女帛画，正是太守大人宠幸的张燕小姐。"

梁太守大惊失色道："啊，竟有这等事！？"

柴主簿道："有人认出了朝廷杨庄和扬雄两位皇上的近臣每天在大街小巷转悠，很可能就是皇上派他们出来寻找赵飞燕的。"

梁太守大惊失色道："这如何是好？"

柴主簿道："忍痛割爱，立即将这两个女人送还秦淮楼，以免引火烧身！"

梁太守惊出一身冷汗，变腔变调地道："快快快，赶紧放了这两个害人的女妖精！"

杨庄还在酒楼上与张安世闲谈。

张安世叹了口气道："……就这样，我在姑苏城里寻找了大半年，一直不见赵氏姐妹的踪影。我开始怀疑二人也许生活所迫，改姓换名进了青楼，但我踏破了姑苏城大大小小的青楼门槛，花光了身上的所有盘缠，最后只好卖字卖画为生，继续寻找姐妹二人的下落。”

杨庄道：“这两个女人，很可能又重操旧业啦！”

张安世道：“我不信，飞燕对我发过誓，她宁可一死，不再接客。”

杨庄道：“窑姐终归是窑姐，狗改不了吃屎的习性，谁的官大就把屁股撅给谁。”

张安世垂下头，十根手指头一齐插进头发里。

杨庄道：“张老弟，咱们这头上没有冠帽的人，谁也得不到赵飞燕。我只好买你这幅帛画，想那美人的时候，看看这幅帛画，以饱眼福吧！”

张安世猛地抬起头，抓起酒壶往嘴里灌酒。

三十九

舫舟内，两位妙龄艳丽女子，一个抱琴静坐，一个握剑而立。

抱琴女子黑发高髻，面肤细嫩，柳叶眉，樱桃嘴，瓜子脸，细长颈，杨柳腰，突乳房，从头到脚，如花似玉，柔媚如水，如梦中的仙女，月宫的嫦娥。她就是杨庄和扬雄所要找的一代绝妓赵飞燕。

握剑女子是她的亲妹妹赵合德，性情豪爽，习练武功，具有男儿的气质，她二人一文一武，一柔一刚。

河上，飞鸟掠过。

赵飞燕眺望着远山叠嶂，心神惆怅。

赵合德问道：“姐姐，想什么呢？”

赵飞燕道：“我在想，梁太守包养我们半年，为何不到两个月就把我俩给放了，不但不要鸨妈退嫖资，还给了我俩不少赏钱，只要求不要对人说他包养过我们。”

赵合德道：“管他那么多呢，干我们这一行，有奶便是娘。”

赵飞燕叹一口气道：“咱们要是变作鸟儿多好。”

赵合德道：“你想飞？”

赵飞燕道：“听说秦淮楼上的春燕、秋菊、冬梅几个姐妹都赎身嫁走了。咱们何年何月也脱离这青楼樊笼呢？”

赵合德道：“又想起了你那张安世？”

赵飞燕道：“长安一别大半年了，我托人去长安找过他，回信说张公子早已离开河阳公主府，如今也不知道他在何方？”

赵合德道：“寻找个机会，咱们逃走，我帮你去找他。”

赵飞燕道：“天地这么大，往哪儿去寻找？再说交不上赎身钱，也对不起鸨妈。”

赵合德道："天地不负有心人，只要拿定了主意……"

赵飞燕道："如果我找到了张公子，你怎么办呢？"

赵合德道："只要成全了你和张公子的心愿，我……"

赵飞燕握过赵合德的手，感动地道："好妹妹，你也找个知心的郎君吧！"

赵合德道："我算看透了世间男人，宁可一辈子不嫁……"

赵飞燕凄楚地摇摇头道："也许天无绝人之路！"

赵合德站起身，沉思冥想，忽然抽出宝剑。

赵飞燕慌忙拉住赵合德道："好妹妹，你可不能寻短见！"

赵合德苦笑一下道："我才不寻短见呢！我要冷眼看世界！"

赵飞燕道："你是想……"

赵合德道："等你和张安世拜了天地，我就去做女侠！"

河上，游船往来交错。

秦淮楼几个妓女在化妆。

赵合德跑过去说道："姐妹们，告诉你们件好事。"

妓女甲道："什么好事？"

赵合德道："我和姐姐要走了。"

妓女乙惊讶道："要走了，去哪儿？"

赵合德道："长安！"

妓女丙道："那梁太守怎么能放你们呢？"

赵合德道："听鸨妈说，从京城来了两个大商人，退了梁太守的嫖资，还给了姐姐一千金，从鸨妈那里赎出身子，跟两位商人去京城。"

妓女甲道："哦，你姐妹俩又被那两个大商人包养了！"

赵合德道："就是这个意思吧！"

妓女丁道："那可好了，鸨妈愿意吗？"

赵合德道："开始不愿意，可鸨妈又觉得，姐姐千人喜万人爱，说不定还有乌龟王八蛋来争她，闹得青楼上不得安生，恶人来又打又砸，官府来放火烧楼。鸨妈也舍不得姐姐走，可一想到这些，她一跺脚，也就愿意了。”

阁内宴席。

赵飞燕、鸨妈和众姐妹欢声笑语。

一姐妹俏皮地说道：“姐姐的心啊，早飞了。脚上穿着红绣鞋，身上披着大红袍，头上顶着红盖头，哇嘟哇，哇嘟哇，与那张公子拜了天堂拜了地堂，拜了地堂入洞房！”

众姐妹哈哈大笑起来。

赵飞燕道：“别拿我开心啦！”

赵飞燕满眼欢喜地端起酒杯，站起身，恭恭敬敬地向鸨妈说道：“妈妈，我先敬您老一杯，在姑苏城最落魄的时候，是您收留了我们，一辈子忘不了您老的恩情。”

鸨妈道：“燕儿，你这一走，我心里不好受啊！咱娘们儿一块儿过了这么久，真舍不得你……”鸨妈哭了。

赵飞燕给鸨妈擦泪道：“妈妈，我走了，您多保重。”

两个姐妹低声细语道：“什么时候咱也走出这青楼啊！”

众姐妹道：“熬星星熬月亮吧！”

赵飞燕又端起酒杯道：“众位姐妹，咱们姐妹一场，各有各的苦衷，又有共同的心愿。我先走一步，大家帮助我，日后，我一定报答众位姐妹。”

一姐妹道：“姐姐，俺们真不愿意让你走，可又愿意你赶快去成家立业，过个正常人的日子。”

赵飞燕道：“多谢妹妹，请，众位姐妹干了这一杯。”

酒楼上，杨庄与扬雄在一起喝酒。

杨庄道：“我已备好了船只，并安排人把那卖画的小白脸儿做掉了，从此断了赵飞燕的念头。明天一大早，咱俩便可把赵美人带回长安向圣上复命。”

扬雄道：“你我扮演的这个角色实在不光彩，当初这个差不出也罢！”

杨庄喝一口酒道：“书呆子，还想回到你那破屋里去啊？今天晚上，跟我到青楼散散心？”

扬雄道：“本人没有这个雅兴，杨兄要去你自己去罢了！”

一条舫舟在河面上快速行进着。

杨庄和扬雄坐在船舱内下棋。

赵飞燕、赵合德倚立船头，眺望远方。

晨雾袅袅，晨风习习，杨柳拂岸。

四十

杨庄的府宅坐落在一片绿荫丛中，一对石狮把门，青砖青瓦，门匾上金光耀目的两个大字：杨府。

深宅大院，楼庭耸立，松柏花木，山水尽有。

会客厅里，案、几等各种家具都是上等木材，玉石板块都是精工制作的。

杨庄在会客厅里给赵飞燕洗脑。

杨庄道："当今皇上文韬武略，英俊威武，重情重义，能对你一见钟情，是你八百年前修来的福分。你不但不领情，反而逃之夭夭。皇上不但不记恨你，反而日夜思念你，我和扬雄腿都跑断，找遍了姑苏城，总算找到了你，待会儿就跟我去面圣。好好伺候皇上，以后发达了，别忘了下官找你找得艰辛。"

赵飞燕道："贱妾悔恨莫及，是张安世那个骗子，花言巧语地骗了我。"

杨庄道："好啦，过去的事也就算了，下面的事也就靠你自己去好好把握啦！我这就带你去见皇上，教你的那些话儿都记住啦？"

赵飞燕道："贱妾已牢记在心。"

杨庄道："赵小姐、赵美人，咱们走吧！"

二人起身走出会客厅。

……

傍晚时分，扬雄与李桂花在水塘堤岸上散步。

一轮火红的太阳掉落在西山上，如血一样的夕阳余晖染红了天边、染红了大地，也染红了扬雄和李桂花脚下的堤岸和水塘。蝉子在柳树林里大声鸣叫着，像在进行歌咏比赛似的，这边停了，那边马上又响了起来。

扬雄和李桂花在水塘堤岸上转了一圈又一圈，扬雄一边散步一边不停地给李桂花讲述这次到姑苏的逸闻趣事，可李桂花却一点儿也笑不起来。夫君给她讲了那么多外面的故事，他哪知走后家里发生的故事比他在姑苏看到的故事还要精彩。扬雄可以滔滔不绝地给她讲，可她却没有勇气给夫君讲半句，看来这辈子只能将那两件不可告人的事情烂在肚子里。

李桂花一直在多听少说，扬雄多少发现有些不对劲，老婆以前可不是这样的性格，便问李桂花道：“夫人心头似有不快之事？”

李桂花马上打起精神道：“那倒没有。我是一个没文化少见事的乡下女人，但凭着我的直观感觉，杨庄杨大人城府深得很，他既向皇上举荐你，又后悔举荐了你。他既可成就你，也可毁了你，望夫君以后时时小心才是。”

扬雄叹息道：“唉，我真后悔不该来到这是非之地！”

李桂花好言安慰道：“夫君倒不必如此消沉。依我看当今皇上如此器重你，那些大臣们还没人敢跟你过不去。再说你跟他们又没有什么过节儿，好好廉洁自律，别人也抓不住你什么把柄，身正不怕影子歪，咱们怕什么呢？”

扬雄赞许地点点头。

李桂花又言道：“杨庄对我们一家有恩，要知恩图报，善待杨大人，凡大事小事都需让着他，在一些大是大非问题上又多要防着他。”

扬雄赞许道：“夫人所言极是！”

李桂花指着水塘道：“过几天咱们把这水塘里藕挖出来，加上那些蔬菜，全部送给你那些同事。皇上说他也要吃我亲手种的这些菜，也许他是开玩笑，但咱们还是要给他送一点儿，要不要那就是他的事了。”

扬雄呵呵大笑道：“好聪明的夫人，好贤惠的夫人啦！”

四十一

赵飞燕、赵合德两姐妹放荡的笑声从汉成帝的寝宫里传出来。

赵飞燕和赵合德分别坐在汉成帝的两条腿上，汉成帝手不停、嘴不停地在两个女人的嘴上和身上辛苦，淫荡之声不绝于耳。

一会儿赵飞燕出场，歌声娇脆，舞姿轻盈，似仙子凌波；再看她纤眉如画，秀发如云，尤其是一对眸子含情脉脉，闪烁出无限诱人的风情与醉人的魅力，顿使汉成帝如痴如呆。

赵飞燕受到宠幸的第二天即被封为婕妤。

赵飞燕确实能歌善舞，通音律，晓诗书，妖娆媚艳，是一个无人可比、天生的人间尤物。赵飞燕初封为婕妤，便让后宫泛起了一片妒忌，议论纷纷，都认为她只不过是个惯于蛊惑的货色。赵飞燕人极聪明，在后宫谨言慎行，处处小心翼翼，对皇后非常恭敬，渐渐消除了皇后的戒心，拉近了她们之间的距离，关系好如姐妹；她又善于笼络人心，逐渐化解了后宫佳丽对她的敌意。

她表演的一种舞步，手如拈花颤动，身形似风轻移，令汉成帝十分着迷。汉成帝为她举行的舞技表演设在后宫太液池中瀛洲高榭上。汉成帝以玉环击节拍，冯无方吹笙伴奏。赵飞燕跳得出神入化，汉成帝看得目不暇接。一阵风起，赵飞燕险些跌入池中，多亏冯无方抓住她的裙裾，才有惊无险。汉成帝又命宫女手托水晶盘，令赵飞燕在盘上歌舞助兴，她绝妙的舞技，前所未有，给汉成帝带来全新的视觉享受，成帝对她更加迷恋。

由于赵飞燕获宠，赵氏一门得以荣光。但赵氏人少族微，所以赵飞燕的后宫专宠并没有对朝政产生多大影响，同时，卑贱的出身还为她能否专宠罩上了一层阴影。入宫不久，她就把妹妹赵合德推荐给汉成帝，以弥补家族势力的不足。

赵合德入宫数日，就被封为婕妤，两姐妹轮流承欢侍宴。成帝一刻见不到赵氏姐妹，便心神不安。姐妹俩的话，成帝更是言听计从。原先被皇帝宠爱有加的许皇后与班婕妤，此时备受冷落。

这一日汉成帝左手搂着赵飞燕、右手搂着赵合德在假山旁边散步。阳光铺洒在寝宫后花园假山处。假山，真水，柳荫轻飘。

赵氏姐妹的淫声笑语在后花园的上空回响。

赵飞燕在寝宫后花园水池旁表演当初由张安世编排的舞蹈，舞步，手如拈花颤动，身形似风轻移，令成帝十分着迷。成帝以玉环击节拍，赵合德吹笙伴奏。

内殿台阶上分立两个太监。

满朝文武乃分列在院庭里，垂手恭候皇帝朝见。

扬雄抬头观望太阳。

太阳已经当顶了。

众臣被太阳晒得汗流满面。

一太监从内殿闪身出来唱喏道："皇上龙体欠佳，今日不朝见，有本留下，无本退朝！"

扬雄低着头。

众臣脸色难看，依次离去。

散朝之后，王莽走到内殿外面的一个角落处，追上杨庄和扬雄指责两人道："皇上都二十多天不上朝了，这都是你二人干的好事！"

杨庄吓出一身冷汗道："王大人，这笔账可不能记在我俩头上。"

王莽哈哈大笑道："不必紧张，以前我跟二位同为黄门侍郎，交情不错。"

杨庄转惊为喜道："下官高攀了大司马，还望以后多多关照！"

王莽道："那是自然。只要杨大人听我的话，自然亏不了你。"继而又转向扬雄道："我从小崇尚孔孟之道，对儒学也有些研究。扬大儒没来京之前，便是我崇拜的偶像。我想与扬大儒交个朋友，以便随时向你讨教儒学，不知可否？"

扬雄道："下官久闻大司马从小崇尚儒道，交朋友不敢高攀，交流学问却是三生有幸！"

王莽分别拉住扬雄和杨庄的手，高兴地说道："今晚请二位到寒舍一聚，不见不散，不醉不休！"

王莽拱手先行而去。

杨庄与扬雄边走边聊。

杨庄道："王莽父亲早逝，打小跟母亲相依为命。他家境贫寒，但能因陋就简，刻苦学习，到处拜名师学儒。他的洁身自好、恭俭有礼，很快引起皇太后姑姑王政君和大司马大将军领尚书事伯父王凤的大加赞赏，二十四岁便得到了一个黄门侍郎的职位。王凤死后，王根辅政五年中，王莽封新都侯，骑都尉，光禄大夫，侍中；继他的四位伯、叔之后，出任第五任大司马，时年三十八岁。"

扬雄道："这个人物可不一般，得罪了他只有死路一条！"

杨庄道："可不是嘛！这个人早晚要弄出大事，到时你想巴结还巴结不上呢！"

扬雄道："今晚他的宴可不是什么好宴，八成设的是鸿门宴。用意十分明显，要拉你我上他的贼船。"

杨庄道："扬兄，别把话说得这样难听！"

后宫花园里，赵飞燕跪着听许皇后训斥。

许皇后冷言冷语地训斥道："怪不得皇上挖地三尺把你找出来，原来是这般漂亮呀！"

赵飞燕低头不语。

许皇后挖苦道："你长得再漂亮也是妓女，千人骑万人压的破烂货！"

赵飞燕两眼含泪，不敢还嘴。

许皇后继续挖苦道："你配得上住在后宫里吗？皇上一时喜欢你，封了你个婕好，你就做起当贵人、当皇后的梦来，美得你！"

赵飞燕哭求道："娘娘，小妾不敢，你还是放我出宫吧！"

许皇后大嗓门训斥道："我把你放出后宫，再让皇上把你藏在寝宫寻欢，美得你！”

赵飞燕道：“不是，不是，我想再回姑苏去。”

许皇后道：“你哪儿也去不了，就在后宫受活熬吧，到时再把你卖到妓院去！”

赵飞燕双手捂脸，“呜呜”地哭了。

当天晚上，赵飞燕在寝宫抱着汉成帝大放悲声。

赵飞燕挣脱汉成帝的拥抱，奔到桌前抓起一把水果刀刺向自己的咽喉。

汉成帝奔过去夺下赵飞燕手中的刀子，扔到一边安慰道：“爱妃不必如此，我明日就宣布封你为昭仪，要不了多久，朕便废了许皇后这个恶妇，让你替而代之！”

赵飞燕紧紧抱住汉成帝泣声道：“皇上，你可要为臣妾做主哇！”

四十二

又是一个金色的黄昏，夕阳洒在水塘上。

水塘边摆放着一个案几，上面放着一堆书简。扬雄伏在案几上，埋头写着文章。

李桂花在水塘附近那块菜地收拾白菜。

杨庄扛着钓鱼竿，笑嘻嘻地走过来，先跟李桂花打招呼道："嫂夫人啦，你这白菜眼看就要喜获丰收呀！"

李桂花直起腰来，拱手还礼道："闲起没事，找点乐趣，让杨大人笑话了！"

杨庄大笑道："呵呵……"

李桂花道："杨大人，请到屋里喝杯茶？"

杨庄道："就不麻烦嫂夫人啦，我到那边鱼塘去钓鱼，顺便陪扬兄说说话。嫂夫人你自个儿忙吧！"

说完向鱼塘走去。

杨庄来到水塘边支好钓鱼竿，一边观察着水面，一边与扬雄聊天。

杨庄道："扬兄最近又有什么大作哇？"

扬雄顺手拿起一个书简道："杨大人来得正好，帮我看看刚刚完成的一篇赋。"

杨庄接过书简，打开一看，原来却是扬雄新作《长杨赋》，立即大声朗读起来：

明年，上将大夸胡人以多禽兽。秋，命右扶风发民入南山。西自褒斜，东至弘农，南敺汉中，张罗网罝罘，捕熊罴豪猪，虎豹狖玃，狐兔麋鹿，载以槛车，输长杨射熊馆。以网为周阹，纵禽兽其中，令胡人手搏之，自取其获，上亲临观焉。是时，农民不得收敛。雄从至射熊馆，还，上《长杨赋》。聊因笔墨之成义章，故借翰林以为主人，子墨为客卿以风。其辞曰：

子墨客卿问于翰林主人曰：盖闻圣主之养民也，仁沾而恩洽，动不为身。今年猎长杨，先命右扶风，左太华而右褒斜，椓嶻嶭而为弋，纡南山以为罝，罗千乘于林莽，列万骑于山隅，帅军踤阹，锡戎获胡。搤熊罴，拖豪猪，木拥枪纍，以为储胥，此天下之穷览极观也。虽然，亦颇扰于农人。三旬有余，其勤至矣，而功不图。恐不识者外之则以为娱乐之游，内之则不以为乾豆之事，岂为民乎哉？且人君以玄默为神，澹泊为德，今乐远出以露威灵，数摇动以罢车甲，本非人主之急务也。蒙窃惑焉。翰林主人曰：吁，客何谓之兹耶？若客所谓知其一未睹其二，见其外不识其内也。仆尝倦谈，不能一二其详，请略举其凡，而客自览其切焉。客曰：唯唯。

主人曰：昔有强秦，封豕其土，窫窳其民，凿齿之徒相与摩牙而争之。豪俊麋沸云扰，群黎为之不康。于是上帝眷顾高祖，高祖奉命，顺斗极，运天关，横钜海，漂昆仑，提剑而叱之。所过麾城撕邑，下将降旗，一日之战，不可殚记。当此之勤，头蓬不暇梳，饥不及餐，鞮鍪生虮虱，介胄被沾汗，以为万姓请命乎皇天。乃展人之所诎，振人之所乏，规亿载，恢帝业，七年之间而天下密如也。

逮至圣文，随风乘流，方垂意于至宁。躬服节俭，绨衣不獘，革鞜不穿，大厦不居，木器无文。于是后宫贱瑇瑁而疏珠玑，却翡翠之饰，除雕琢之巧。恶丽靡而不近，斥芬芳而不御。抑止丝竹晏衍之乐，憎闻郑卫幼眇之声。是以玉衡正而泰阶平也。

其后熏鬻作虐，东夷横畔，羌戎睚眦，闽越相乱，遐为之不安，中国蒙被其难。于是圣武勃怒，爰整其旅，乃命骠卫，汾沄沸渭，云合电发，猋腾波流，机骇蠭轶，疾如奔星，击如震霆。碎轒辒，破穹庐，脑沙幕，髓余吾。遂蹶乎王庭，驱橐驼，烧熐蠡，分剺单于，磔裂属国。夷阬谷，拔卤莽，刊山石，蹂尸舆厮，系累老弱。铤瘢耆，金镞淫夷者数十万人。皆稽颡树颔，扶服蛾伏，二十余年矣，尚不敢惕息。夫天兵四临，幽都先加，回戈邪指，南越相夷，靡节西征，羌僰东驰。是以遐方疏俗，殊邻绝党之域，自上仁所不化，茂德所不绥，莫不 蹻足抗首，请献厥珍。使海内澹然，永亡边城之灾，金革之患。

今朝廷纯仁，遵道显义，并包书林，圣风云靡，英华沈浮，洋溢八区。普天所覆，莫不沾儒。士有不谈王道者，则樵夫笑之。意者以为事罔隆而不杀，物靡盛而不亏，故平不肆险，安不忘危。乃时以有年出兵，整舆竦戎，振师五柞，习马长杨，简力狡兽，校武票禽。乃萃然登南山，瞰乌弋，西厌月 ，东震日域，又恐后代迷于一时之事，常以此为国家之大务，淫荒田猎，陵夷而不御也。是以车不安轫，日未靡旃，从者仿佛，委属而还；亦所以奉太尊之烈，遵文武之度，复三王之田，反五帝之虞。使农不辍耰，工不下机，婚姻以时，男女莫违，出凯弟，行简易，矜劬劳，休力役，见百年，存孤弱，帅与之同苦乐。然后陈钟鼓之乐，鸣鞀磬之和，建碣磍之虡，拮隔鸣球，掉八列之舞。酌允铄，肴乐胥，听庙中之雍雍，受神人之福祜。歌投颂，吹合雅，其勤若此，故真神之所劳也。方将俟元符，以禅梁甫之基，增泰山之高，延光于将来，比荣乎往号。岂徒欲淫览浮观，驰骋杭稻之地，周流梨栗之林，蹂践刍荛，夸诩众庶，盛狖狸之收，多麋鹿之获哉！且盲者不见咫尺，而离娄烛千里之隅。客徒爱胡人之获我禽兽，曾不知我亦已获其王侯。

言未卒，墨客降席，再拜稽首曰：大哉体乎！允非小人之所能及也。乃今日发蒙，廓然已昭矣。

杨庄读完大声叫好道：“好赋，好赋哇！扬兄赋辞议论凌厉，气势逼人，以正言出微词，泼辣而有节。显示了扬兄词采风发的才能，又表现出扬兄逻辑缜密、无懈可击的特色。其中一些长句，尤可见出扬兄的功力。其中‘其后熏鬻作虐，东夷横畔’这一段描写武帝时期的武功，淋漓尽致地展现了卫青、霍去病征匈奴的战争场面，杀伐之气跃然纸上。扬兄当然没亲眼见过卫青、霍去病西征的场面，你所写的只是文学上的想象。按说霍去病封狼居胥就是登山祭天，筑土为封，所以也应该有告功祭文，但可惜没能流传下来。长杨是指长杨宫，汉宫名。本秦旧宫，汉时重加修饰，为秦、汉时游猎的地方。内有垂杨绵亘数亩，故称为长杨宫。宫中有垂杨数亩，因为宫名，门曰射熊观，秦汉游猎之所。扬兄这篇赋是借主人翰林与客卿子墨之口，述汉高祖刘邦创业之艰，叹文景二帝与民休戚与共之德，告诫汉成帝，恐后代迷于一时之事，常以此为国家之大务，淫荒田猎，陵夷而不御也。扬兄，你看我解注得对否?”

扬雄叹息道：“皇上受晚年无子烦恼的困扰，祈鬼事神‘以求继嗣’，隔年轮流举行一次盛大的行幸祭拜活动，排场之大，修饰之盛，自古少有，巫风鬼气，劳民伤财。加之又沉溺声色，与赵飞燕、赵合德姐妹纵情淫乐，将政事推给王氏外戚掌管，王氏五侯，气焰熏灼。皇上还醉心于飞鹰走狗，逐兽狩猎，他常常亲率宫廷侍卫出入郊外。有时甚至下令长安附近的百姓停业罢产，到南山捕获野兽，放回皇家猎场，再行猎狩，严重地妨碍了百姓的正常生活和生产。”

杨庄道：“扬兄所言极是，满朝文武，都看在眼里，急在心里呀!”

扬雄道：“我在这首新作的辞赋《甘泉赋》中，再次进行了必要的劝诫。虽然甘泉宫不是当今圣上所建，但当今圣上纵情奢侈，王氏五侯的连云府第，早已有过之而无不及了。于是我将甘泉宫称作神话中的帝室‘紫宫’，想告诉皇上这已超出人力的范围，只有天神才能雕琢。皇上每次行幸甘泉，赵氏皆盛备车骑，招摇过市，大有令神仙却步，叫山神开道的气势。在这样的背景下，我创作了《甘泉赋》《羽猎赋》《长杨赋》，既为大汉王朝歌功颂德，同时又对当今圣上的种种不端行为加以劝告和讽刺。”

杨庄大声叫绝道：“好得很，扬兄能有如此忧国忧民之心，乃我大汉之洪福也！可否将那两篇文章也先让我一睹为快?”

扬雄道：“我再修改一二，再请杨兄斧正不迟!”

杨庄道：“那好，我的鱼儿上钩了!”

扬雄抬眼一看，杨庄已拉起来好大的一条鲤鱼在湖岸上挣扎，杨庄费了好大的劲才将其按住。扬雄赶紧跑过去折了一根带钩的柳树枝，帮助杨庄一起将鱼穿在柳树钩上，少说也有七八斤重。杨庄满心欢喜，提着鲤鱼，扛着钓鱼竿，笑眯眯地去了。

杨庄起身离去。

扬雄望着杨庄的背影，若有所思，然后又伏到案上动手修改他的新作《羽猎赋》。

李桂花走过来，一边为其砚墨，一边提醒道："夫君为人生性太直，刚才完全不应对杨庄说出那段话。人无千日好，一旦你二人反了目，他要举报了你，岂不招来杀身之祸？"

扬雄道："杨庄还不至于卑劣到如此地步吧？"

李桂花道："常言说得好，害人之心不可有，防人之心不可无哇！"

扬雄道："夫人之言极是，以后为夫小心便是。"

两个月之后，文武百官恭候在汉成帝内殿门前。

一位太监从殿内走出，高声叫道："宣扬雄上殿接旨！"

扬雄上前跪在内殿门口。

张太监宣旨道："奉天承运，皇帝诏曰：给事黄门侍郎扬雄入宫以来，连续创作了《甘泉赋》《羽猎赋》《长杨赋》等不朽佳赋，为后人留下了不朽篇章。鉴于扬雄文才盖世，壮我大汉声威有功，特升任为中善大夫，赏钱三万。钦此！"

扬雄叩首道："谢皇恩，吾皇万岁万岁万万岁！"

汉成帝道："扬爱卿平身。"

扬雄道："谢万岁！"

众大臣脸色均有不服之色。

杨庄两眼快要喷出火来。

王莽默默看在眼里，笑在心里。

四十三

后宫花园灯光月辉下，赵合德及后宫里的所有佳人陪着汉成帝观看歌舞。

美人们个个衣着华丽，吃着点心欣赏词曲舞蹈。

唱曲的是赵飞燕，她怀抱琵琶，自弹自唱：

凉风起兮天陨霜，
怀君子兮渺难望。
感予心兮多慨慷。
天陨霜兮狂飚扬，
欲仙去兮飞云乡，
威予以兮留玉掌。
……

歌声中，一群漂亮的舞女们翩翩起舞。

这首曲子是赵飞燕亲手所著的《归风送远操》又名《归风送远曲》，可见她不仅能歌善舞，也有一份才情。

赵合德陪着汉成帝观看，并不时做出万种风情，让汉成帝快活得手舞足蹈。

舞女们婀娜的舞姿。

后宫佳丽们尽情观看。

舞女们飘起长袖走圆月圈，从圈中心站起了舞女嫦娥。

汉成帝睁大眼睛欣赏。

后花园的水塘中有曲桥，曲桥的端头是水阁。水阁的八角阁檐上都挂着红纱灯。

灯光照着塘水。

塘水中倒映着天空圆月。

宫女们来来往往，用托盘端送食品。

后花园中的松、竹、兰、红叶在月光中生辉。

人工假山上是赏月阁，阁内长案上摆着银盘玉碟，放着各种新鲜的瓜葛梨枣、松子、花糕、精细月饼、点心，还有美酒佳肴。

嫦娥飘着长纱袖，碎快步走进那特大圆月的花丛中隐身消失。

观赏的人们鼓掌。

歌声停止。

汉成帝站起身夸奖道：“爱妃不但是唱得好，弹得好，跳得好，人也长得比那月中嫦娥还漂亮呢!”

众美人大笑。

赵飞燕装成少女害羞状地拥在成帝怀里。

成帝朝众人一挥手道：“众卿都散了吧!”

众佳人散去，只留下了成帝与赵氏姐妹。

赵飞燕：“皇上，臣妾有一事相告。”

汉成帝：“爱卿尽说无妨!”

赵飞燕：“扬雄新近创作的三篇赋皇上都看过没有?”

汉成帝：“看过，都认真看过好几遍，肯定又是三篇传世佳作!”

赵飞燕：“赋的确是三篇好赋，但经杨庄指点，才发现赋中暗藏玄机，对你我大行讽刺之能事。皇上若不信，让臣妾一一为你道破!”

说话间，赵合德早已将三篇赋递到汉成帝手中。

四十四

汉成帝在寝宫内单独召见扬雄和杨庄。

扬雄跪在地上听满脸怒气的汉成帝训骂："你这个忘恩负义的东西，一个蜀中叫花子，经你同窗杨庄再三举荐，朕才重用了你。你不但不思图报，反而自恃清高，竟敢模仿司马相如的《子虚赋》来嘲讽朕，你说该当何罪？朕念你找回赵皇后有功，就不株连你的妻小了，朕赐你回家自己做个了断吧！"

扬雄叩头谢恩道："谢皇上隆恩，吾皇万岁万岁万万岁！"

杨庄赶紧跪地叩首道："请皇上法外开恩，免扬雄一死！"

汉成帝道："事因你而起，朕不追究你也就罢了，若再敢为扬雄求情，连同你一起治罪。"

杨庄道："小人冒死向皇上进一言！"

汉成帝道："那你就说吧！"

杨庄道："扬雄万万杀不得，扬雄死不足惜，只可惜毁了皇上一世英明！"

汉成帝道："此话怎讲？"

杨庄道："扬雄因三篇赋便官升三级、钱赏三万，皇上的英明与扬雄的美名传遍天下。几天后皇上又因这三篇赋杀了扬雄，岂不让天下人看皇上的笑话，还落下皇上冤杀儒生的骂名，反而成就了扬雄一世英名让后人传诵，皇上千万不要上这个当。"

汉成帝像不认识似的望着杨庄，好半天才说出一句话道："那你说，此事该如何处置？"

杨庄胸有成竹地道："让扬雄明天早朝时，由他自己奏请既不愿做地方官，也不愿做朝官，只希望做个有俸禄的专业文人和学者，岂不两全其美！”

汉成帝疑惑地盯了杨庄好一会儿，才挥手道：“就这样办吧，都退下吧！”

扬雄、杨庄赶紧叩头谢恩而去。

第二天一早，文武百官恭候在内殿门前。

一位太监从殿内走出，高声叫道：“皇上有旨，有本奏来，无本退朝！”

扬雄上前拱手道：“微臣有本要奏！”

汉成帝道：“扬爱卿有何本要奏？”

扬雄奏道：“微臣奏请皇上，扬雄本一介儒生，一生只喜欢写词嚼字，既不愿做地方官，也不愿做朝官，只希望做个有俸禄的专业文人和学者。恳请皇上准奏！”

汉成帝沉思片刻道：“朕准了你的奏，这倒也符合朕当初宣你入京的本意，就做朕的文学侍从罢了。从今以后永不夺俸，让你终身享受朝廷俸禄，特许在石室金柜（国家档案馆）看书。王尚书——”

尚书王根从人群中闪出，应承道：“微臣在。”

汉成帝道：“赐扬雄笔墨钱六万，不得有误。”

王尚书道：“微臣遵旨！”

扬雄叩首道：“谢主隆恩，吾皇万岁万岁万万岁！”

汉成帝道：“扬爱卿平身。”

散朝之后，杨庄走到内殿外侧一角，扬雄追上去拱手作揖道：“杨大人救命之恩，扬雄一家妻小终生难忘！”

杨庄道：“亲不亲故乡人，再说咱俩又是同窗，扬兄有难，愚弟岂有不舍身相救的道理？到我家去喝上两杯，给老兄压惊如何？”

扬雄道：“还是请杨大人到寒舍一聚，接受我一家老小拜谢为宜！”

四十五

汉朝初年，丞相萧何就在未央宫中主持修建了天禄阁与石渠阁，继续推行秦代的“挟书之律”（规定民间不准藏书的禁令）。汉惠帝时，为收集和整理图书，废除“挟书之律”。汉武帝更积极地收集整理书籍，命令丞相公孙弘“广开献书之路，建藏书之策，置写书之官”，“下及诸子传说，皆充秘府”。汉成帝时又遣谒者陈农“求遗书于天下”，并分类整理。经过几代帝王的努力，秦末散佚的图书又被发掘和整理出来，集中到长安的书籍共有五百九十六家、一万三千二百六十九卷，藏于天禄阁与石渠阁。后来司马迁就是参考这些书，写成了五十多万字的不朽巨著《史记》。天禄阁位于未央宫北部，南距前殿七百三十米。汉成帝时，曾命学者在未央宫天禄阁中进行过一次大规模的图书整理和校勘工作。光禄大夫刘向校经传诸文诗赋，步兵校尉任宏校兵书，太史令尹咸校数术，太医监李柱国校方技，每校成一本，由刘向画出篇口，修改错误，写出提要。

扬雄自从被汉成帝改封为文学侍从之后，便成了一位无官一身轻的自由文人和学者。他除了偶尔到天禄阁与刘向、刘歆等著名学者一起校对书籍外，大部分时间在家埋头读书和创作，同时精心辅导扬天青和扬天成，这两个儿子十分聪明，早已读完了所有该读的书，而今已能够与他谈古论今，说天道地，咏诗填词，还可以模仿他写赋了。大儿子扬天青已到了男大当婚的年龄，李桂花曾托媒人介绍了好几个条件不错的姑娘，可这小子就是死活不同意，没有少挨扬雄和李桂花的训骂，骂急了他才道出原委，他有天生生理缺陷，不能害了人家姑娘。扬雄开初还不信，以为是这小子抗婚胡说八道，后求太医验身诊断果然如此，而且是先天疾病，根本无法医治。李桂花抱着大儿子痛哭一场，扬雄也仰天长叹，老天对他扬家实在不公。

李桂花去年回过一次郫邑老家，除了给原配儿子王永福带钱回去外，还特意把老家那些有特色的菜种子带回长安，在她的菜园子里做实验看能否生长，还别出心裁地带回了一棵樱桃树苗，这也许才是她回这趟老家的真正目的。王永福又给她添了两个胖孙子，一家五口日子过得十分滋润。

李桂花返回长安第一件事情是神奇般地把樱桃树栽活了，今年居然还开了几朵小白花，这让一家老小都快活了好几天。第二件事是她从老家带回来的那些菜种子全部种植成功，当年便喜获丰收，让那些老主户们采摘尝鲜。由于她变换了一些新品种，她的“农家乐”便越办越有特色。扬雄读书写作累了，也便帮妻子李桂花经营她的“农家乐”，锄地、浇水、拔草、施肥、扯猪草、喂鸡鸭，样样都干。扬天青、扬天成除了协助爹爹做学问别无他事可做，也几乎就在他们老娘的“农家乐”上班。一家妻儿老小，倒也其乐融融。

这样过了一年，扬雄在他两个儿子的配合下，又写出了三篇传世之作《绣补》《灵节》《龙骨》，扬雄呈献给汉成帝读了非常满意。扬雄获得更多的机会出入侍从，以文学服务于皇帝。

有了上次血的教训，扬雄不再作政治讽喻赋，又不愿卷入外戚专权的斗争中去，于是他转向天文历法，研磨“浑天之术”，为将来撰写《太玄》做准备。

四十六

汉成帝本有亲政的能力，但权力又从母亲手中夺不回来，内心很是痛苦无奈，于是就纵情声色来掩盖自己内心的悲哀。汉成帝知道自己的这个位子是母亲给争来的，再加上自己又好儒，崇尚孝道，就在很多国家大事上多有征求母亲意见。王政君却一改过去的老成内敛，突然变得格外张扬，特别喜欢政治权力。她让皇帝刘骜先后分封自己的王氏子弟，几乎把整个帝国都交给娘家来看管。汉帝国就像是她的第二个孩子，让她给送回了娘家。这让孝顺的儿子刘骜很难堪。皇权与外戚专权一下子对立了起来。王政君开创了一个新的历史局面，这个局面被形容成“群弟世权，更持国柄，五将十侯，卒成新室”。一姓天下此时虽然姓刘，其实已经变味了。王政君知道权力的利害，更知道使用权力的利害。她并不认为刘骜无能，但她知道儿子太过善良，喜好儒术，有些懦弱，却又纵容奢侈和场面。她决定把权力通过转借的方式加以保存，而转借的对象只能是自己的娘家。于是，她封自己的兄弟王凤为大司马大将军领尚书事；封王崇为安成侯，食邑万户；王谭等也加官晋爵，配享食邑。兄弟皆为列侯，作为政府百官之首的“大司马大将军领尚书事”一职，几乎为王氏垄断。先是王凤，其后王音、王商、王根、王莽依次任该职，形成了王氏外戚把持朝政的局面。这种典型的“看家把戏”，无形中架空了儿子刘骜的皇权。

汉成帝开始对自己的政治局面有了清醒的认识，他决定也要向母亲学习，借力打力，以退为进，用外戚来制衡外戚，以权力来制衡权力。于是，他重用自己的皇后许姓外戚制衡王氏，他的岳父许嘉官拜车骑将军，权倾一时。但姜还是老的辣，王政君利用汉成帝新宠赵飞燕姐妹，成功打击了皇后许姓一族，挽回了王氏一族的权益。

这天下午，汉成帝与母后王政君在后花园里散步。

汉成帝边走边向母后吹捧赵飞燕。

汉成帝道：“许皇后无才无德，哪能母仪天下？仗恃着她那大将军父亲许嘉，完全不把朕和母后放在眼里。”

王政君道：“骜儿打算如何处置？”

汉成帝道：“罢免许嘉车骑大将军，废许皇后为庶人，让赵飞燕代之！”

王政君满心欢喜道：“骜儿此举，正合吾意！事不宜迟，迟则生变。”

汉成帝道：“母后所言极是！”

当天下午，汉成帝便以迅雷不及掩耳之势处理了这两件大事。

满朝文武分列在内殿两旁，垂手而立。

车骑大将军许嘉跪在殿前听旨。

张太监宣旨道：“奉天承运皇帝诏曰：许嘉心怀不轨，结党营私，图谋造反，免去许嘉车骑大将军，发回原籍养老，永不录用。钦此！”

众臣大惊失色。

张太监走上前去摘下许嘉冠帽。

许嘉跪俯在地叩首道：“谢皇上不杀之恩，吾皇万岁万万岁！”

许嘉狼狈地退下殿去。

众臣面面相顾，多有不平之色。

张太监道：“有本奏本，无本退朝！”

众臣一一退去。

张太监又手捧圣旨，匆匆忙忙地赶往后宫。

许皇后、赵飞燕、赵合德等所有女人均跪在后宫听旨。

张太监宣旨：“奉天承运皇帝诏曰：许皇后无才无德，不能母仪天下，废为庶人，即日出宫。”

许皇后接旨哭哭啼啼起身离去。

张太监宣旨："奉天承运皇帝诏曰：册立赵飞燕为皇后，统管后宫大小事务。"

赵飞燕上前接旨道："谢主隆恩！吾皇万岁万万岁！"

赵飞燕被册立为皇后，赵合德也被封为昭仪。赵氏姐妹使出浑身解数讨好皇帝，两人并得宠幸，权倾后宫。

赵合德与赵飞燕蛊惑手段不同，赵合德身躯丰满，性感无比，着体便酥，恰好形成了对汉成帝另外一层强烈的补偿心理。还是在赵合德与汉成帝第一次床笫后，汉成帝就把赵合德称作"温柔乡"。这时，汉成帝的情感快速地从赵飞燕那里撤出，转移到了赵合德的身上，与赵合德夜夜颠鸾倒凤纵欲过度，身体一天不如一天。汉成帝整天想着那事，饭也吃不下，做啥事都没有心思，还不到五十岁，却面黄肌瘦，弯腰驼背。

有一天，汉成帝去长信宫拜见皇太后王政君，皇太后看见儿子那等模样，心酸不已，劝儿子道："国家大事是很重要，但身体是皇帝的本钱，不要过于劳累了。"

她老人家哪里知道，他那皇帝儿子是过于劳累，但不是为国家大事劳累，而是为自己的原始兽欲劳累。

纵欲过度的另外一个结果是，汉成帝那方面不行了，每次都是草草了事，赵合德玉体横陈在自己的面前，汉成帝却心有余而力不足，这简直要了汉成帝的命。

为了重振雄风，显示男子汉的尊严，汉成帝接受了一个大臣奉献的神药，第一次试用果然大显神威。汉成帝惊喜不已，一个劲儿地猛吃。最后的结果是没有那种药助阵，他再也干不了那种事了。其实他也知道，那种药对人体的副作用远远胜过对人体那方面的效用。但是美色当前，汉成帝已经顾及不到那么多了。

渐渐地，汉成帝连走路的力气都没有了，更别说干那事了。这时候，一个溜须拍马的臣子又急汉成帝之所急，为他献上了一种更加猛烈的春药，当场做试验把药放入水中，水马上就沸腾了。汉成帝欣喜若狂，当即重赏了那位臣子。

当晚汉成帝服下一粒大丹，效果果然非凡。汉成帝的龙心和赵合德的芳心同时大悦。

汉成帝突发奇想：吃一粒就有如此奇效，如果吃十粒，岂不有十倍奇效。

于是这天晚上，和赵合德上床之前，汉成帝一口气吞下了十粒大丹，很快药性发作，汉成帝像一匹烈马，纵横驰骋，所向披靡。终于，到了后半夜，汉成帝突然觉得全身乏力，趴在赵合德身上不动了。赵合德以为皇上累了，就让他这样趴着睡一会儿。突然觉得皇上越睡越硬，抬眼一看他双目紧闭，面如死色。赵合德赶紧用手一摸鼻孔，只有出的气而没入的气了。

赵合德吓得失魂落魄，连忙将皇上从自己的肚子上掀下去，汉成帝顿时断了气。

也许到临死那一刻，汉成帝才知道什么是真正的奇效。也正合了民间那句玩笑话，——活活死在那里头。

赵合德大喊救命，并迅速穿好她自己和汉成帝的衣服。在这紧急关头，她还能沉着处理好这件事，足显这个女人的精明之处。

皇帝死在床上的消息很快就传遍了宫中上下，树倒猢狲散，赵氏姐妹的死对头终于有了出头之日，还有那些受过赵氏姐妹毒害的宫女们，一致把矛头指向了赵合德，说是赵合德谋杀了皇上，而且证据确凿。皇帝死在床上，而与皇帝一起睡觉的只有赵合德。

赵合德悲痛不已，又觉得自己被冤枉，可是她纵有百口也难以辩解，跳进黄河也洗不清。你叫她怎么说呢？汉成帝是怎么死的她当然心里清楚，可是这样的事情怎么好意思说出口。即使说了又有谁会相信？

赵合德意识到自己气数已尽，哭了一阵，追随汉成帝而去，自杀了。具体怎么自杀的都含糊其词，有的说是呕血而死，有的说悬梁自尽，但不管怎么说，反正她是自杀了。

赵合德之死，很多宫女拍手称快，说是报应。这确实是报应，然而她要遭受报应的应该是毒杀皇子，而不是谋杀皇帝。但人间的是是非非又有多少人能够说得清楚呢？

赵合德死后，姐姐赵飞燕虽然没有受到牵连，但是却已经成了惊弓之鸟，再也飞不起来了。皇宫里，除了赵飞燕，赵家其他人都被流放到蛮荒之地。赵飞燕突然从天堂掉进了地狱，日日流泪不止。

但厄运还在后头。汉哀帝刘欣（汉成帝的侄子，十九岁即位）当了皇帝之后，赵飞燕表面上是皇太后，但已经没有任何权威，只是一个摆设而已。虽然刘欣当上皇帝赵飞燕有不少功劳，但他却是个短命鬼，做了六年的皇帝就一命呜呼。刘欣死后，赵飞燕再无依靠。当时任大司马的王莽说服了姑妈王政君，以太皇太后的名义把赵飞燕贬到北宫。这是她凄凉的开始。不久，赵飞燕又被王政君贬为平民，令她去看守汉成帝的坟墓。赵飞燕自知大势已去，再也没有勇气活在这个世上，自杀于北宫。她是怎么自杀的，和她妹妹是怎么自杀的同样是一个谜。

赵氏姐妹的传奇经历让人扼腕叹息，正所谓："赵家姐妹应相妒，莫向昭阳殿里飞。"

四十七

在汉成帝突然死去的这段日子里，王政君的内心充满了痛苦。她为失去她的骜儿而痛心，她也自责没有尽到母亲的责任，有负于骜儿。她回想起和汉成帝共同生活的这段日子，有多少事是顺着骜儿的意思呢？她知道汉成帝有意要传位给定陶王刘康。刘康留京伴驾的那段日子是骜儿最兴奋的日子。她能看到他脸上的幸福和满足。但是，当时是王凤拿日食说事，强迫刘康返回定陶国。兄弟俩涕泣相别的情景在想象中让王政君的心里很是凄然。还有一件事，就是汉成帝要罢免王凤的一切职务，是她用母亲的方式加以阻止，她哭哭啼啼，不吃不喝。孝顺的骜儿只好妥协退让。一件件一桩桩在骜儿离去的时刻里，让王政君强烈地感觉到儿子并没有亏欠她，倒是她亏欠了儿子很多很多。眼下，能跟自己一起商讨国家大事的竟然还是自己家的侄儿大司马王莽。此时，刘姓天下却只剩下王室姑侄拿捏着这个国度的命运。

王莽因为父亲死得早，没有封侯，打小跟母亲相依为命。他人长得奇丑，跟汉成帝在当时的男人圈里是两个极端。但他能抱着儒家的崇高理想和道德文章，跟汉成帝一样把自己塑造成一个纯粹的孝子形象和道德典范，而且决定把这个形象塑造到极致。他生活俭朴，衣着简陋，举止恭谨，看上去就像贵族家的管家。他父亲死得早，但他能找到孝顺的对象，那就是母亲和执掌大权的姑伯；他家境贫寒，但他能因陋就简，刻苦学习，到处拜名师学儒。他的洁身自好、恭俭有礼很快引起姑姑王政君和伯父王凤的大加赞赏。

阳朔三年（公元前 22 年），王凤病重，王莽在一旁侍候了几个月，没有一次脱掉衣服美美地睡上一觉。谁说侄儿不如儿，王莽比亲生的儿子还孝顺。如此绝对的亲情其实已经违背了人之常情，但还是感动了王凤，在弥留之际，王凤恳请皇太后和皇帝授给王莽一官半职。二十四岁的王莽得到了一个黄门侍郎的职位，更加小心谨慎地侍奉姑叔。王凤死后，王根辅政五年病笃，上书推举侄子王莽出任大司马一职。这个床前孝子终于走进了政治的核心位置。王莽连连升官就靠了两样：自己的刻意努力和裙带关系。

绥和二年（公元前7年），汉成帝驾崩，定陶王刘康的儿子刘欣即皇帝位，尊皇太后王政君为太皇太后。他的祖母傅昭仪、母亲丁姬两家按照惯例成了新的权贵。新旧外戚的权益分配再次发生冲突。这次，王政君却意外地命令王莽辞职。这个新皇帝一上台还真烧了几把火，著名的就是限田、限奴令，意在治理贵族圈地和占奴风潮。但是，第一个出来阻挠的正是他自己的外戚丁、傅两家，他只好作罢。随后还颁布了一些改革的法令，都被他朝令夕废，变成了一纸空文。他怕跟汉成帝一样被外戚控制，虽然罢免了王莽，但他还是被新的外戚掌控。于是，他也干脆沉溺声色。更绝的是他喜欢美男董贤，一次就赏给董贤两千顷土地，是限田令规定的三十顷的七十倍。他再破一项历史纪录，成为历代帝王中第一个同性恋者。在位七年，种种表现只能证明他是一个有志无才、一事无成的帝王，着实悲哀。是为“哀帝”。元寿二年（公元前1年），汉哀帝刘欣驾崩，不过二十五岁，也没有继承人，国家大事再次落在了这位长寿的老奶奶太皇太后王政君的肩上。这时候，王政君断然决定起用内侄王莽。她在当天就迫使将死的刘欣把军政大权全部交给王莽。王莽重登大司马宝座，确定了中山王刘兴年仅九岁的儿子刘衎为帝，是为平帝。年幼的皇帝不能临政，王莽就让王政君临朝称制，行使皇帝的权力。这正是王政君所期望的。她也干脆卖个人情，委政于王莽。这正是王莽所想得到的。姑侄二人就这样把大汉王朝的权力瓜分完毕。但是，这一次谨慎老到的王政君却看走了眼。

公元1年，王莽这一年确定为“元始年”，意思是一切都应该从头开始了，再也不用顾忌过去了。而事实也是这样。老姑王政君此时已经完全听从他的决策和安排了，一切都真的是他说了算，没有人能够阻止他了。再次出任大司马的王莽表现出了以往少有的铁腕风采，他先是诛杀美男董贤，接着就是清洗哀帝一党，不留后患。包括逼迫王政君赶走她的亲弟弟王立，把汉哀帝一朝得势而不肯依附自己的人一网打尽。与此同时，他又主动巴结当时的大儒孔光，起用孔光的学生和亲属，与孔光形成牢固的政治同盟。朝廷大事凡要请示王政君定夺者，都是孔光前台言事，王莽后台解释，双簧唱得王政君晕晕乎乎的，渐渐就对国家大事没有了兴趣。自然就会有人不失时机地说王莽是安定汉朝的大功臣，大臣们就一股脑儿地劝说太皇太后王政君封王莽为安汉公。王莽经过再三推辞之后勉为其难地接受了"安汉公"的爵位，却将俸禄转封两万多人，还把封地退了。孔光等四位辅弼大臣也跟着受封赏。王莽为杜绝平帝外戚干政，干脆拒绝平帝的母亲卫氏一族进京，九岁的平帝刘衎完全被王莽掌控起来。他的儿子王宇看不顺眼，就千方百计地怂恿卫氏一族几次上书表达诚意，以期能够骨肉团聚，甚至不惜动用歪门邪道往自家门口洒血装神弄鬼来劝诫王莽不要把事情做得太绝。结果，王莽把王宇投进监狱逼他自杀，卫氏一族也被找了个借口杀光，只剩卫王太后在遥远的封地孤独地忍受痛苦。待在皇宫里的汉平帝更是提心吊胆，孤苦伶仃，只活了十四岁，也草草死去。死因众说纷纭。其间，公元3年，王莽的女儿成了十二岁平帝的皇后，把自己变成新外戚。公元4年，也就是元始四年，王莽又被加号宰衡，位在诸侯王公之上。元始五年十二月的一天，大臣们给汉平帝上寿，王莽也献上一杯椒酒。第二天宫里传出话来，汉平帝得了重病，没有几天就死了，汉平帝死时没有儿子。王莽就提议从刘家的宗室里找了一个两岁的幼孩为皇太子，叫作孺子婴。

公元8年，王莽干脆把小皇帝刘婴废黜，代汉而立，建立新朝。他改国号为新，改长安为常安。他还给自己的新朝起了一个国号叫"始建国"，给老姑姑一个"新室文母太皇太后"的玺绶。汉朝就这样和平演变成为一个新朝。

王政君万万没想到自己一手栽培的侄儿王莽竟敢篡夺自己儿孙的天下！

王莽代汉自立，心里不踏实，觉得只有接管汉氏玉玺，才算是真正地取代了刘室天下。他派族弟王舜向王老太后索要“汉传国玺”。王政君忍无可忍，破口大骂，但最终还是把“汉传国玺”扔给王舜，骂道：“我老将死，你们兄弟定受灭族的报应！”

公元 13 年 2 月，新朝都已经建国五年，王政君这位汉家看门寡母孤愤而死。享年八十四岁。

四十八

汉成帝的死讯传到扬雄和李桂花耳朵里，二人当即哭倒在地，并在正堂中为汉成帝设了灵堂，李桂花把她“农家乐”里的所有蔬菜瓜果和鸡鸭鱼肉全部摆在灵堂里当祭品，她哭着说这些东西都是汉成帝恩赐给她的。扬雄却哭着说，他若不遇到明君汉成帝，他那篇《绵竹颂》就是一卷废简，只能拿去点火做饭，哪还有他一家妻小今天的幸福日子。他还哭着说，汉成帝这一走，他的仕途生涯也将随成帝而去，再永无出头之日。

哭得最伤心的还是李桂花，她为什么要这样伤心，也只有她自己才明白。她让两个儿子披麻戴孝，她和扬雄为汉成帝守灵三天三夜，也让两个儿子在灵前跪了三天三夜。

扬雄一家为汉成帝私设灵堂这件事恰好被杨庄撞见，消息传进宫里，满朝文武震惊。太皇太后王政君当即率领百官起驾前往扬雄家中看个究竟，结果看到的场面比传闻的还要震撼，这令王政君甚为感动，对扬雄夫妇如此重情重义大加赞赏，并号召满朝文武向扬雄夫妇那样对皇帝尽忠，为国家尽力。扬雄在以后二十多年间，又历经四帝两朝，虽没再像汉成帝那样受到重用，但也平安无事。这也许与太皇太后王政君亲临扬雄府上，以及那几句嘉奖赞扬的话大有关系。

汉哀帝朝时外戚丁氏、傅氏及佞幸董贤先后当权用事，杨庄依附他们平步青云，扬雄却不屑同流合污，无所依傍，淡泊自守，就在这座农家小院里与扬天青、扬天成两个儿子一道，历时数年完成了为人类历史作出巨大贡献的《太玄》。

《太玄》的第一个读者依然是杨庄，那天傍晚在柳塘边看完后，对《太玄》当即作出很高的评价。杨庄总结说玄即是天道地道人道的总和，又是天地人产生的本源，这与老子道的功能完全一致。扬雄在《太玄》中贯彻了儒家的“五行”，《太玄》即是以老子道论为外壳，以儒学阴阳五行为原理，以儒家仁义礼智信等理论为内容的新经典，是阴阳五行、儒家理论与老子道论的又一种组合形式，是儒老融合的新哲学。

然而天禄阁那帮文人却对《太玄》褒贬不一，甚至还有人嘲笑他“不能画一奇，出一策，上说人主，下谈公卿”，以便“历金门，上玉堂”，谋取荣华富贵。却来作《太玄》，为经五千，为说十万，虽然“深者入黄泉，高者出苍天，大者含元气，纤者入无伦”。巧思极虑，可以说是无思不用其极了。可是还是“位不过侍郎，擢才给事黄门”，官卑职微。岂非为玄不玄，功夫未到，“其玄尚白”乎？等等。

对此，扬雄专作《解嘲》一篇，忠告热衷进取的势利之人：炎炎者灭，隆隆者绝；观雷观火，为盈为实，天收其声，地藏其热。高明之家，鬼瞰其室。攫拏（妄取）者亡，默默者存；位极者宗危，自守者身全，是故知玄守默，守道之极。爱清爱静，游神之廷；惟寂惟寞，守德之宅。世异事变，人道不殊，彼我易时，未知何如。今子乃以鸱枭而笑凤凰，执蝘蜓而嘲龟龙，不亦病乎？子徒笑我玄之尚白，吾亦笑子之病甚。

《太玄》写成后，由于思维独特，文字艰深，“观之者难知，学之者难成”，让人长年研读也不知其所以然。有人批评说：美味要合众人的口味，音乐要让众人感到悦耳，著书也要使众人喜好。

扬雄又作《解难》一篇答之，曰：“大味必淡，大音必稀；大语叫叫，大道低回。是以声之眇者不可同于众人之耳，形之美者不可混于世俗之目，辞之行者不可齐于庸人之听。”以《玄》文为艰深，不过是无知的世俗之见而已。

哀帝短祚，平帝同位。曾与扬雄同列的王莽为大司马，位至三公，“权倾人主，所荐无不拔擢”，可是扬雄自成帝至哀平，“三世不徙官”。但他并未消极度世，无所事事，而是“好古乐道”，“欲求文章成名于后世”，一如既往地从事学术研究。汉平帝元始四年，继《太玄》之后，扬雄又写了《法言》一书。《太玄》探讨宇宙万物及天人关系，《法言》则探讨政治伦理等人生问题。《法言》共十三篇，采用语录体，设为问对，一仿《论语》。其自序《法言》创作意图曰：雄见诸子各以其知舛弛，大氐低皆圣人，即以怪迂折诡辞以挠世事，虽小辩终破大道而惑众，使溺于所闻而不自知其非也。及太史公记六国，历楚汉讫麟止，不与圣人同，是非谬于经。故时人有问雄者，常用法应之，撰以为十三卷，像《论语》，号曰《法言》。

诸子争鸣，各家学说互相排斥。大多非议孔圣。他们用诙怪的巧说来扰乱人心，虽然都各自持之有据，言之成理，但到底有碍于对真理的认识，这些人自以为是，自己还不知道错在哪里。司马迁著《史记》，载六国、秦、汉初之事，是非标准与圣人和六经不同。扬雄为阐明正道，弘扬孔教，根据平时人们的疑问著成一书，结构仿《论语》，语言可为法则，故叫《法言》。

扬雄著《法言》态度十分严肃，措辞十分审慎，当时即享有极高的声誉。或褒或贬，很有权威，大有当年孔子作《春秋》“一词之褒胜于华衮，一语之贬严于五刑”之势。蜀中隐德君子庄君平、谷口郑子真就是因《法言》所载而知名当代、流传后世的。有位蜀富人赍钱十万，贿赂扬雄希望笔之于书，被扬雄严词拒绝。

元始年间，扬雄还仿《仓颉》作《训纂》。

是年朝廷曾更改十二州名，扬雄还作了《十二州箴》。

在此期间，扬雄惨遭不幸，痛失二子。老年丧子，家道中衰，其晚景之凄凉可想而知。

王莽念惜旧日之情，同情扬雄晚年不幸，遂封为中散大夫。但扬雄不愿趋炎附势，同流合污。所以甘愿寂寞，不参与朝政，终日在天禄阁校书，同时自己埋头著书。

新朝时期，扬雄也作一些应景的文字。如新朝初立，他曾作过

《剧秦美新》颂，这是一篇颇遭物议的文章；又作过《琴清音》等音乐著作四篇，王莽当作《乐经》立于学官。太皇太后王政君死，王莽诏扬雄作诔以悼之，等等。但他的主要精力仍是学术研究。

这时期扬雄的学术著作主要有《续史记》和《方言》。

这一天扬雄与满头白发的妻子李桂花在菜地里施肥，杨庄远远走来，打招呼道："老两口儿又种菜哪，这是老家牛皮菜，长势良好，凉拌起好吃得很呀！"

李桂花笑道："国师大人既然喜欢吃，一会儿多带点回去！"

杨庄笑道："要得、要得！"

扬雄道："国师大人好久不来钓鱼了，在忙啥呢？"

杨庄道："正在协助犬子杨固完成一部学术著作，到时还请扬兄斧正一二呢！"

扬雄道："青出于蓝而胜于蓝，国师后继有人啦！"

杨庄马上绕开孩子这个敏感话题，关切地问道："听说扬兄最近又在创作什么《续史记》？"

扬雄道："早完稿了，目前正在构思《方言》。"

杨庄道："好，完稿后我仍是第一个读者。扬兄请借一步说话！"

李桂花道："国师大人，臣妾回避便是。"

李桂花快步向猪圈方向走去。

扬雄道："国师大人有何指教？"

杨庄望着李桂花远去的背影，正色道："皇上有旨！"

扬雄随即跪在菜地里接旨。

杨庄道："起来吧，是皇上口谕，就不必下跪啦！"

扬雄赶紧站起，却已跪了一裤子的泥。

杨庄道："皇上念你对他忠诚，决定将他的一个远房表妹下嫁给你，令你即日休掉老妻与他表妹成亲。"

扬雄勃然大怒，跳起脚骂道："自古哪有这样荒唐霸道的皇上？管天管地还要管人家老婆。你转告王莽，要杀要剐随他的便，扬雄断然不会答应他的狗屁圣旨！"

杨庄道："你老婆也太老啦，人家还以为是你妈呢!"

扬雄道："是你妈!"

杨庄道："好好好，是我妈行了吧?! 皇上也是一片好心对你好，让你娶了他表妹再给你生个一男半女延续你扬家香火。你老婆已老成这样，用磨子压也压不出娃儿来了。这样吧，我去跟皇上求个情，让你老婆继续做大，皇上表妹做小行不?"

扬雄坚决地道："不行，万万不可!"

杨庄道："你莫嘴硬，待我去向皇上禀报了再说下文!"

杨庄匆匆离去。

扬雄望着杨庄的背影骂道："马屁精!"

空地角落里搭了一个简陋猪圈，猪圈里喂养着一条大肥猪，李桂花正在猪圈里打扫清洁。

杨庄走过去跟李桂花打招呼，李桂花从猪圈里走出来，与杨庄说着话，李桂花开始很激动，竟跳起脚在嚷，后来渐渐平息下来，再后来居然点头认同。

杨庄满意地摇头晃脑离去。

李桂花望着杨庄的背影，一下子呆在那里。她心中十分明白，这是王莽那个老流氓要报当年在猪圈挨打的那一箭之仇，是在用这种下三烂的手段来收拾她折磨她，让她哑巴吃黄连有苦说不出。李桂花只能打碎牙往肚子里咽，王莽与她的那件龌龊事，这辈子只能烂在肚子里，至死也无法给夫君扬雄说出来。皇上王莽下旨强令扬雄纳他表妹为妾的旨意，李桂花原本坚决反对，但后经杨庄一针见血地那么一说，考虑到扬家香火，无论怎样委屈，她都要违心地应承这件事情，否则她将成了扬家无后的千古罪人。原来杨庄把皇上圣旨也给李桂花转告了一番，但他没敢说皇上王莽要扬雄将她休掉迎娶表妹为夫人，便编起说皇上怜悯扬雄老年二子双亡，便要把他表妹嫁给扬雄做妾，目的是能生过个一男半女为扬家传宗接代，延续香火。

杨庄还对李桂花说道："扬雄坚决不同意纳王莽表妹为妾，你得多给他做工作，诓哄着他把王莽的表妹先娶进来再说。我见过皇上表妹，长得如花似玉，关键是一丛嫩白菜，天下哪有老牛不想吃嫩草的道理？别看他扬雄现在嘴硬，只要把那丛嫩白菜娶进来往他床上一搁，天下没有不吃腥的猫。到时我倒要看个神仙爬坡，他老兄要是真不碰那丛嫩白菜，那就说明他扬雄对你李桂花的爱情是何等地忠贞，他便是天下第一贞节男儿。别说你李桂花，就连我杨庄都要给他烧高香，都要给他跪下磕三个响头。”

李桂花听了杨庄这段奇谈怪论，把眼泪都笑了出来。

杨庄前脚刚走，扬雄便满脸怒气地朝李桂花走过来。

当李桂花把这事一摊开，扬雄便跳起脚像泼妇骂大街一样，骂王莽吃人饭不做人事，不是娘生的爹养的，是垮干石岩垮出来的……

扬雄一气骂遍了王莽的祖宗八代。

扬雄的咒骂逗得李桂花哈哈大笑，笑够了才给扬雄支着道：“夫君不必这样生气，小心气坏了自己的身子。自古圣命难违，咱们先把王莽的表妹娶回来，你拒不与她同房，便不犯抗旨不遵之罪。你把王莽的表妹冷落时间长了，她便会主动与你解除婚约，这就不是你的事了。”

扬雄开始很激动，听了李桂花的这些话儿后渐渐平息下来，再后来勉强点头认同。

扬雄与王莽表妹正要真戏假演之际，一件祸事同时降临在杨庄和扬雄的头上。原来杨庄之子杨固为了讨好王莽，伪造了一道“符命”（即谶纬）进献给王莽，不料却坏了王莽的计划，父子俩双双遇害。杨固曾跟扬雄学过上古文字，又把这个东西拿给扬雄看过，这就牵连到扬雄。治狱的使者来天禄阁抓扬雄，扬雄跳阁自杀，未死，后得免，复召为大夫。

三年之后扬雄在郁闷中无疾而终，卒年七十一岁。

尾　声

一辆小马车在古老的蜀道上缓缓行进着。

小马车上坐着一位白发苍苍的老太太，两眼呆呆地望着前方。人们终于看清楚了，她原来是扬雄夫人李桂花。

扬雄死后葬于长安附近，名“玄冢”，由他的弟子侯芭守墓三年。扬雄的两个儿子均先他而逝，妻子李桂花把他的骨殖带回了老家郫邑安葬。尽管扬雄没有后人，但是两千年来，扬雄的乡亲一直守护着“子云坟”和纪念他的祠堂“子云亭”。

天凤四年（公元 17 年）各地农民奋起反抗，形成赤眉、绿林大起义。当时的社会现状是广大农民“摇手触禁，不得耕桑”，谷价腾贵，百姓流离。到王莽末年，“流民入关者数十万人，饥死者十有七八”。地皇四年（公元 23 年）绿林军攻入长安，混乱中王莽被人所杀，新朝灭亡。

东汉著名史学家、文学家班固为王莽作传不作纪，把他从皇帝的班列里清理出来之后，历代史学家们都以此为据，把这个做了十五年皇帝的王莽彻底地清除出皇帝的班列，就连这个新朝也被抹去了。

唐代大诗人白居易有诗说王莽：“周公恐惧流言日，王莽谦恭未篡时。向使当初身便死，一生真伪复谁知。”

班固在《汉书》中为扬雄立传，称赞他“不汲汲于富贵，不戚戚于贫贱，不修廉隅以徼名当世”。

东汉著名思想家王充评价扬雄说他具有“鸿茂参圣之才”；

唐代杰出的文学家、思想家韩愈赞扬雄是“大纯而小疵”的“圣人之徒”；

北宋著名政治家、文学家、史学家司马光更推尊扬雄为孔子之后，超越荀孟的一代“大儒”；

北宋宰相、新党领袖王安石评价扬雄“儒者凌夷此道穷，千秋止有一扬雄”；

唐代大诗人李白诗咏扬雄：“子云不晓事，晚献《长杨》辞。赋达身已老，草《玄》鬓若丝。投阁良可叹，但为此辈嗤。”

中唐杰出的文学家、政治家、哲学家、诗人和散文家刘禹锡有诗赞扬雄曰：“山不在高，有仙则名。水不在深，有龙则灵。斯是陋室，惟吾德馨。苔痕上阶绿，草色入帘青。谈笑有鸿儒，往来无白丁。可以调素琴，阅金经。无丝竹之乱耳，无案牍之劳形。南阳诸葛庐，西蜀子云亭。孔子云：何陋之有？”

——全文完